baixo
Calão

Réjean Ducharme

baixo
Calão

tradução
Ignacio Antonio Neis
e Michel Peterson

posfácio
Michel Peterson

Estação Liberdade

ATITUDE

© Éditions Gallimard, 1999. Título original: *Gros Mots*
© Editora Estação Liberdade, 2005, para esta tradução

Preparação Angel Bojadsen
Revisão Ignacio Antonio Neis e equipe da editora
Composição Pedro Barros e Johannes C. Bergmann
Capa Nuno Bittencourt / Letra & Imagem
Ilustração da capa Steve Read / Getty Images

A coleção Latitude é dirigida por Angel Bojadsen e Ronan Prigent

CIP-BRASIL. CATALOGAÇÃO NA FONTE
Sindicato Nacional dos Editores de Livros, RJ

D885b

Ducharme, Réjean, 1941-
Baixo calão / Réjean Ducharme ; tradução de Ignacio
Antonio Neis e Michel Peterson ; posfácio de Michel Peterson.
– São Paulo : Estação Liberdade, 2005
320 p. - (Latitude)

Tradução de: Gros Mots
ISBN 85-7448-105-X

1. Romance francês. I. Neis, Ignacio Antonio.
II. Peterson, Michel. III. Título. IV. Série.

05-1120.   CDD 843
                                                      CDU 821.133.1-3

ESTA OBRA FOI PUBLICADA COM O APOIO DO CONSELHO
DAS ARTES E DO MINISTÉRIO DE RELAÇÕES EXTERIORES
E COMÉRCIO INTERNACIONAL DO CANADÁ

 Canada Council   Conseil des Arts
for the Arts   du Canada

Todos os direitos reservados

Editora Estação Liberdade Ltda.
Rua Dona Elisa, 116 – 01155-030 – São Paulo – SP
Tel.: (11) 3661 2881   Fax: (11) 3825 4239
e-mail: editora@estacaoliberdade.com.br
http://www.estacaoliberdade.com.br

Isso parece não ter remendo, mas eu não vou ficar me roendo. É minha história. A gente está aqui em minha casa. Ninguém vai me desalojar por coisa pouca. Livrar-se do herói num abrir e fechar de boca.

"Olhe, rapaz, não sei se você sabe, mas acertou, chegou aonde não sabia que ia. A lugar nenhum! Daí não se avança, mesmo *passando por cima* de mim."

(Ela disse *pateando em cima*. Isso parece o quê? Eu a corrigi. Mentalmente. Um vezo que peguei. Eu, sim, estudava na escola.)

"Olhe, rapaz, não sei se você sabe, mas conseguiu. Bateu com a cabeça pelas paredes! Levou tempo, mas finalmente, bem no momento em que não contava mais com isso, em que você se perguntava se vadiando como está vadiando a gente não se condenava a vadiar eternamente, pá, você entrou de frente!"

Pá, ela se bate com força no peito.

"Pá, em cheio no duro! Acabou a abertura, acabou o jeitinho de entrar e sair! Pá, acabou a prisão para Johnny! Dão com ela em sua cara, ele como que já não tem escolha, está como que livre!..."

Esfrega aqui, esfrega ali, perdeu-se um pouco o fio. Ela fala no figurado, presumo. Dos ossos de sua caixa torácica, e que eu não poderei mais forçá-los como barras para ganhar novamente seu coração, sede de seu amor... Ela me tira do embaraço designando-me o que quer exprimir, chega a me mostrar como dela me servir... A porta. A gente não se deixa impressionar na família, não é permitido, é até o que a Mãe Françoise nos proibiu estrita estritamente. Dou uma tragada em meu charuto. Uma boa. Uma última antes de catapultá-lo com um piparote e de fechar inclinando-me. Como se tudo o que faltava para sua felicidade fosse livrá-la daquele fedor de que tem horror. E que eu espalho talvez até certo ponto por isso mesmo, como o macho que ainda se é, de qualquer forma, sem qualquer vontade.

Não reconhecerei estar errado, não estou. Cometi um erro de pilotagem e aterrissei tarde demais. De um vôo a outro, sozinho ou com o outro, eu achava bom demais mais e mais andar nas nuvens e acabei, de abuso em abuso, todos igualmente inocentes, edificantes, constitucionais, por transgredir o toque do despertador de Exa, às sete horas em ponto. Cometi a afronta de irromper em seu desjejum. Isso não é malicioso. Nem num sentido nem noutro. E nunca fiz outras das minhas. Poderia, mas não me apego a isso. Ou isso não apega em mim. Não cola.

Ela puxa um kleenex para brindar. Pego um como ela e me assôo também, intercalando meus toques de trompa entre os dela, numa espécie de cânone, para fazê-la explodir, alegre como ela ainda é, nalgum lugar... Boca! na palavra da Mãe Françoise: ela nada mais vai deixar escapar. Vai guardar tudo para até que eu tenha dormido bem, eliminado bem a tequila e todo seu efeito de me blindar que a faria desperdiçar sua energia. Ela se terá atiçado bem, e será um inferno. Mas não me ensinará nada, conheço isso de cor, segui-la-ei de olhos fechados. Nada a poderá deter, a não ser os mais pungentes sinais da bexiga desarranjada pelos nervos estafados. Mas é também um recuo no qual sua inspiração se refresca, seus rancores se reacirram. Voltará meio recomposta, com pressa de encadear, se redesencadear, fazer soar minhas cadeias de condenado por mais toda uma eternidade. Tudo terá grolado, tudo eu terei esculhambado, e no fim, quando a tiver feito envelhecer dez anos, ela aproveitará do pouco de juventude e de saúde que lhe restar, que eu lhe tiver deixado, para refazer uma vida... Depois os acontecimentos se precipitam, em marcha a ré. Com um relance no despertador, ela me devolve de pronto (arremessando-as[1], pitchando-as, para empregar seu jargão de dragão) as chaves para sempre confiscadas, e depressa, mais depressa, o Steinberg vai fechar, me manda buscar fígado para o gato. Vai faltar para Sua Eminência. Mesmo que isso não fizesse uma prega em sua corpulência, seria o verdadeiro fim do mundo...

Mas não tem nem pôr nem tirar. Mesmo opiácea, um copo na mão e o cigarro no bico, era uma pechincha. Rebelde de choque, mas fagueira companheira. Uma pernas-abertas, e que dava sua camisa com tudo o que havia embaixo de mãos abanando. E fiz dela uma bruxa, um tirano doméstico. Eu não merecia isso. Ela tampouco. Como quando lhe dei o bolo em pleno blizar, na Rua Mayor, onde ela havia em última instância oferecido seus talentos aos trambiqueiros. Eles a haviam tratado que nem um lixo e eu coroava tudo deixando-a vadiar na lama. Eles não poderiam tê-la tratado como pucela,

---

1. De remate, lance, segundo a Tz.

haviam farejado o tipo dela. O tipo de se deixar arrastar na lama por um merda de meu gênero. Mas com os pés a gelar, o nariz a pingar, ela não ousava sair do lugar. Amaldiçoava-me, depois via que eu me arrebentava para abrir caminho até ela, que eu removia montanhas de neve padejando, e que eu não a encontrava chegando, um minuto após... Todo esse tempo, eu ficara dando voltas sem saber, sem me localizar nem achar onde estacionar, em torno da quadra errada... Desmoronara e zarpara para tomar um pileque. Um daqueles que derrubam tudo. Que arranjam tudo demolindo tudo. A gente se rala para tudo. Sobretudo o que mais nos domina.

"Você vai acabar que nem seu pai."

É o que ela me deseja. Não há muito amor nisso. E não se pode viver sem amor, não somos monstros... Tão logo cheguei ao Steinberg, tão logo pus o pé na entrada, telefono ao meu pequeno peso morto, minha Tarazinha, como a chamo desde que ela mesma desse jeito se chamou. Isso me tenta ainda mais por ser proibido, porque não se pode ter uma Tarazinha por menor que seja sem segundas intenções. Isso faz da gente, é automático, uma "espécie" de tarado. É assim, e isso me arrebata, que ela me trata.

"Alô, *are you nobody too?*"

Julien, que não leu Emily Dickinson, responde-me que seria bem possível, mas vai passar-me alguém mais qualificado para me informar. Contenho-o um momento, para saber o que ele está pateando ali, em seus próprios canteiros... Ele sentia falta de sua cama, desceu direto de Quebec, embora devesse voltar a Trois-Rivières à hora em que o gato já não é pardo. Isso lembra gato tardo... Talvez haja por quê, e talvez ele faça de propósito. Com seu senso de humor, nunca se sabe. É o tipo que nos dá a impressão de que poderia esmagar-nos como um verme, mas de que não o fará. Não por ter coração sensível, tem até bem mais que nós, mas em seu nível o problema não se coloca. Em sua profissão, o direito do trabalho, as negociações coletivas, é assanhado, voraz. Um lobo vindo da alcatéia. Preferiu sua independência e paga por isso, ao preço de milhares de milhas, de motel em motel, rodando de um conflito para outro, como árbitro, perito, cada vez mais respeitado, solicitado. Isso é duro, mas ele é incansável, e orgulhoso de sua energia. Quando éramos pirralhos, e tão ligados que a mãe dele, Françoise, emocionada por meu *mélo* familiar, acabou por me adotar, nos tratar como dois irmãos, ele sonhava em voz alta em partir ao volante de um "sportscar" e não mais voltar. Vai chegar lá. Fatalmente. Estranho animal. Arisco. Não há jeito nem de tirar um retrato dele, o passarinho nem saiu e ele já sumiu. "Tudo bem, vou passá-la a você", ele me faz, como quem me recompensa porque me interesso por seu caso. "Diga-me alguma coisa, cara", ela me diz, com o tonzinho breve que sempre faz sua voz cantar, "mas depressa, meu tempo não é todo para você, estamos muito ocupados". Não diz com quê. Nada realmente conjugal em todo caso. São castos. Ele não arrota, mas ela não se encapota por isso. Tão logo temeram que isso passasse a ser uma rotina, uma técnica, uma fórmula já nada mágica, esqueceram isso, que teria estado abaixo deles, da idéia que tinham do amor. Antes morrer. E foi mais ou menos o que fizeram. Deitaram fora as chaves do jardim onde se amam com tanta força assim, mas como se tivessem morrido, em plena glória, sua árvore de quatro braços carregada das mais vivas flores do bem e do mal, acaçapados em seu próprio perfume e no calor de seu próprio fogo... Se bem entendi. Mas eu jamais nada entendi.

"Lembre ao velho que estamos nos devendo uma... Que no último trago que tomamos, um pequeno estrago instantâneo que ainda nos desonra, nos demos por prometida a carraspana de nossa vida. Que, a continuar assim, nos faltará vida. Ela terá fugido sem nada ter acontecido e não se ouvirá mais falar de ninguém..."
Embora Julien tenha uns dez anos menos que eu com seu cabelo basto, suas feições desabrochadas de eterno adolescente, ele é mais velho que eu, e isso sempre rege nossas relações. O que delas ainda remanesceu. Mas nada do que possa acontecer entre a Tarazinha e mim, sobre o que ele deita um olhar desprendido, protetor, mudará seus sentimentos por mim, ou por ela. Nada a temer, receio eu... É um fiel, um leal, um doido pela identidade, e que espera de nós também, e se nós não pudermos, ele fará o esforço por nós, encontrar-nos sempre como éramos, como permaneceremos em sua mitologia. É a maneira do cavalheiro que ele é de reparar nossas injustiças... De repente não se sabe mais quem é que o coloca tão acima de nós, se é ele ou se somos nós.
"A gente se liga!... Cara!"

Como a gente ficaria se falando o tempo todo e tende a se proteger contra uma propensão aos excessos, a comunicação passa a ser um tanto complicada. A gente também não ousa regularizá-las completamente, e isso cria uma flutuação, que mantém pendente o coração, mas que pode também fazer-me passar a noite a embalar o fone sem ter aberto meu livro, esperar um quarto de hora ainda antes de ir descansá-lo na mesa de pé de galo, na sala, para escapar à inquisição... Por isso, quando a campainha abafada tirita finalmente, é um fogo de artifício.

"Coitado, ele está K.O. Dorme feito uma pedra. Espere, você vai ver."

Julien respira de fato feito uma pedra, uma grande, e que tivesse saído de seu coma geológico. Isso a faz dar risada. Dá risada à toa. Por nada. Para deixar de bom humor seu interlocutor, que não é nada.

"Que é que você lhe fez?

— Foi ele quem fez tudo... As compras e o jantar. A louça também. Não desistiu enquanto ela não reluziu... Puxa vida, cara, você me largou de mão..."

Em vez de ir vê-la, e me boquiabrir, peguei uma garrafa e rodei um filme, tranqüilo... Acordei no estacionamento da Mansão. Com uma beberrona adiposa.

Ela conhece o hotel. Bem povão. Bem mal freqüentado. Ela encheu ali a cara no tempo em que era nossa vizinha e a gente a arrastou.

"Isso você brindou.

— Eu jamais ousaria tratar você por *isso*. É cafona! É como..."

Procuro um exemplo. Chocante. Ela me dá uma mãozinha.

"*Bagaxota* me agrada bastante... É bem nauseabunda, nenhum pêlo seco...

— Cheia de parasitazinhos enviscados que sacodem suas papatas..."

A ver quem irá mais longe sem chegar a nada. Sem tocar no que não se deve, que justamente não se concebe. É nosso jogo preferido, como se percebe.

"Tá bom, você ganhou.

— E daí? O que é que isso tem que eu não tenha aos montes também?

— Você vai ver. Se lá estiver. Se naquela noite vier. Se não cair fora. Se não perder esse nariz arrebitado com que tanto me agrado...

— Não é ao chegar, é ao me retirar que me cago."

O que me mata, ela não entende ainda, não repeti bastante, não é vê-la, mas não vê-la mais, não ter mais nada depois de ter tido tudo em tão grande quantidade... Para ela isso tanto faz como tanto fez.

"Não quero saber, quero ver você.

— Pois sim, quer me ver!... Quer me ver virar presunto..."

Quem cai na pele dela agora sou eu, perguntando-me como, turrona que é, ela pode tão comodamente, sem se zangar nem rezingar nem nada, dispensar Julien, cujas missões são cada vez mais freqüentes e prolongadas.

"A gente não precisa se ver, a gente se ama de cor...

— Ele ainda vai deixar você jogada na cama a semana inteira. Não levantará um dedo meminho para apanhá-la antes de se arrancar, para pendurá-la no cabide e guardá-la no roupeiro..."

Ela pode dar risada, achar esta verdade ótima de dizer, exagerar como pequeno peso morto impenitente que é, mas nada faz por sua pele a não ser protegê-la do sol como as páginas de uma edição rara. Nada por seus dez dedos senão deixá-los desfiar-se, perlar-se, dar-lhe mãos como objetos de arte, graciosas e delicadas. Para não precisar se sujar e depois lixiviar, veste-se pouco ou nada, nada senão coisas bastante caras, que se mandam à tinturaria. Para não cozinhar e depois arear, que horror, alimenta-se de tofu e de frutas, comprazendo-se quando muito em misturar os sabores dos figos secos e das nozes, chegando a trincar a todo momento, mesmo ao telefone, quando lhe dá na telha satisfazer seus dentes, filhotes de cenouras ou aipo em folhas... Tudo isso, que é o mínimo que ela pode, para não se amimar, não se estragar. Por ele. Por que não é a si que ela pertence, mas a ele. Mas ele, o que faz por ela?

"Depende. Sem ir além, é boa-pinta, é quente, cheira bem.

— Nada de dar torcicolo.

— Além disso, também me dá vontade de falar com você. E estou tomando gosto. Muito muito..."

É um muito muito de dar curto-circuito. Até parece que ela conhece a magia que esses sons criam com sua voz de pássaro que vai às nuvens: um acorde mais perfeito que não se sabia estar faltando à música. Não os usa a não ser com conhecimento de causa. Para me deixar inteiramente tranqüilo quando duvido, ou acabar comigo quando vou deixá-la. Deixá-la para o resto da vida... Porque nosso negócio é outra coisa, não é a vida.

"Pela maneira com que trata você, é só isso que ele merece!... Ia meter a mão em cumbuca, ele vai ver, o seu mocinho!..."

Interrompo-me abruptamente, como se ela pudesse desconfiar que eu estivesse haurindo do repertório cujos ecos em meus ouvidos continuam zumbindo. Nem mesmo para diverti-la, não quero mais, jurei, tornar-me Exa odiosa, falar mal dela, desejar-lhe mal. É para mim que o mal está feito, e não só de imediato. Isso me dá, com o tempo, uma consciência absolutamente insuportável, inabitável. Chega a ser uma espécie de esgoto e equivale a tratar-se como uma espécie de rato.

Encontrei um tesouro... Nas proximidades da Ponta, entre as rocas e os caniços empenachados, nesse jângal a se congelar onde me apraz introduzir-me de passagem, dei de cara, bem aberto, bem de través, como que jogado por sobre a borda, com um pleno caderno de verdadeiras palavras. De falas. Os trabalhos e os dias, dir-se-ia, de um impossível autor, um complexado de grandezas, um enamorado cujos gritos não se julgaram demasiado fortes em metáforas... E a primeira página, e foi o que me deixou insano, é datada de hoje, sem precisar o ano... "Qué que cê tá percurando?" lançou-me um dia um boçal da Polícia Provincial, a quem deviam ter dedado minha loucura de andar pelas sarjetas, agachando-me por vezes para observar o beato apetite de um besouro, ou embolsar um cascalho sequer bem redondo. Súbito, esta interpelação, deixada em suspenso, me dá a impressão de resolver-se em revelação. Eu parecia estar vagando, ao deus-dará, mas era guiado, era pilotado. Não era por nada que eu tinha o olho agitado, que eu punha o pé em toda parte. Era para me reencontrar, me recuperar. Eu como alter ego. Eu como outra voz, aquela que sou realmente quando a ouço do exterior, com os outros. Para me salvar recusando que ela tenha sido jogada fora, que dela se tenha feito um dejeto. Reanimando-a com aquele calor e aqueles cuidados que a gente não pode bastante se amar para a si os dar. Ela necessitará deles, tratada como era, amordaçada à força de x, estrangulada pelas rasuras irritadas e pelas emendas meio rabiscadas, desnaturada pelas manchas, borrões e outros desgastos causados por um evidente desgosto. Consegui mais ou menos decifrar o "8 de dezembro de 197...". Abstive-me de continuar.

"Cachorrinhas, tá cheio, chovem, correm por todos os olhos e por todos os narizes dos ranhentos. Mas os que caíram em sua armadilha, que as amaram com toda a maldita ferocidade para se darem conta de que elas só esperavam o momento em que eles mordessem com força suficiente para que o anzol lhes atravessasse o queixo, e que se desprenderam prontamente, estes não se encontram a mãos-cheias, estes não existem aos magotes, não há um gato pingado, um pelado, um aloprado destes, quando eu tal refaçanha tiver realizado, serei o pomelo."

Não é um tecido de incoerências: as correções moldadas, sublinhadas, o assinalam cabalmente. É o que ele encontrou na ganga ainda ardente ao quebrá-la. É o que saía. Que ele fez sair. Espremido a muque e a contragosto. E ele agüentou sem acosto. O tempo de se manter bem-disposto. O tempo de se reler e de botar uma pedra em cima.

Quando cheguei em casa com meu tesouro, bem recôndito mui espertamente na sacola, e meus charutos, mui pontualmente comprados no balcão das Irmãs Arpin, o telefone estava tocando... Exa atendendo e desligando.

"É a segunda vez. Isso lhe dá comichão..."

E você, a gente está curioso, o que é que lhe dá comichão todo esse tempo, de tão gostoso?... Mas meu coração sem tardar bem mais inflamado logo eliminou esse dejeto. Sinto, sei, embora não tenha ouvido o sinal combinado (os dois toques duas vezes repetidos), é minha Tarazinha, é seu S.O.S. Ela está a perigo: trata-se de parar já já a terra de girar e saber o que há. Mesmo que não seja nada, como na maioria dos casos, não faz mal, um pedido de socorro é sagrado, estou disposto a virar de pernas para o ar tudo o que em meu caminho se erguer para me impedir de responder. Não, não viverei num mundo em que não se pode contar com seu companheiro. Nem naquele de onde eu tivesse deixado enxotar minha companheira, e acabasse, como aqui, numa

masmorra cada vez menor, com uma inimiga, assanhada em destruir o que tenho de melhor, de mais generoso, mais jubiloso. Mais parecido, parece, comigo mesmo.
"Vou me retirar. Voltarei quando você me receber melhor.
— Você vai passar por cima de mim!
— De novo? É a você que isso dá comichão..."
Aquelas caretas e aqueles gritos. Já não será bastante mutilante? Já não será bastante lancinante para dar nó-nas-tripas e fazer delas coração? Não! A gente nunca paga bastante por aquilo que se enriquece com tudo o que a gente faz por aquilo. Sequer seu peso em horror, levantado a cada passo, até o "Rei do Cachorro-Quente". Na cabina, a gente enxuga duas lágrimas e se emociona. E vê que foi o frio, pela porta meio despendurada, que as soprou para dentro de nossos olhos. Caímos no conto...
Ela me aguardava. Como se me tivesse ouvido caminhar, me aproximar, está prontamente ao telefone.
"O que é que não vai?
— Não há mais nada que não vai. Está como mudado totalmente."
Por mais soberano que seja seu capricho, por mais prestativo que eu seja para a ele me submeter, algo deve ter dado errado para desencadear o alerta.
"Já não tenho medo a esta hora, mas tinha medo inda agora. Ele saiu sem me beijar.
— Vocês se meteram a brigar?"
Não, seria bonito demais. Ele estava com pressa, distraído por suas preocupações profissionais. Ocupado com tudo o que não devia esquecer, foi a ela que esqueceu. Um calafrio perpassou por seu corpo.
"Passou. Senti que isso se passaria tão logo eu a ouvisse, que *isso* tivesse sua voz, e foi o que se passou.

— Você é completamente...
— Instável. Imprópria à navegação. Vela demais para um barco pequeno demais que anda sobre a água e não tem pernas. Um sopro, e levanto, e só tenho você para pegar minha amarra. Você não tem uma garota amiga, me repete Julien. Eu deveria arranjar uma realmente e não mais lhe torrar o saco com kleenexaços ranhentos. Você já está servido..."
Nunca jamais!... Tem que dar em cima!
"Ela vai de novo explodir. Exercer seu terrorismo e suas chantagens. Não vá se emborrachar, lhe dar razão de novo massacrando a si mesmo. Segure as pontas. Pegue firme, é a você que me apego, e não ao que ela fará de você se conseguir, se você se deixar infetar por seus dodóis."
É duro, e não me lisonjeia ser tratado como vítima. Mas não é culpa dela, fui eu, embora ela me houvesse imprensado contra a parede, que lhe contei que Exa é uma louca, uma doente, e que é isso que me prende a ela. Que isso me amarra como um dever, e que ele se reforça com todas as injustiças de que me torno culpado me rebelando, me embespinhando de quando em quando.

O assunto delicado cava entre nós um fosso que deixo alargar-se um pouco e onde começam a cair os flocos da tempestade anunciada. Nas primeiras neves há todas as primeiras vezes. Uma emoção em que as primeiras emoções se reconhecem, uma euforia que se infla em violência à medida que elas se recriam em nossa câmara escura.

"Que é que você está fazendo desde há pouco que não estou ouvindo?"

Algo que não se diz, ela me diz, com reticências que fazem supor algum atentado ao pudor.

"Que você não faria se eu estivesse presente?

— Exatamente: estou com saudades de você, quero vê-lo.
— Para quê?
— Para olhá-lo. Ver se você respira e seguir seu exemplo..."
E é só. Como se ela não agüentasse mais, como se na outra ponta também as primeiras borboletas do inverno fossem direto ao coração.

A porta está trancada, toda a casa mergulhada na escuridão. Reconheço nisso toda minha Exa. Pôs fora o jantar. Subiu para se medicamentar e se deitar. Sozinha no mundo e bem decidida a acordar sozinha no inferno. Presa de todos os seus demônios. Eu o primeiro. Eu o pomelo, diria Alter Ego... Acabou, penso comigo, não brinco mais!... Mas desci demais, já não posso saltar para escapar sem recair no fundo. Caí na esparrela, transido de medo de que ela morra, de chegar tarde para fazê-la vomitar, empanturrá-la de café, obrigá-la a caminhar. Como na noite em que ela se recusara a acompanhar-nos ao cinema, "em suruba", e conseguira, destruíra nossas relações de vizinhos legais entre casais... Eu arrombara o resfolegadouro, que sou novamente forçado a arrombar, com pontapés no painel que preguei bem demais. Julien soubera o que fazer, a gente se revezara para mantê-la acordada, salvá-la de um coma. Ela supostamente lhe levou a mal por haver violado sua intimidade, havê-la visto enxovalhada, desbragada, os seios balançando "igual uma cadela". Ela não lhe perdoaria. Nem à "outra", aliás. E a Tarazinha, que jamais pôde suportar a menor hostilidade, convenceu Julien a vender, a voltar para a cidade. E a distância iria estender-se entre nós, e ligar-nos.

Ele testemunhará, penso comigo, subindo a escada. Com sua palavra treinada, seu aprumo, ele os convencerá. Proteger-me-á, adora isso... Não encolha o rabo, medroso, vai ser um rabo-de-foguete!... Não tínhamos opção, era ela ou era eu, penso comigo, já debruçado sobre um passado... Mas, ainda que minha bagunça não tenha conseguido perturbar seu sono, tudo bem, tudo bem, sinto-o, através da porta entreaberta, pela força e pela regularidade de sua respiração. Ela meio que ronca: ficou pregada, demolida, e sua máquina trabalha duro para se reanimar. Que Deus a proteja dos desalmados. D'Ele em primeiro lugar.

Meia-noite, 9 de deszembro. Não se espera a hora. Depois de dois charutos e tudo o que se engoliu de outros gases de combustão, precisa-se mais que depressa de um sinal, uma seta de direção. Instalado na mesa, no meio da cozinha, a gente retoma o grande caderno...

Não obstante isso, não obstante o fel que ela ainda o faz cuspir, Alter Ego não quererá mal a Caprícia. Ela fez com ele brincadeiras de sua idade, e tanto pior para ele se ele já não é assaz mordente: "Não você não se arrependerá, não não vou atormentá-la: não a farei pagar pelo que me deu... Êh, cachorrinha só minha, siga seu caminho."

Ele não parece mais adiantado que eu, quem quer que ele seja. Remete-me a mim, para olhar quem sou, e se sou bem refletido por meu espelho. O que é um homem, ou será que a gente pode ser um sem se pertencer, sem escolher os atos e as palavras que vão nos definir, que nos criam? A gente parece o quê perante si não se assemelhando a si, não se reconhecendo?... Com que monstro precisamente será que meu coração se debate tanto para dar a vida quando seus batimentos negam o que me chama e o que me atrai, que responde sim a tudo o que sou, quando me agarro ao que me dói e me mutila ao invés de partir na hora, ir correndo vê-la, reter em meus olhos de uma só vez, e em todos os momentos seguintes, numa repetição ininterrupta de posses, tudo o que quero?... Posso ficar uma hora ou duas, deixar-me levar a noite inteira se quiser, e sempre subindo. E nenhum sobressalto, não é verdade, seria bom demais: a gente não se mata recaindo de tão alto. A gente se quebra, e só, ainda bastante robusto para reajuntar seus cacos, repor-se a caminho e retornar a nada.

Topo casualmente, folheando, um bilhete que Alter, ao se ausentar por algum pretexto, endereça à sua "Too Much", que saiu para fazer faxinas. Salvo se ele renunciou, já que o conservou. "Você sabe tudo. Sabe sem procurar por que fui embora. Sabe sem olhar que esvaziei sua gaveta. Quando lhe tiver tomado tudo, sabe que não voltarei. Mas há coisas demais, sabe que não conseguirei." Vem assinado O.S.F... Otários Se Fodam? Oprimir Sem Fatigar? Orgia Sem Fim? Otão de Sem-Fugeca?...

Algumas formigas me passeiam pelas pernas. Ela certamente deu sumiço nas chaves, o que me põe a salvo. Dou uma olhada no ateliê, para descargo de consciência: elas estão largadas, e bem à vista, como que de propósito, em sua escrivaninha. Substituo-as por um bilhete, endereçado à minha Mal-Amada. "Você me fez seu cinemazinho, eu lhe faço o meu. Você me cortou o coração, eu vou lhe cortar o seu. Será que a gente se quer tão mal que não pode mais ficar um sem o outro? Será que a gente pode continuar assim, a se torturar, ou não pode continuar de outro jeito?..." Me borro todo, mas se eu não voltar, não terei partido feito um grosso, ter-me-ei despedido dela.

Para sair ventando na tempestade, cortar de frecha através das cortinas de fogo esbranquiçadas pelo vento, que as torce em esforços que sacodem o carro, que as pica em crepitações de metal metralhado, é preciso disparar a toda velocidade, é preciso ignorar a tremedeira e pisar no acelerador. De que teria eu medo? De ser danado? Já estou, no buraco. Uma boa guinada me daria como que asas, como se eu fosse me safar. Mais uma pequena pressão e me encontro no nível em que me buscava.

Ela está logo ali, no interfone. Ah que belo estalhaço de voz. Tão total, tão completo, tudo está contido nele, eu poderia contentar-me com ele, dispensar-me de continuar, de ir além. Uma bala. Uma boa bala. Em cheio no peito.

"Você é louco!..."

Não o elevador. Meus próprios meios. Escalar os lanços onde é como o eco que freme. Transpor os patamares transgredindo a vermelhidão que comanda um EXIT. Ela me recebe com um presente, escondido em um de seus punhos estendidos. Toco e ganho. Seu coração. De chocolate. Ela pode pôr uma pedra em cima, não o trincarei, não como deste pão. Ela não teria antes algo para que se passe algo em que isso passe, bagaceira, vodca, tequila? A impertinência tem a graça de diverti-la, e minha mão, achada gelada, a de ser massageada, como se ela não a acariciasse, como se isso não se revelasse. Até, ela a leva à sua face e depois, como a um prelado, eu tão ralado, à sua boca.

"Pare com isso. Já."

Por quê, ela quer saber por quê. Não temos mais o direito de beijar a mão de quem nos abençoa, porra?

"Eu a conheço, você pegaria o hábito... Já não tem bastantes maus hábitos?"

Ela vê que a idéia de ela os ter me apraz e faz, vedando um olho com os cabelos, como se tivesse os piores que imaginar se possa.

"Estou contente por vê-lo, cara!... Isso está acima de suas forças?

— Exatamente... Sempre à mercê de um revigorantezinho..."

Ela se conforma. Ter-me-á tido cinco minutos sóbrio. Ficará satisfeita, compreendendo ou não que eu não suporte não me encontrar num estado segundo em sua maldita presença. Pô, ela até vai comemorar isso. Vem até o sofá fazer-me companhia, com um copo tão cheio quanto o meu, e suas próprias metades de limão para lamber o sal em cima e excitar bem as papilas, embora uma natureza fraca certamente sofra co'a ressaca, e o fígado em todos os seus estados eruptivos... Mas é preciso de quando em quando que ela se sacrifique também. Isso tampouco impedirá que ela tenha verdadeiras razões para gemer desta vez, para chiar, que ela não tenha que se psicanalisar para encontrar como incomodar as pessoas, alarmá-las... Hein?... Ela me responde com os pés. Oferece-os para que eu os descalce antes de empoleirá-los como extremidades bem elevadas sobre a mesa de tchai, algo eminentemente turco, turco desde que os turcos eram fortes como turcos, uma lembrança de sua mãe, onde estacionei tais quais, encrostadas, minhas botas de sete léguas por dia. É um de nossos segredos perversos que ela adora que eu emporcalhe um nadinha seu impecável interior, deixar aflorar minha rabugice e deixar-me por assim dizer desfrutar da felicidade de Julien sabotando-a.

"Como a gente está bem?... A gente não está bem?

— Que negócio!... Falando daquele negócio, você me disse que eu veria, você me disse você vai ver... O que é que eu vou ver?"

Ela coça a cabeça, sacode-a, procura inutilmente nela, em torno dela, lamenta, deve ter-se enganado em seus prognósticos...

Tudo serve para brincar, um fazer o outro casquinar.

Isso acontece sempre mais ou menos assim, um faz o outro casquinar, e pára aí. O objeto está na energia. Com a faca na garganta. O perigo. A crueldade e a fragilidade de um sursis curto demais de mais um minuto ainda. O medíocre horror anunciado, certo... Um olhar transforma-se em brisa e floresce todo um prado. Um suspiro em borrasca, e espalha à flor da pele fogos de floresta.

Após um longo silêncio, no fim de uma dessas praias onde desejamos todo o tempo que ela não finde, continuar sem voltar, ela se flagra tendo bebido demais, desvaira.

"Que posso lamber meu sal em sua rodela de limão? Tá tá parecendo tão mais boa que a minha...

— É um sintoma, sem dúvida. Mas sabe-se lá a que está ligado. A que evolução mórbida..."

Deixo-a experimentar ainda assim, depois de novo, impregnar bem a língua e o palato, sem resultado imediato.

"Serve para nada... Há como que uma distorsão. Eu teria que ser você, acredito. Provar com tudo o que você é, que você tem, e não posso. Serve para nada, serva para nada, boa para nada a não ser para ir para a cama, acredito..."

Em seu esforço para se levantar, apóia-se em meu ombro e acaba por se esvair, com todo o seu peso logo sacudido por uma quinta de hilaridade.

"Êh, você faz com ela?... Venho trabalhando isso bastante há tempos, não dá, não posso imaginar vocês como besta de duas costas... Dona Exa de Patanuar?... Não cola!... Não mas êh, falando sério, é importante, é para meu superálbum íntimo, você faz com ela ou não?

— Ter um nariz tão delicado e metê-lo em tais nojeiras!..."

Aí ela está novamente com toda a corda. Ela nunca ouviu nada de dar tanta barrigada. Aprecia a gente como deve ser.

Pelo nosso injusto valor. Pouco importa. Exa pode não gostar de nada do que faço, nem das piadas nem do amor que lhe faço, mas não é tão velha ou tão bucho assim. Certo, ela tem dez ou doze anos mais do que ela, mas é da minha idade, e tem um corpo de enamorada, desabrochado, vibrante, sábio, é até o que ela tem de melhor, senão a única coisa que tem de bom.

"O que é que você está fazendo?" Apaguei a luz e permaneço ali, com nada que lhe sobreviverá quando ela adormecer, a não ser a tequila para me reabastecer. "Não o estou ouvindo!..." Não respondo, para não me deixar atrair para sua cama, e cair dentro, me enterrar até que ela se tenha fechado sobre mim, com aqueles dentes que me dilacerarão todo o interior quando soar a hora do dilaceramento que já soa, que não pára de soar, em algum lugar onde sempre é tarde demais.

"Venha despedir-se de mim!... Cara!..."

Pronto, sinto-me escorregar, desfalecer.

Estamos mergulhados num perfume de flor, a única de sua espécie, tão semelhante, delicado, quanto seu rosto. É ele na escuridão que me agarra pela manga e me força a sentar no lugar já preparado. O.k. oi, digo. Pois sim não tem, ela contravém, vá devagar, para me dar um tempo.

"Tempo para quê? Para me dar o golpe de misericórdia?... Mas mas mas eu não lhe fiz nada!... Me dê antes uma mãozinha, uma forcinha para eu ir embora. Tenha dó, fiadaputa!

— É você, fiadaputa, que não tem dó de si. É você que me faz morrer vendo-o lutar desse jeito e não podendo fazer nada por você. Reaja de vez, fiadaputa, e mande às favas tudo isso, quebre sua cadeia."

Não. Estou apegado a isso. Justamente porque estou apegado a você. E porque tudo isso pega você. Porque você está dentro, porque se formou dentro, porque a gente se nutre disso. É um inferno, mas é com você. É aqui que a encontrei, que a guardei, que devo voltar se quero encontrá-la de novo, guardá-la de novo. Não dou o pinote porque sou um cagão, não o cagãozinho que você acha em todo caso. É de Satã em pessoa que tenho medo. De que ele me barre a porta. A sua porta.

Isso sei, mas não entendo bem. Nunca ousei abrir o jogo a fundo, e é a melhor coisa que posso fazer. Isso a faz rir a bom rir, e é a melhor coisa que podia sobrevir. Ah você é completamente babaca, ela diz, completamente embasbacada. Ah eu a faço babar ainda mais do que ela pensava.

"Achegue-se mais... Cinco minutinhos. Não mais, prometido. Ponho o despertador se quiser."

Dou a impressão, totalmente ridícula, de defender meu pudor. Ela quer se aproveitar.

"Suba, a gente vai ir devagar."

Tem duplo sentido, mas não o das palavras da canção[2], ou aquele que se pensa. Sob o edredão, que ela levantou, não vamos a parte alguma, chegamos. Tendo partido cada um de seu fim do mundo, encontramo-nos no fim do caminho. E esfalfado como estou, é em cheio aquilo de que gosto, não poder gingar (ou xingar) mais.

"Eu disse que você veria... A gente vai fechar os olhos e vai ver. Não trapaceie: se não vir nada, a gente não liga, mas assim que vir algo, me diga..."

É ela quem me diz isso... Não vê?... Estarei sonhando porra?... Não vê que é a felicidade total?... Que a gente como que se aprontou uma boa?... Que a gente se cumulou de tudo o que buscava, como quem a si mesmo o pudesse oferecer sem o ter?... Não somos os dois maiores mágicos que não há?...

---

2. De Willie Lamothe.

"Não somos. Não há. Isso não existe. Quando eu me for, isso se irá. Me deixará de mão. Me deixará ser massacrado pelo que me alcançar..."

Ela se dá conta, me blinda, envolvendo-me em seus braços. Sepulta-me vivo, tão vivo que sinto, até através de meu blusão, não sei que seios, inflados, carregados, que eu não lhe conhecia, descarnada como parece, angelical.

"Sei, sei, mas nunca se sabe... Se a gente suar a camisa, se a gente quiser juntos e se concentrar bem, talvez não acorde mais... A gente vai morrer, ou algo assim, bem cerrado, impossível sair dessa para ir estragar seu prazer..."

Isso me emociona, mas não fica claro. Tenho muitíssimas vezes a má impressão de que o verdadeiro jogo que ela joga se ignora, e me ignora, de que ela me toma por "um outro" e brinca comigo de retê-lo, a ele, de se agarrar até o fim da noite a ele sempre fugido, perdido, a quem, mesmo a si própria, ela não pode confessar que sofre, que se sente só, que ele a descura e que isso a humilha, a rebaixa: seria um pecado demasiado grande contra o amor, ela que não sabe fuxicar nada porque nada aprendeu que tivesse escangalhado sua máquina de sonhar, porque quanto menos se sabe tanto melhor para viver de amor, ser bastante puro, bastante inocente para não ser sequer tentado a viver de modo diferente.

De tempos em tempos, quando isso emperra, por que você não o acompanha, perguntei-lhe certa vez. Foi aí que ela me deu seu verdadeiro nome, e que me revelou mais alguns detalhes, ao lado da pergunta.

"É um meio poderoso, invasor. Eles têm um controle, um discurso sobre tudo, e como se todo o interesse de seu peso, de sua grandeza, fosse esmagar você. Fazê-la servir e senão sentir-se abaixo de tudo, madura para uma boa depuração. Quem que vós senhora sois, que que vós senhora fazeis, mostrai-me vossa etiqueta!... Sou um pequeno peso morto, uma tarazinha, mas eles gostariam demais disso, não o saberão, vou guardar isso para mim, ou regalar algum pobre imbecil que eles tiverem botado fora nas lixeiras. É uma loucura o que eles têm de lixeiras. Cada vez mais fundas e mais ferozes. Adoram isso. Botar fora. Botei a mão em você, posso botá-la fora, mas não posso provar-lhe isso enquanto não botar pra quebrar, enquanto não a tiver botado fora, então saudações boto."

Ele me ataca nos olhos, vai vazá-los, sei quem é, reconheço-o por seus longos dardos, lançados através das cortinas, plantados em meus cabelos, a penetrar já minha concha. É o Monstro, nosso Monstro, o Malo Ogro que levanta, ainda mais traidor a essas alturas. É o de Alter também, do qual lhe falei para adormecê-lo. Ele o tratou de Porco-, de Varrão-Espinho, quando, em lugar de se ver morto no leito de Caprícia, dele se viu enxotado por Ele.

Ela rolou sobre minhas chaves, que me haviam escorregado dos bolsos. Preciso, sem perturbar seu tão lindo sono, afastar um membro aqui e acolá, ou sua camiseta com as cores dos Cardinaux de Saint-Louis. Ou dos Orioles de Baltimore. Ela possui todo um sortimento. As mais líricas. Aquelas que Emily Dickinson, que amava os pássaros, senão o beisebol, haveria escolhido.

Então ocorreu isto, que me gelou, que me angustia ainda. Um olhar perfurava seus cílios, bem agudo, bem tenso, e que ela furtou quando o meu o surpreendeu. Ela prosseguiu, persistiu em ignorar-me como se, após me haver visto tão fraca presa dos horrores da aurora, houvesse sentido vergonha demais por mim, não houvesse mais podido suportá-lo. Ela sabia com que eu ia engalfinhar-me ainda. Deixou-me cair fora, sem me cumprimentar nem nada, mostrando-me pela metade seu traseiro, que eu descobrira, de matreiro, para ver até onde iria sua impudência.

Se ela pôde fazer-me isso, deixar-me cair, largar-me assim, por nada, ou para vingar um mal que lhe faz Julien, com o que nada tenho a ver, não posso mais me fiar, é o fim!... Se isso se pode explicar, ótimo, mas nada perguntarei, isso virá dela ou não virá, isso não voltará, terá acabado de se apagar...

Piquei ali mesmo meu tíquete de estacionamento. Depois rolei, como uma rocha para o precipício, e encontrei a casa vazia. Exa sumiu. Isso também não resolve nada. Pagar mais tarde é pagar mais caro.

Eis o que sempre receei e que pelo menos não terei mais de recear. Tinha que ser perfeito, e feito, já não o é. Uma faísca, e o dirigível é consumido. Aqui estão as cinzas e poeiras, com as lágrimas e o fel, para fazer um lodo bem pegajoso. Um *mud*. Viscoso. Glutinoso. Não há mais ar sem Tarazinha, nada para nos carregar, nem aeroporto. E não se repetirá a dose, não se procurará outra, elas são por demais raras, perdeu-se toda uma vida antes de encontrar uma e só se vive uma vez... Não arredei pé daqui, não descolei a não ser para girar, e não tocou. Se ela tivesse telefonado, eu lhe teria dito para não telefonar mais: "Isso está abrindo rombos em meu casamento." Rejubilando por dentro, eu a teria escutado pôr isso em seu bico, engoli-lo que nem sapo, ah não sei o que eu não lhe faria para fazê-la pagar por aquele olhar, tão duro que ela teve de renegá-lo. Ela tinha sua "baita dor de cachola de ressaca", óbvio. Mas eu também tinha uma bem forte, sem contar o que me pendia sobre a cabeça. Como podia você, içada acima de seu próprio horizonte, disparar-me um tão violento raio x, senão xxx para falar como Alter, ainda mais devastado que eu, misógino enamorado acabado, tresvariado no calembur e no trocadilho. Agora sou eu quem vai telefonar, lhe teria eu dito, e você quem vai tirar o cavalinho da chuva, dito de outra maneira. Quem vai esperar sapato de defunto, como se diz. Quem vai ficar a ver navios. Aguardando as oportunidades que terei. As compras no Steinberg et cetera. "Você me segue em toda parte quando me quita. Você me habita como um grande parasita". O autor cita...

Minha própria Too Much (ainda não é isso, mas isso virá, a vassoura lhe assenta tri bem) me é devolvida. Simon a traz de volta. Apanhou-a de passagem esta manhã, estava combinado. Pediu-lhe que mostrasse suas cartolinas para uma produção onde ele tem peso, aquele aborto: uma novela sobre uma vítima do macho que se safa do apuro escrevendo uma novela sobre uma vítima do macho... Ela lhe pede que dê uma olhada no carro, que veja se não estariam faltando peças, depois o faz entrar na cozinha com ela, segura e resoluta, com luva de pelica. Não dá tempo para ver nada: a mão lhe voa, como um tiro de espingarda, mais outro, ida e volta. Não sei o que fazer com isso, ninguém jamais me fez isso. Braços em escudo, preparada para tudo, ela me leva a dar risada e a me perguntar antes aonde meu charuto pode ter voado, do que Simon, já embreado às arrecuas, se aproveita para se eclipsar.

"Vocês e seus problemas!..."

Pena, ele vai perder a alocução. Um tecido de sarcasmos de rolar no chão. A arenga distorcida de nossa vida tal como já a vivemos. Mais ou menos.

"Isso não pode terminar assim, é mixa demais, a gente não se reergueria, mas acabaria no asilo... Eis o que lhe proponho, tudo bem refletido... Vou sustentá-lo. Como uma galinha. Não eu a galinha, você a galinha. Não precisa mais se esbodegar segurando as paredes e carregando o telhado nas costas. Nenhuma carga mais. Eu me encarrego de tudo. Nada a fazer se você souber como fazer! Apenas me aprazer! Você me dará alegrias, eu lhe darei presentinhos. Quando você falhar, terá que se virar. Financiará suas andanças de outra maneira. Bricolará pequenos biscatos menos ingratos. Mas nada de faxina ou cozinha, em todo caso não na casa minha, isso me daria a impressão de dormir com a empregada, e você está bem posicionado para saber o que quero dizer com isso... Está liberado para feder a charuto e a cerveja, para mamar tudo o que deseja, inclusive o telefone, para chegar em casa de madrugada quebrando vidraças, mas como tudo isso me desgosta também, e a seu interesse não convém: não aqui em casa, num outro bordel, o meu fecha às onze horas e aqui a gente se porta como gente... Chega de cenas! Chega de ciúme! O que estraga o amor são os sentimentos. Não terei mais nenhum, caso encerrado. Não lhe pergunto se concorda. Sou eu quem sabe disso. Se você quiser saber, me pergunte. Em outra ocasião. Por ora, já já, mexa-se, divirta-se, vá dar uma volta, arrede de meu caminho enquanto eu dou um duro no batente para desgrudar esse contrato e achar um sarro sua cara de pastor grego..."

E isso não ri somente nas minhas bochechas, a Tarazinha é atacada o tempo todo, pela voz de bebê, pelos trejeitos e expressões afetadas que Exa emprega para a designar. Sem jamais a nomear.

"Psit psit, não se sai mais de fininho sem dar seu beijinho."

Não sei quem é que lhe fez isso, se foi Simon que lhe sacudiu a carcaça ou o diretor de produção que reduz suas despesas abusando dos rapapés, mas mesmo que seja só eu a encafuá-la, é de tirar o chapéu, é um sucesso, ela está transformada, como está por vezes quando põe toda a garra em se desmamar, ao invés de se intoxicar para ter mais chagas para lamber. Eu não a suportava tão mais ranhosa e dolorosa, ovo gorado, que vale realmente um beijinho, e por minha vez acho um sarro sua cara, mas não no figurado: à força, ainda mais forte depois que ela me mordeu, para expelir o sangue em sua boca, e que ela me devora em vez de me cuspir. Eu jamais em nossa vida a beijara realmente, de modo que isso contasse, que ela compreendesse que a amo, a que ponto, embora ainda não seja isso, como ela diz, e não pareça que isso acabe por vir. Encontramo-nos tarde demais para nos salvarmos, nem sequer nos encontramos, estamos tão perdidos quanto estávamos. Precisarei contar-me isso antes de o ter esquecido. Antes que meus golpes baixos me tenham demolido.

Eu colocara Alter em minha sacola, para ter companhia, e saía... Ela insistiu comigo, já menos ouriçada todavia, já meio às cegas. Não queria, havia jurado, não conseguiu se conter. A carne é fraca...

"Você entendeu?..."

O amor por unidade, no medidor, no sismógrafo?... Sou diplomado. Modo de falar.

"Estou me lixando. Sempre disposto!..."
Rápido além do mais. A gente se pergunta às vezes. Mas não há de quê... Tá certo. "Tá o.k., I'd fuck mud, você me faria gostar do barro se fosse barro, o verdadeiro barro óbvio, não o barro de carro como o que se vê passeando em toda parte." A Too Much perdeu o gosto: queixa-se de estar envelhecendo, que a esfria ver-se murchar. E foi o que Alter lhe respondeu, de si para consigo sem dúvida, mas não está claro.

Para mobiliar meus lazeres ampliados, declarados totais, e ver um pouco no que isso daria com o passar do tempo, não atalhei pela subida do Meio após haver pego meus panatelas com minhas Irmãs Arpin, minhas duas Parcas em vez de três, que não envelhecem, estas encolhem. A gente encurta, elas dizem... Continuei tranqüilamente ao longo da beira d'água espessada pelo frio, anegrejada pela claridade da neve, e acabei na junção da avenida do Shopping, na outra extremidade em relação à direção que tomo quando tenho de dar uma corrida ao Shopping mal e porcamente dito. Compras. Como por acaso, acabei voltando, por um longo desvio, à entrada do supermercado, com sua bateria de orelhões. Mas ali não tenho nada a fuxicar, a não ser me aquentar. Pelo menos fazer de conta, com um orgulho que me recongela rijo... Um anjo caíra do céu, que me habituava a voar, a não mais o chão tocar, e tenho o topete de chiar. Por uma má impressão. Não, ela sente tudo, o estado em que me jogou lhe é conhecido por suas antenas, e ela se compraz em me manter nele, a fim de me preparar para não sei o quê, que emprego... Pus-me novamente a caminho ruminando dores que alimentavam propósitos cada vez mais cruéis, tão aplicado que passei sem me dar conta diante do Rei do Cachorro-Quente, onde mais uma vez teria sido tentado a desonrar-me gritando por socorro. E encerrei em quatro horas um circuito onde só terei girado à volta dela e que nomearei a volta dela em memória de uma jornada amputada dela, com apenas cotos d'asa: as pequenas charneiras em carne e osso.

A hora do jantar passara, e a mesa fora tirada, de acordo com o rigor prometido. Exa caprichava nos croquis de *A mulher que amava demais*, tão absorta que não virou a cabeça. Ela não me fará engolir essa, não renunciou a me alimentar, a esse melhor modo de domesticar, infantilizando. Remexi na geladeira, em a maltratando. Ela teve um sobressalto, uma porretada, para dar a entender alto!, que não se perturba uma artista inspirada.

"Desculpe! Tenho que *ciscar*..."

Brilhante. Dotado como sou para a conversação, melhor entrar em minha jaula, ainda chamada de biblioteca embora as prateleiras estejam vazias, fora as pedras que coloquei, sobre a mais adequada das quais um besouro goza, com as patas para cima, seu descanso eterno. Sem janela e abrindo somente para o interior, é tão amontoado que renunciei a desdobrar o sofá para dormir, o que constrangeu Exa, de quem isso suprimia o espaço, e que não veio mais surpreender-me ali antes do café... Evito me queixar, isso vem a calhar, sinto-me ali contido, envolvido, bem sumido. E isso se tornou o altar de minha adoração perpétua... Mordisco uma torrada dissecando os trabalhos de Alter, que acaba mais uma vez com sua amante-mestrezinha. Se você resolver se ir, ele lhe disse, deixe-me seu corpo de suvenir. Fez sobre isso um poema: "Leave your body behind".

Não volte todo dia
Volte só uma vez
A da dança colados

Pouco ar no peito tem
Você se abandonou
Uma perla rolou
Você vai ao quartinho
Olhar de onde isso vem

Escárnio ou verdadeira armadilha para retê-la, senão perto dele, dentro dele, devo exumar tudo palavra por palavra, cavar no fundo da mixórdia, garatujas e gatafunhos emaranhados, onde isso se complica ainda mais, recheado de erros corrigidos por outros mais grosseiros ou mais bonitos, traindo em outros esforços impotentes o de escapar à contaminação cultural, aos modos de falar tornados modos de viver, às palavras que nos servem menos para nos exprimirmos do que as pessoas se servem de nós para se exprimirem através delas. Ele está mal enraizado, até um pouco mais mal que os outros... Sobrevoando algumas páginas ao acaso, vê-se que recrutou sua Too Much nos Estados Unidos. Ele me dá a impressão, na idade que tem, de ter sido o que se chamava um beatnik, e não saber mais como sair de seu groove, onde só se sabe curtir quando é um barato e entrar na fossa quando é barra-pesada.

Chego ao fim do "dia" que corresponde ao meu, e os contatos, os pontos de coincidência continuaram a crepitar:

"Não me olhe assim mais ou menos. Você não. Lhe proíbo. Só todos os outros têm o direito de me fazer isso."

Adeus minha Tarazinha... Quer que lhe cante em voz alta? Com a melodia de *La Bohème*?... Seria matar dois coelhos com uma cajadada. Daria para o seu gasto e o gasto de Exa, que não entenderia bulhufas, imaginando que a malvadez que me fez ao subir para ir se deitar sem o anunciar produziu seu efeito, que a ela respondo.

Nunca ter trapido nada não me trapa nada. Trapar é a mania deles, cada um sua mania, eu minha mania é aparar o golpe, os golpes, questão de honra, a gente não se deixa enxotar a golpes de trapos. O que me trapa é não achar como captar o objeto de que se trata, achar as palavras que lhe ponham uma maçaneta. O que se é, o que se tem na bolsa, isso não tem a mínima importância, o mínimo sentido, é a maçaneta por onde os pegamos que lhos dá, são as palavras, as certas, não as dos outros, estas já serviram, estão desgastadas, abandonamnos ao primeiro choque. Voltei a raspar, a arranhar, a ralar a noite até o fundo, nada saiu, nenhuma palavra que tenha minha voz, sua voz, nenhuma palavra para nos nomear nem a um nem ao outro, estavam todas ocupadas. Destruí tudo e adormeci em meus destroços. Mas hoje de manhã a página estava em branco. Ela juntara tudo, apagara tudo, ela não faria bastante se não fizesse too much...

O pior, que Alter não sabe tanto quanto pretende (sua exuberância azafamada o desmente), é que ele tem razão. Não vai pegar nada. Não terá jamais onde se agarrar a não ser o bastão que lhe serve para fustigar o ar e seus pequenos estragos revirar. Tem interesse em se controlar. Se começar a se assemelhar demais comigo, vou lhe puxar a descarga.

O despertador me acordou. Quatro horas. Eu havia deixado o aparelho em sua mesa de pé de galo, mas deixado a porta bocejar. Surpreendi-me lançando em sua direção um olhar como aquele que ela fixou em mim, e que ainda está enganchado. Visto sua dureza me dominar, não pude me levantar. Cinco minutos após, tudo recomeçava. Quando ela sente gana, isso é urgente. Nem por isso me incomodei. Preferia não dormir mais de noite. Com o risco de refazer nosso filme às avessas. Iniciando pelo fim, e como se fosse um. Projetando-me na harmonia aureolada daquilo que acabou, em sua eternidade iniciada.

    Eu perdera Julien de vista. Era melhor para minha saúde. Ele me ultrapassara demais, não me podia mais olhar sem se inclinar. A propriedade vizinha estava à venda e eu possuía as chaves, fazia-a visitar. Julien estava passando por acaso, por negócios, de olho todavia no chalé à beira d'água que ele sempre tinha em mente. Caímos nos braços um do outro, abraçamo-nos com tanta força que tudo o que nos separara foi pelos ares. Como eu tivera saudades dele, como eu as sentia na situação em que me metera, cada vez mais humilhado com Exa cada vez milhada consigo mesma. E íamos obstinadamente perseverar, até a asfixia, em nos enterrar naquela fossa. Éramos tudo o que tínhamos, e todo o amor que teríamos, cada um pensando que ninguém mais queria saber do monturo que fizera do outro e que não podia abandoná-lo a um horror que ele lhe refletia por demais claramente. Quando Julien voltou, deixei falar meu coração, mas insistindo nos pequenos aspectos divertidos, para não o preocupar, lhe tirar o gosto de vir instalar-se ao lado: "Caímos um em cima do outro porque tínhamos bebido demais, e não nos podemos mais desprender!" Eu recomeçava logo a me distanciar. Mentindo-lhe. Não éramos cônjuges, aquela infeliz e eu, apenas amigos. Ele não acreditou, mas fez de conta de nada, e decidiu manter-se à minha disposição para me ajudar a sacudir o jugo. Como estava por demais ocupado, foi a *ela* que me confiou, ela a quem ele também já não tinha tempo para dar atenção. Ela era vista por vezes vagando pelo jardim, enluvada, portando na cabeça um "gaúcho" preto que lhe ocultava o rosto. Ausente. Antipática. Abria a porta aos filhos Renaud, que logo chutaram Exa, de quem haviam ganho a difícil amizade e que se divertira em fantasiá-los, mas fora disso ela não via ninguém. Ela é muitas vezes assim mesmo, disse Julien: retira-se, entra para o convento... Madame recusara ser-nos apresentada. Não estava preparada. E também isso se fazia melhor quando se fazia a sós: acreditava no chique das coincidências felizes, na *serendipity*. Exa por um triz não pulara a cerca e não atalhara, para ir mais que depressa estrangular essa Greta...

Certo dia em que ela não atendia mais ao telefone (uma fantasia que lhe vinha também) e em que Julien naufragara no Abitibi, ele me mandou ver se estava tudo bem, recomendando-me que não insistisse. Recebeu-me tocando-me, como uma cega. Reteve-me uma hora e meia apertado entre a porta e o mosquiteiro enquanto ele esperava ao telefone no fundo de seu motel.

"Ah é você!... Ah como é maravilhoso, eu tinha um irmão, e, e, ele tinha olhos assim, exatamente... A gente ainda dormia juntos e ele já tocava Chopin. O larghetto do segundo concerto. Muito quente, muito malsão... Ele pereceu. Você o substituirá, você ficará à vontade no buraco que ele deixou... aqui... Não tenha receio, não é um túmulo, é um palácio..."

Ela comprimia o peito, com ambas as mãos, de uma beleza que eu não sabia que mãos pudessem ter, de uma vida frágil, só delas, de pássaros demasiado nus com biquinhos bem cerrados: "Ora ora, já que somos parentes, metade do caminho andado, isso irá por si só..." Eu estava K.O., jamais ouvira ninguém falar de mim com tanta seriedade tão alegre, com a boca emocionada, onde o batom aflorava, onde os dentes miudíssimos faziam perlar as palavras ao invés de morder, e os olhos bem ao contrário, bem claros e bem insolentes, bem meio gargalhados.

Ela me acompanhou na saída, pés descalços no frufru florido que a cobria até o chão. Fugia do sol como da peste: "Tenho sangue transilvano, sério!..." De vampiro, queria dizer. Sem ainda se dignar dar atenção a Julien, lançou-se ao encontro de Exa, que se escapulia, correndo para alcançá-la, aterrorizada por assustá-la, fazendo questão cerrada de tranqüilizá-la, testemunhar-lhe sua benevolência... Uma louca.

Uma obra de arte, dissera Julien.

"Ela se basta. Não se pode melhorá-la, tão-somente admirá-la.

— Ela talvez faça de propósito."

Seria do interesse dela. Mordido pelo batente, pelo bicho-carpinteiro, ele não tinha jogo de cintura para se envolver com ninguém. Sobretudo não com ela. Que o comovia tanto, a quem ele não teria suportado torturar, mergulhar involuntariamente na precisão, na dependência... Que nada lhe faltaria, a ela, sobretudo não ele, eu apostaria que isso ela prometeu, jurou por Deus... Que ela esconde um áspero orgulho sob suas fragilidades tiritantes e que é para impor sua vontade ao próprio amor que ela é fiel à palavra.

Eu me deixava embalar por minha ruminação, rolar pelas ondas em que se misturavam enlaces soçobrados, ebriamente encalhados, com os quais só é bom sonhar. Depois o dia se ergueu todo eriçado, dardejando seus raios até entre nossas duas águas... A gente está ralado, desvendado como um mistério, e espera, em todo o esplendor de seu escárnio, que a outra se levante também, toda eriçada também, que ela se tenha espraiado pela casa, que a animação de seu desdobramento tenha filtrado através das vidraças despolidas, que ela abra a porta trazendo um café, há tanto desejado que a gente o recebe como um sacramento administrado por uma santa fugida do altar. Mas trata-se menos para Exa de se imolar servindo-me que de atrasar o arrombamento de sua intimidade, a invasão do espaço onde ela está atarefada em pilotar o telefone e o rádio... Com minha toalete e tudo o mais, ela tem ainda até o meio-dia, quando almoçamos, cada qual à sua maneira, e na sua ponta da mesa. Ela tem horror de iogurte e da cultura que dele faço, na qual sua hostilidade me levou a me obstinar. Ela também não suportava dividir seu banheiro. Tive que me bricolar algo num canto, com um chuveiro, uma pia. Meu bordel braçal, ela chama. E só Deus sabe o que ela entende com isso.

Não sou difícil. Qualquer lavagem desde que seja quente. Mas desta vez, ela se superou... É realmente demasiadamente desaforadamente sulfuroso.

"Você pôs o que aí dentro, beleza fatal? Um filtro de amor?

— Derreti neve. Não tem água."

De um pulo cheguei ao subsolo. Vinte graus abaixo de zero se haviam engolfado pelo respiradouro e o cano estava congelando, inchando, ameaçando estourar. Salvei-o in extremis com o maçarico de soldar. Preguei o painel, mas não muito firme. Nunca se sabe. Sempre pensei isso e ainda não deixei de ter razão.

"Roçamos a catástrofe. Você deveria ter-me avisado.

— E gramar suas olheiras com o estômago vazio?"

Foi assim que, esgotado, espezinhado, saí para dar minha volta da ilha estendido em volta dela (ou vice-versa) e que, tiritando, transido, ainda consegui resistir à entrada do supermercado, mas não à cabina estripada do Rei do Cachorro-Quente... Mas recuperei-me bem: ataquei com mão pesada.

"Isso faz a gente passar uma noite em branco, esquentando a cuca, isso nem sequer se despede, para não estourar a goela, para que a gente não se recomponha, depois deixa para mais tarde, às quatro horas da madrugada, quando o tirão finalmente nos desancou e a gente está dormindo, há um bom quarto de hora!..."

Tão logo minha Tarazinha acredita no que está ouvindo, desata a chorar. Ela que me agarrava como uma bóia, com quantos oh e quantos ah, está se afogando. Julien jamais a repreendia: ela me dissera isso para me prevenir, com olhos que faziam sonhar em ser aquele que os fazia sonhar, que os fazia incubar o que eles concebiam com aquele calor. Que pena. Que bom. Quanto pior, tanto menos caímos na esparrela... Não havia solução. Um caso de golpe de varinha de condão. Ela deu.

"Espere, isso não conta, a gente puxa a descarga."

Desliga, volta a ligar. Tudo é apagado, nada se deu depois da vez anterior. A gente faz como fazia as primeiras vezes, quando era necessário que fosse cada vez mais bom do que a última vez.

"Andei tanto na foss...

— Bem que você fez.

— Sabe quando a gente acorda em sobressalto no escuro, quando perdeu as balizas e elas não voltam. Mesmo depois, fica-se com uma pontinha de consciência enganchada alhures, toda a junta não se refaz, sabe?"

Ela não quer nem amarrada contar seu pesadelo. Isso não se diz, ela diz. Mas conforma-se, um pouquinho, o necessário para não cortar a comunicação, como na outra manhã, quando isso parecia voluntário, extremamente, uma necessidade raciocinada de se entrincheirar, se pôr a salvo de mim, que lhe criava mais precisões do que satisfazia, que a fazia desejar que eu ficasse mais para me ir mais uma vez, como alguém que se conhece... Sem parecer tocar naquilo, ter sequer aflorado meu problema, ela me dá a impressão de encabar novamente tudo isso a meu gosto, visto como perverso.

"Eu como que me abandonei em meu sonho, um abandono muito forte, sabe, e isso me envisca, me possui ainda, sinto-me ainda toda meio mal bolinada, enojada. Não é do meu feitio isso, os prazeres solitários.

— Não funda a cuca, não é nada disso.

— É o quê? Você é entendido nisso?

— Você certamente não fazia tudo isso sozinha, nem valeria a pena sonhar.

— Você bem que gostaria de saber...

— Não, tá bem. Sinto-me bastante bolinado assim."

É o tipo de grosseria, conjugal demais para nossa saúde, em que me proíbo verter, mas esses modos a fazem com certeza casquinar e eu queria a todo pano fazê-la casquinar, com o risco até de lamentar...

Estamos reconciliados. Ela mais que eu. Como diria Corneille, ela não me tirou de uma dúvida. Continuo insaciado devido a alusões que fazem mui habilmente supor tudo sem explicar nada. Não é manifesto, para não dizer não honesto: além de ela jogar com a ambigüidade para me lisonjear, como se eu tivesse dessas vaidades, como se nossas relações pudessem aventurar-se em sendas batidas, não se sabe bem como e em que noite (quando dormíamos juntos ou quando ela me lançou sinais de desespero) grassou o pesadelo que a jogou na fossa... Disse-lhe que ligaria. Mas não quando. Não tenho opção. Vi até onde vai seu poder e, se eu continuar a lhe conferir mais, um piparote certeiro me vai demolir. Com Exa, pode-se dizer o que bem se entender, nada se arrisca. Uma pequena desgraça igual. Consentida. Sem surpresas.

Eu nem acabara de pensar isso quando ela me aprontou. Bateu no teto, como ocorre com seus acessos de tosse nervosa, tão violentos que a sufocam. Precipitei-me para a aliviar, encontrar seu inalador, jogado sob a cama com horror entre uma vez e outra. A gente pode enganar-se: ela me recebe a mais descontraída possível, flutuando numa nuvem exalada por sua lamparina. Chapeleira acima de tudo, tem a paixão das plumas, coloca as mais ricas em buquê em vasos para flores. Empresta-me uma, ema ou marabu, e não é para escrever uma palavra, a não ser em suas costas, que ela me descobre virando-se. "Faça-me um agrado!..." O quê?... A gente faz como disse, ela diz. A gente faz tudo e ela absolutamente nada, ela quer dizer. A gente vai ver. Assim que a anima uma gana, seguro sua mão, confiscando-lhe logo ambas, depois a boca, e ela de pronto absolutamente não entende mais que eu seja meigo.

Ela se debateu, sim, mas isso nada prova, é sua natureza, ela sempre se debate, simplesmente se bate, como condenada à morte furiosa. Adormeceu-se em seu suor. Aproveitei para desfrutar um pouco de um conforto que jamais encontrei a não ser em sua cama, de onde sempre me enxotou, nesses lençóis que me dão, Deus sabe por quê, a impressão de terem secado ao vento num varal.

"Que é que você está fazendo aí?"

Escandalizada. Como se não me conhecesse. Ou se eu fosse o vizinho. O coxo do posto Texaco. Renaud. Manda-me embora, de mão a mão: um bilhete selecionado entre os que para tanto estão guardados embaixo de seus travesseiros. O menor, parece. Farsante danada.

Alter jamais se nomeia. Nem na capa do caderno, nem nas cartas incorporadas ao texto. No máximo assina "your O.S.F." quando se dirige à sua velha tratando-a de "dear S.F.A". Ora, decodifiquei, acredito, e ainda por acaso, este último acrônimo. Estava eu dilapidando gentilmente meu presentinho na Choperia, e acabava de fechar as páginas em que o havia estudado, quando deparei novamente com ele no jornal. Um Hell's Angel afogado com o retrato tatuado num braço. Posto por Sweet Fuck-All, segundo a legenda. O que faria da Too Much, na inversão de valores própria do amor, uma "linda à-toa". E é só, isso não me informa nada. É como outra coisa: uma vez que a gente sabe não ter avançado nada, tem de voltar a seu pobre ponto de partida... Mas é exatamente isso que quero, sou tratado que nem um deus em seu pobre ponto de partida, onde, quantos mais forem O.S.F. e S.F.A., mais rirão.

Conquistado pelo bem que me faziam minhas consumações, que passava a ser por contágio o bem que eu pensava de mim para comigo de minha Tarazinha e de seu pobre ponto de partida, abri-me e deixei-me invadir por tudo aquilo de que eu já não sabia por que me defendia tanto. Mais que à minha razão, confiei-me ao meu instinto de perdedor. E perdi... Topei com Julien, cujo negócio que o exigia para a semana foi adiado, e a quem meu fogo sem tardar abafado me levou a tratar como um apagador. Não gostou. Franziu a fronte desta vez. A frio, claro. Sem afronta. Leva jeito: em seu ramo, as pessoas não rompem as comunicações, põem-nas em perigo, de uma palavra à outra, um passo seguro de um lado da crista, um do outro. Perguntou-me quantos eu havia tomado, curioso por saber a partir de que quantidade começamos a amolar aqueles que amamos em vez da solicitude inspirada pelos sentimentos que nos animam. É uma ducha de água fria.

"Não possuo direito algum sobre você. Ou sobre ela. Pode contar com isso. Mas o que é que ela tem? O que é que você lhe fez?

— Sei eu lá, eu? Sequer sei se fui eu quem lhe fiz algo que doeu..."

Não valho tanto, mas pode-se jogar a dois com as palavras.

"Você tem ódio mortal dela, diz ela. Por uma bagatela. Ralhou com ela, parece, e que isso foi com quatro pedras na mão... Pode-se deixá-la em todos os estados que se quiser, se lhe aprouver, mas não naquele...

— Falou: você não é meu pai e também não é o dela. Eu sei. Ela, nem tanto.

— Você ficaria surpreso sabendo quem sabe mais."

Não o entendo mais. Quem sabe, ele também talvez não se entenda mais.

"É aquele a quem ela conta mais... Você ficará sabendo, velho. Afora isso, quando é que a gente volta a se fazer de tonto, a tomar um oito, a quantidade certa que você dizia há pouco?..."

Ele não respondeu. Nem realmente suspirou. Botou para fora através do nariz o pouco que o apoquentava, que o atormentava, no ar que eu o fazia respirar.

"Se você acabou de me enojar, passe-me meu pobre ponto de partida."

Ele não quis. Ela não estava em estado... e eu tampouco. Ele não desligou na minha cara, esperou que eu o fizesse na dele.

Como se fosse a ele que eu detestava... É a mim que detesto! Até onde não é preciso cair para laborar em tal engano sobre a pessoa. Mas como encontrar o caminho no fundo dessas fumaças e desses espelhos? Somos todos tão alter quanto Alter, que só tem amor por sua Too Much, mas que só se rasga e se engasga pela última badana que aparecer. Assim essa Bri apanhada na Mansão (onde vejo o tal Da Ponte, onde interessei minha própria furiosa e vadiei tantos anos com ela). Ele não é mais dono de si desde que a tem. Ernie, como grande senhor, convidava todo mundo a brindar, para a homenagear. Alter a fez dançar e ela pegou fogo. Ernie viajava muito. À toalete. Em sua ausência, ela se deixou tocar e não pôde mais se controlar. Passou-lhe as chaves e encontrou-o no carro. Pegue tudo o que puder o mais rápido possível e pique a mula. Ele voltou com ela à mesa, ficou, não conseguia mais deixá-la. Ernie desconfiou do que saltava aos olhos e tanto insistiu que a coisa acabou mal, "a gente se viu forçado a lhe quebrar a fuça". Ele pode ter o telefone dela, ela lhe desliga na cara. Ele recomeça mais uma vez a carta. Corrigi-la-á quantas vezes for necessário para se mostrar como ele se vê, maior poeta do que é, ora o quê.

"Ponho-me de joelhos na neve e ela nunca mais se derreterá sob mim, mesmo no verão, se você não me perdoar esse pugilato, minha Bri, meu último grigri, minha huri, minha neguinha, minha caipirinha de bebericar, de se inebriar para ver se você não me veria mais porreiro, de cantar *Ashes of Love* a plenos pulmões na Mansão com Ernie batendo as mãos em outro ritmo, beato cretino, e a santa mulher também, ela se põe de joelhos também, com o balde e o pano, reza ao suor de seu rosto pelo repouso do guerreiro, que ele tenha a paz que lhes é prometida, e é de obrigação, é a você que ela fala, só você pode dá-la."

De Caprícia, "minha filha saída nuazinha do reto caminho, minha tão pequena irmãzinha", já nenhum vestígio. É assim que isso vive. Mas pelo menos vive, isso. Isso não vadia, como do lado de cá, como este lorpa, este canhestro, pequeno falador a ninguém, grande fazedor de medos a si só...

Espere que eu mostre um pouco esses delírios à Tarazinha, que cairá dura, ela que só vive de poesia, assinante das mais fajutas revistas, correspondendo-se com tudo o que janoteia lá dentro, obcecada pela alegria de farejar um tesouro, tremendo de perder Emily Dickinson quando ela voltar, de não saber ser um Higginson bastante sensível, igualmente casto e devotado. É o forte dela: um santo dos santos ao qual sou o único a ter pleno acesso, o que me tornaria o herdeiro de sua alma em caso de desgraça, honra tanta que se pode dispensar todas as demais, o que me quebra o galho... Julien teme essas quimeras como a peste, uma doença em todo caso, uma causa ou um efeito do que ela tem. De não-normal...

Na hora de voltar para jantar, passei para ver rapidamente na Mansão se algum "extra vagante", isso era imperdível, não me saltaria aos olhos, ou sobre o grande caderno com espiral, que eu tirava de minha sacola e largava no balcão, ostentando seus corações obscenos, com duas bundas espetadas por uma flecha com asas de borboleta. Mas as redondezas são recheadas de "Mansões", e talvez não fosse este um de seus serões.

Não era dos meus. Desemborrachei-me mal. Curti em tormentos minhas cervejadas com Julien, nas quais eu me achara pra lá de fino, que acabaram até por me euforizar. Não me perdoarei por mais esse angatecô, esse cocô, não devo, para continuar a realmente me detestar, realmente me abrasar, realmente ter sede, realmente estar sequioso de amor, estar salvo... Mas ele, o manhoso, terá compreendido tudo, terá esquecido tudo. É a si ele também, mas bem mais, que ele não perdoará. Levar-se-á a mal por ter sido ele quem teve tudo, e não eu. Oferecer-se-á isso também, além do mais, esse belo estado de espírito. Sabe, velho, nem sei mais quanto o amo. Isso se pôs em toda parte. Vai estragar tudo. Não é mais fel, é corrosão geral.

É assim que isso é e o que Exa recebeu na cara do degas quando me avistou, o que ela identificou e que não lhe agradou, que ela guardou na bolsa, que ela pôs a fermentar para que dê um bolão maior na próxima vez que houver de quê, na próxima vez que a gente se morder, ou que a gente se lamber, a maneira é um detalhe, o ajuste de contas é que conta...

Para excitá-la bastante, meter a ripa em seus nervos pudendos, nada melhor do que eu voltar em plena noite, com pleno hílare sorriso, e gritar "sorry, sorry" pela casa, pedindo perdão às paredes, aos móveis, à sua porta, ao buraco de sua fechadura, um lembrete como arremedo de um número que a emocionara até as lágrimas no cinema. Ela me tomara a mão, como para pedir mais: isso lhe servirá de lição... Introduzo-me em pensamento no seu quarto e vejo-a enrolar-se nos lençóis, amarrar-se a eles contorcendo-se, costurar-se a eles com dentadas. Para conter-se de atacar. Porque é melhor de manhã. Porque estou sorry de verdade.

"Call me Johnny Sorry!..."

Ela me chama simplesmente Johnny, mas nem sempre. Levada a nem sequer me chamar quando o poder lhe escapa. Assaz desaforada para me tratar de rapaz. Você vai ficar sabendo, rapaz... Mas temos interesse em nos querer mal, a nós, ao outro, e em que isso se acumule. Para que estoure.

Para que o amor, intoleravelmente sufocado, comprimido, e sempre há o suficiente para tanto, que só está esperando por isso, faça ir tudo pelos ares. Foi o que me fez saber Exa. Sua mecânica escangalhada... A gente havia jurado não tosar mais na pele dela. Agora que a gente despejou o saco, que resta apenas o buraco, que era o que se temia, será mais fácil... Não há mais nada a temer.

"Se você não pode me perdoar, ajude-me a dar meus primeiros passos sem você..."

Tarazinha sentimental como é, isso lhe agradaria, eu não lhe diria que não é de mim. Mas a linha está novamente interrompida. Borrei demais, babei demais, não posso mais ligar, nem ela, lhe proibi, para não mais, subentendi, perturbar a paz do lar. Foi um golpe baixo que eu estava lhe aplicando *porque* ela não o sentiria, fria e cruel como se tornara na outra manhã... Dizer que era eu quem lhe pregava que isso não valeria a pena se não fosse perfeito, sublime, se a gente não pudesse fazer mais um pelo outro do que todos os outros, que se asfixiam uns aos outros, como se a gente não pudesse escapar disso, como se fosse preciso morrer, absolutamente.

Com suas novas esperanças de desgrudar um contrato, ela se pôs novamente em desmama. Em carência. E isso a torna esquisita. Ela transgride. Um pé no chão, um joelho no sofá, ela se desdobrara por cima de mim como um tempo muito mau que os coriscos negros que ela me lançava ameaçavam fazer desabar sobre mim... Tive dedo e tudo se arranjou... Mas no momento de se submeter, ela ficou deitada, um velho truque, infeto: você me pegava, mas não me pega mais, não a pega mais, faço de você um homem, depois o desfaço, a meu bel-prazer... Para ver, a gente se deixa pegar, manobrar, entrar no jogo, o duelo em que todos os golpes são permitidos, em que tudo se confunde, desejo e agressão, prazer e gana na barriga. Ela não deu uma palavra, eu tampouco, mas isso não prejudicou, nossos animais levaram a melhor, acertaram isso entre si... Quando Exa voltou com o café, havia colocado embaixo da xícara um outro bilhete. Um maior. Tem como que uma mensagem. Ou não tem. Quebre a cabeça, rapaz.

Eu me preparava para sair, ela me anunciou que desceria até a cidade para seus negócios: "Não estarei de volta para jantar." Ela aguardava, como se eu fosse saltar na tábua de salvação, e reencetar tratativas após essas primeiras bondosas palavras a me serem dirigidas desde meu enterro...

"Faça isso, beleza. Só há isso."

Seus novos croquis estavam expostos sobre a mesa, não havia como ignorá-los. Tente me alcançar para ver.

"Foi você quem fez isso..."

— Eu sozinha. Pra cachorro."

Chego a me sugerir para a conduzir: pouco custa e nada se perde. Obrigado, ela prefere sair da pista, o que arrisca realmente no instante em que toca o volante...

"São suas últimas vontades?"

A gente não se vê privado por não privar mais com ela como seu motorista particular. Estacionar por horas a fio nos doutores de tíquetes, e nos produtores, idealizadores, intermediários amadores, grandes liquidadores de modas ou pequenos predadores de manufatura de bolsas e cintos, todos igualmente recalcitrantes exploradores de seus dissabores de desenhadora executora. Como ela deve ter zanzado por aí afora, a infeliz, mas como eu fiquei mofando, frigorificando minhas extremidades ou suando de saco cheio girando ida e volta o botão do rádio para driblar os assaltos da publicidade. Sozinho eu também. Pra cachorro eu também. A palma do martírio eu também. Não sempre para os mesmos!

Não saio mais sem ter posto o caderno (um bloco McGill, jumbo, encadernado com espiral) em minha sacola de viagem Air Italia, uma valise que Exa possuía em seus pertences e que nunca se saberá como foi parar ali. Mistério, como a pingadeira que ela me passou e com a qual ela teima ainda, depois de anos, em sustentar, perante mim que ela sabe ser quem está melhor posicionado para negar, que fui eu quem a infetei. Se temos nervos fortes, sempre podemos tentar: ela sempre tem carradas de razão... Se minha Tarazinha fosse de folhas, eu poderia carregá-la a tiracolo e poderia ir todas as tardes à Choperia sentar-me, tirá-la, abri-la, lê-la. Pois de qualquer forma isso é uma ficção, e o que perdeu o valor, que é nulo, não se pode senão imaginá-lo. Que isso some dois dias ou anos tanto faz, o silêncio é o mesmo, igualmente pleno. Como o tempo que está fazendo, como o frio que ficou.

Sempre fiz as compras. Gosto. Isso dá um sentido irrisório a meus passos inúteis. Exa havia preparado uma lista, que peguei de passagem, como quem não quer nada. Ela pôs os pontos nos i. "Como queira. Veja o que mais lhe satisfaz: que eu me sirva de você ou que o dispense, e decida. A gente tem opção quando é livre!..." Ela está cada vez melhor desde que o choque de meu arrombamento em seu desjejum a decidiu a recobrar a saúde. Cada vez mais folgazona, maneja o sarcasmo com uma arte em que nem o diabo acharia seu rabo. Resultado: para me provar minha liberdade, sou forçado, não tenho opção, a pinicar a lista em confetes e passar reto na frente do Steinberg, flechando diretamente para a Choperia, onde me despedaço também, evidente, e minha Tarazinha igualmente. A gente faz cenas, somos indignos de nós mesmos: para o lixo! Sentir-me-ei consolado uma vez que não a terei enxovalhado... Nem tão trouxa assim. É um desejo que nos ligou inicialmente. Um faz-de-conta. Mas minhas resistências reforçaram tanto essa corrente que elas não podiam mais se romper, ou tão violentamente que a eletrocussão teria destruído, calcinado tudo. Ah tê-la-ei pego, ela podia derreter-se entre meus braços, mas isso não causava quaisquer embaraços. Era tão quente, e mais não se derramava do que o sangue de um pássaro através de suas penas. Podem falar e chasquear, mas isso não me podem negar, terei sido nisso meu desigual, ter-me-ei superado.

Releio a longa carta em que Alter pede perdão a Bri. Com esse bem que me faz a cerveja e que me faz cada vez mais pensar bem de minha Tarazinha, que a torna para mim cada vez mais presente embaralhando meus sentidos, as palavras me dão a impressão de terem minha voz, e de que ela a ouve, logo ali, ao meu alcance, como em seu sopro e seu perfume, espalhados no ar, e que a animam, universalmente, somente em minha honra... Tenho uma idéia. Vou atingi-la, nada mais que atingi-la, empregando seu código: deixar tocar duas vezes e desligar, a cada meia hora, continuando ao mesmo tempo a decifrar a jornada de Alter... Sem um sinal, uma manifestação de Bri, uma epifania, ele vai "farrear" na Mansão, onde procura suscitá-los.

"Topei com a pretensamente melhor amiga dela. Um lixo. Falou-me dela por tanto tempo que a convidei a beber, só que ela empinava seus martinis extra-secos feito uma metralhadora. Uma seda, não se lhe pode tocar um cabelo, mas é um número, uma garota festeira, com o diabo no corpo e nada na cuca para segurá-la, nenhum gato pingado em Deux-Îles (mas é sobretudo um caso de velhos pais-d'égua) que não lhe tenha posto a pata embaixo e que não tenha mangado dela, e de seu Ernie... 'Isso lhe interessa então, você não tem o que precisa em casa? — Tenho tudo o que preciso em casa. Enquanto faço farra, ela faz as contas em casa. Para ver se pode pagar as contas. Não convém que os grandes senhores contem, e se eu não for um deles não a elevo acima de sua condição.' Nisso ela não acredita, aquela casca, pouco importa anyway. Contanto que repita..."

Isso me salta à consciência ao emergir: enquanto eu era ele, não ficava aporreado comigo, não fazia esforço algum. Por mais irritante, odioso, meio gagá que ele seja, eu achava graça como se diz. Quando entro em sua pele, o que se cozinha lá dentro me é indiferente, sinto-me desligado e desfruto desse desligamento, ele me liberta. Será que somos todos iguais, que podemos tão mal nos suportar, que só esperamos uma oportunidade para nos jogar. Dentro de algum outro se possível? Será que a salvação é o outro, como não dizia o outro?

Reembarco Alter em sua Air Italia e não vou voar muito alto, não vou fazer isso a Ingato, não vou privá-lo de seu fígado. Vou encontrar uma saída no Chez Perrette, com Whiskas em vez de Cat Chow, sempre sublinhado três vezes desde aquela vez que eu quis fazê-la aproveitar uma pechincha de leve 4 pague 3. Mas a gente não se pode enganar quanto ao essencial. Fígado em molho ou recém-fatiado, fígado de vitela, de boi ou de porco é fígado, sempre fígado, nada mais que fígado. É uma loucura, isso vai matá-lo, mas Exa não tem mais opção agora que não seguiu meus conselhos de campônio de só lhe dar restos. É o fígado que ele mais aprecia e em seus miolos de gato ele não entende por que haveria de contentar-se com menos. Quando Ingato não tem seu *liver*, Ingato jejua, deixa-se findar *anyway*. Nem quer saber! É a mim que ela deveria ter criado desse jeito...

A Tarazinha não respondeu aos meus sinais. Eles devem ter saído. Julien é o tipo que entra em pânico quando encerrado. Com um desprezo "salutar" por suas próprias fobias, carrega-a, como ela diz: com esquis nas sendas da montanha, com patins no parque Lafontaine. Depois jantam no restaurante e vão ao cinema, quando não há hóquei no Fórum... Padejei no negrume, isto é, na brancura. Abri caminho para minha furiosa, com muralhas bem compactas para impedi-la de sair da pista. Ela voltou esgotada, de orelhas murchas pela acolhida que os interessados, todos sempre sobrecarregados, reservaram a seus conceitos. Prometeram fazer constar seu futuro numa próxima ordem do dia, mas ele não parece brilhante. Nada nunca lhe sai bem. Nesses momentos, por mais rebarbativa que ela seja, a gente desejaria estreitá-la nos braços. Mas é o tipo de efusões que a levam a ouriçar-se ainda mais. Tem carradas de razão. Não se deveria jamais deixar ninguém amar sua desgraça. São maneiras de eles se apegarem a ela e não poderem mais passar sem ela.

Acaba de acontecer, recebi sua absolvição, modo de dizer: ela a mim "jamais não absolveu". Eu não tinha mais vida, ela ma devolveu. Estava enterrado, ela me tirou novinho em folha de sua barriga. E não tem barriga. E é orgulhosa, fina feito um fio, ao mostrá-la, de perfil: "Olhe, nada nada!..." Exa me estendera o fone, sem pestanejar, como se entendesse realmente aplicar as resoluções de sua declaração de autonomia.

"São Juliano..."

Ele nada disse. "Espere, passo-lhe seu pobre ponto de partida." E só. Mas sua maneira de dizê-lo dizia tudo. Tudo o que ela quer Deus o quer e Deus é ele, infinitamente bom infinitamente amável, e ainda por cima ele não se põe numa cruz para expiar nossos pecados, nem sabe o que é isso.

"Foi um golpe tão grande aquela fossa?

— Duplo. E recebido em cheio na cara do degas. Como você alega. Quando é piegas"...

Caí em cima um tanto brutalmente, de fato, em cima de sua cara sem tirar nem pôr. Por que não suas ventas, mais precisamente? Sua fuça, que nem para uma porca?

"É *degas* sim, a gente está a fim, também quer um assim. Um ego de festim. Que se põe na cabeça ou na patera, como melhor se considera."

Ela me teria ligado antes, sentia quanto era urgente, preferiu aguardar e esgotar o assunto com Julien em vez de passar mais uma vez ao lado para o evitar. Ela achou que estou em rebelião recalcada e que vou explodir. Que não quero nada, que digo não a tudo como se lhes quisesse muito mal, a eles, aos outros, em bloco, como se se tivessem aproveitado das regras do jogo para me espoliar, nada me deixar, mas que eles eram por demais rapaces, podiam apresar tudo, continuar quanto bem entendessem a me desgostar com isso. Esse perigo, esse mal contraído, retorcido para saltar e para morder, ela sempre o farejou, ele até a tentou, ela não sabe se não fora ele quem assombrara seu mau sonho e a quem ela quis provocar naquela madrugada.

"Às vezes, sinto-o forte demais para poder suportá-lo, para arrostá-lo. É como: 'Cuspa-o, satisfaça-se, destrua-me'... Entende?"

Nem tanto, excessivamente atarefado em bater em retirada para minha jaula a fim de escapar às próprias serpentes de Exa. O suficiente, porém, para achar que ela se perdeu ao procurar explicar-me coisas que não compreende, ou então coisas que compreende bem demais. Que ela se desviou completamente do assunto, que se resume em duas ou três palavras, não mais. As mais belas... Deixo até certo ponto isso se perder.

"Ei, tudo bem aí?...

— Era melhor quando você me falava de seu degas. Fale-me de seu degas.

— Entrego-o em suas mãos, mas é escusado, eu não o havia tirado. Pouco se me dá que você o maltrate um bocadinho, e que faça regas de minhas violetas de Parma com minhas lágrimas uma manhã ou duas, é apenas água de degas leso, e não tenha medo, não sangra, por mais que o lesemos, mas acho melhor quando ambos cuidávamos melhor de nossos degas."

Você quer degas, aqui tem. Com uma gravidade de pele-de-galinha no desejo de a si mesmo o doar, de se amimar. Eu grande debochado nunca assaz desencantado, mergulhado antes de mais ninguém no delírio, e pego até a medula dos ossos, feliz por roçar o ridículo e a obscenidade com ela por serem eles os escolhos do amor. A gente se lixa se isso é patacoada, se não faz sentido, desde que seja um conto de fada.

"Não façamos mais regime, ligue-me muito muito.

— Quando quando?

— Toda hora toda hora.

— Sim mas...

— Nada de mas, nada de esconde-esconde... Questionei tudo com Julien, ele sempre é neutro. Só não quer que o tiro

saia pela culatra nem ver-se implicado. Ser forçado a meter a corneta. Acha isso xereta. E só.
— Acima disso. Caracol.
— Você se engana. Ele se processa por qualquer pecadilho. Não dar carona, atropelar um zorrilho...
— Ele a freqüentava há muito tempo?"
Depois de nos termos achado demasiado asininos, nos achávamos demasiado finos. A gente não se largava mais. Exa bateu em minhas vidraças: passara a hora de eu me arredar e meu iogurte continuava a esperar.
"Se eles têm tanto amor por você, que passem a ser assinantes, vou fazer-lhes um preço camarada."
Isso poderia desancar um homem, mas não estou mais nessa, uma Tarazinha fez um deus de mim. Eu sonhara com traições e tragédias, jamais que isso se ajeitasse tão bem. Sua lealdade e seu fervor me faziam falta, e só a faziam sonhar com isso... Não deixei de dar minha volta dela, mas por outro caminho, passei pelas nuvens. É muito arriscado.
Outra sessão de amor venal. Penal. Exasperada ainda por meu colóquio ao telefone, Exa não quis saber nada de carícias e de beijos, estava pronta, descompôs-se, no discurso sobretudo. Lançava-me em rosto o que tinha de mais sujo, com uma paixão, um prazer que dissuadiam de censurá-la. Aliás, isso pouco ou nada me concernia, era de olhos fechados e para se nocautear a si mesma que ela desferia tais golpes com tanto ânimo. A esse esporte não apreciamos ser levados nem um nem outro, e eu também não tinha vontade de revidar, minhas próprias contas estavam ajustadas, tão perfeitamente que só me dava desejo ou prazer ajudá-la a encontrar o que buscava, como que cada vez mais longe nos confins de si mesma, nesse outro mundo onde tudo começara, para onde

fora enxotada, melindrada de uma vez para sempre. E se dá igualmente a frio, senão melhor, não há maior amador do que um enamorado, como circula no meio. Eu estava curioso também por ver um segredo lhe escapar, ou se ela ia emergir de tempos em tempos e procurar tomar contato. A gente gramou demais juntos, pagou demais pelo que isso vale: estou apegado a ela. Não entendo que ela comece a escoar-se por entre meus braços, sem mais nem menos, como se isso não fosse parar antes que nada sobre. E sempre fico pasmo com essa maneira que tem a dama, quando acabou, de nos voltar as costas para nos enxotar de sua cama.

"Alô, estou com medo."
Mas isso não se diz. Ela nos fez subir alto demais. Nesses píncaros, a gente torna tudo perigoso demais, até mesmo falar no assunto. Isso não pode suportar o mínimo desvio de expressão, a mínima agitação. Basta um suspiro para perturbar o equilíbrio e nos abalar. Fiquei me torturando por duas horas na Choperia antes de enfrentar o telefone e tremia ainda de tocar em nosso... (nem sequer ouso dar-lhe um nome), de afetar tocando-o o que é perfeito, de o danificar, necessariamente... Enfim, pensei como Alter, se é bom se sustém, muito frágil não vale um vintém.

"Pela maneira de levantar o fone (faz qui-chluque em vez de simplesmente chluque, impossível enganar-se), sei que é você, que tenho você, não fale, espere, nem uma palavra antes que eu a tenha como se fosse a última vez..."

Ela riu bastante. Não havia de quê.

Julien foi embora. Voltou a seus desvairos. Mandou perguntar-lhe se eu não necessitava de nada, embora saiba a resposta. A seguir, ela mantém sempre à minha disposição um cheque em branco que ele assinou para o caso de necessidade, mesmo que nunca venha a servir.

"Enfim, ele vai trocar de carro, não conseguirá nada pelo velho, ele deu três vezes a volta do hodômetro, mas é um pequeno BMW, e o oferece a você... Evidentemente, isso também não lhe interessa...

— Para ir aonde?

— Vir me ver, cara!... Você prefere pedir emprestado o carrinho de mão de Exa, e até lamber suas esporas ou não sei o quê. Ou surripiar-lhe as chaves, que ela caia doente, que fique paralisada se você não voltar a tempo para salvá-la, devolver-lhe o pulso e os nervos, com uma razão a mais para esconjurá-lo e mandá-lo para os quintos do inferno... Por que cargas d'água?..."

Porque nunca se pode pagar bastante por você. Porque se não custasse nada vir vê-la, que valor teria? Onde estaria a emoção, a magia, se eu não arriscasse minha pele, se não me lançasse de corpo e alma num impasse? O que teria eu para fazer todas essas pequenas plumas se eriçarem em seus braços?

"Não falemos mais nisso. Mas se você aproveitasse um pouco do que lhe é devido, como a um irmão, ao invés de dever tudo a uma inimiga, não poderia safar-se dessa briga? Não poderia arranjar uma vida, de verdade?..."

Ela é das mais belas, minha vida com você dentro. Ela tem a fuça de uma ostra que digeriu mal seu grão de areia.

Assim Deus aproveitou seus lazeres para lançar uma grande ofensiva. Com que impenetrável desígnio? Será preciso sofrer por ignorá-lo. Para desviar minha Tarazinha de sua assiduidade à sua missão, leio-lhe o relato de Alter de seu encontro com a Too Much.

"Naquele tempo, eu passava por maus bocados nos States. Estava rendido que me procurava no lixo. E não fui eu quem me encontrou, foi ela. 'O que é que você está fazendo no lixo? — Faço que se você se jogasse no lixo, como deveria talvez, eu a apanharia talvez.' Ela sacou. Como um cheque. E eu fiquei tão lelé que."

Levando-se em conta sua exaltação ordinária, ela parece que gostou.

"Ah gosto, gosto, é Beckett bruto, quero ler tudo, já!... Ah eu sempre soube que alguma coisa iria acontecer-nos, manifestar-se, como só a nós!..."

Perguntou-me o que responder a Julien, exatamente.

"Que ele não me deve os cabelos da cabeça, apenas um fogo daqueles.

— Você sabe muito bem que ele não tem tempo. O pouco que teria eu tomo. É preciso. Tenho toaletes para vestir que vão se puir."

Isso sempre surpreende em sua boca. Sai pouco, mas para a alta sociedade. Gosta de desempenhar um papel em seu teatro de fantoches e se provê à altura. Certa vez, a noite toda, me fez um desfile de modas. Anotou minhas observações e mandou efetuar retoques. Também não usou mais sutiã, que eu julgava coisa vã. "Confesso, realmente não há por quê..." A gente chega a se perguntar. Mas toda amor comigo, ela ama, ama com amor, ter uma alta idéia de meu gosto... Amor que você é ande, amor de meu amor do amor vamos, não vou mais me segurar ai, vou chamá-la meu baita amor, mas isso ficará entre nós, entre meu degas e mim, isso não lhe tangerá, você poderá andar nua da silva quanto quiser... Ah não há nada porreta demais! Será só meu velho Alter que me adora? Não falemos mais nisso, ele é seu, no bolão de tudo o que você tem, com seus pequenos seios distintos, bem cabeçudos quando precisam se afirmar. Você me diz que o quer e eu já não faço questão dele, embrulho e lhe mando.

 Isso passou a sonhar, isso nada, a gente é envolvido aos poucos pela espessidão de uma onda da qual se passa a ser o movimento, e isso não vai nenhures, é sua própria meta, isso se basta, infinitamente. Isso dá sempre no mesmo, mais conforme, e nada teme, basta permanecer sentado aqui ou alhures. Como no bar O Cais, um buraco que visitei nas entranhas do Shopping. Do gênero onde sempre é noite, como ela gosta, e nessas horas eu me encontraria sozinho com ela. Já me vejo ali. De alto a baixo. Em projeção tão controlada, tão perfeita no interior de minha bolha que nem sei mais se vale a pena deslocar-me.

 Exa não esperou por mim, se serviu. É de um admirável sangue-frio. Levanta-se e, sem alterar o tom da voz, esquenta mais massa para mim. Al dente. Uma façanha que ela se orgulha de realizar de olhos fechados... É preciso ter comido os espaguetes de uma mulher que sabe em seu coração de mulher, que jamais se engana, que você a trai, que você o fez de novo... que nada tem para o comprovar, que nada poderia encontrar, mas que não está nem aí, não se pode ter a cara que você tem quando ela o vê como um traidor sem ser um traidor. É preciso ter comido os espaguetes de Exa para saber o que trepar quer dizer, e apesar do todo o bem que se lhe pode querer a gente jamais lhe perdoará isso. Ela sempre está pegando você, possuindo você. Assim a mania que sempre teve de não poder comer um bocado sem se agitar, bem ostensivamente: para o pão, a manteiga, o parmesão ralado, ferver a água do chá. Depois xingar.

"Vou satisfazer-me antes de sucumbir, vou mandar me servir..."

É tudo amor. Sua outra maneira de o fazer com a gente... E dá certo, não se pode tornar um coitado, uma nulidade, mais odioso!... Depois ela vai fuçar em seu ateliê tocando seus Rolling Stones. Faz com que dêem tudo o que têm. Não estou nem aí para impedi-la. Existo demais e já não existo mais. Controle total sobre o reostato.

Após haver perdido um grande trecho, riscado demais, indecifrável, reencontra-se Alter a desarrufar-se com o marido de sua Bri, o famoso Ernie a cujas fuças ele foi... Foi atrás dele na casa dele, para melhor limpar a barra, refazer uma cama limpa... "A gente se entendeu mal, eu lhe disse, não rolou nada no estacionamento, foi ela que nos enrabou a ambos, levantando-nos um contra o outro, um truque que todas elas têm na manga para nos impedir de prescindir delas. Ele abocanhou tudo, o morrinha. Tinha todo o jeito." Ele lhe falou de seu gancho do esquerdo, convicto de seu potencial, tal que uma regulagem rápida poderia tirá-lo de aperturas futuras... Após a lição de boxe, onde tratou de divertir, de distrair bastante a criança grande que é um grande corno, foram farrear na Mansão e deixaram Bri rogando pragas diante da televisão como se ela não soubesse ser ela a parada de tais procedimentos.

Chega-se então àquelas linhas, em que fico pouco a pouco magnetizado, como se eu fosse entrar em circuito direto: "Ernie se desinchou. Já não éramos mais que três, aqui e ali, o tipo de clientes que ficarão ainda depois que as estrelas se tiverem apagado e todas as cadeiras no mundo se tiverem pendurado de pernas para o ar em torno das mesas. Um, para quem isso já eram favas contadas, ou que queria cantar de galo, enfiou a mão sob a mini da garçonete atarefada em passar o pano. O outro partiu pra riba dele esmurrando, faceiro demais por fazê-lo engolir os dentes. A garçonete ficou em pânico. Lancei-me com ela entre os dois paspalhões. Nada se quebrou. O que mais me tocou foi o concerto que a gente se dava cara a cara, os foles de forja..." Eu estava ali!... Mas não sei mais quem eu era no bolo, a não ser ter sido "enamorado ébrio" daquela garçonete, e que ela desapareceu num zás-trás. No que volta à minha memória e que não se vai cristalizar, vejo-me, porém, interpor-me mais que atacar, o que absolutamente não é de meu feitio. Mas se me refundo bastante em minha indistinção etílica, onde todas as sensações se equivalem, posso entrar na pele dos outros dois e reconhecer-me com a mesma precisão. É possível também que Alter tenha preferido meu papel ao de mata-mouros e que a si o tenha atribuído... Isso me deixa pra lá de aporreado. Como a dois dedos de um clique que derrocaria tudo no imaginário.

Falando de entrar na pele dos outros: mais uma sessão, de novo lá em cima, de novo no horário atribuído até os últimos acontecimentos à Tarazinha. Por uma razão ou por outra, em todo caso não para me puxar o saco, de novo ela fica deitada, ou digamos a expressão: de papo pro ar. Será que ela imagina que vou começar a esbofeteá-la, como seu ex, que ela vai ter mais isso para me pendurar ao pescoço, ou será que ela me devolve o que lhe fiquei devendo servindo-me dela eventualmente como capacho? Digamos que é assim e que todos acabamos preferindo acabar-nos, o que resolve tudo, até o problema da morte. Ela me reteve quando me levantei, e acreditei que fosse para se desculpar fazendo-me ficar para dormir. Era para se oferecer de novo e fazer de novo. De papo pro ar. De que ela está brincando, ou não brinca mais? Empreendeu desprender-se tesourando raminho a raminho o que ainda nos liga?... Será que ela se abriu com Simon, que sempre me trouxe de olho? Será que ela encontrou alguém, leu algo ela também que a deixou transtornada, lhe deu essa vista longa que a gente tem quando se vê como se fosse um outro, ou quando sentiu violentamente que podia tornar-se um outro? E eu sei?... Será que ela não se droga mais ou se droga mais?... Não a ouço mais levantar-se de noite, abrir a torneira para se tratar, mas também não a passo mais fazendo-me de galã ao telefone. "Você mediu a temperatura? — É preciso? — Já que é uma questão de vida ou morte... — Prefiro falar com você, cara, e não posso ao mesmo tempo. — Mas claro! Você sabe... — Embaixo do braço?... Isso é sério?..." Lembro ainda tintim por tintim as parvoíces com que nos regalávamos quando Exa me surpreendeu com o nariz no aparelho. Ainda estou arrepiado de como ela estava estupefata, ferida de incredulidade diante de um crime, um sórdido... E no entanto, além de eu jamais a ter tratado de tão malina e tão mofina maneira, jamais fizemos nada de mal. Nada de bem?... É uma obra pia ajudar dois pesos mortos a se arrastarem, a se tirarem, como diria Alter, "de dentro do caminho dos Mui Morrinhas".

    Nada de presentinho. Mas esta manhã, com o café, ela me reserva uma surpresa, serve-me as chaves do carro.
    "Vá se ralar. Pelo menos isso estará liquidado."
    Desde que para ela se tornou uma questão de honra não me pedir mais nada senão amor, devem estar faltando montanhas de provisões, e esse será um meio com rodeio de eu ser mandado ao supermercado. Nada disso. Ela se deu conta de que recebem os pedidos por telefone e de que fazem a

entrega: toda a corvéia me será poupada, a menos que isso me valorize e que eu faça questão cerrada... Ela encontrou aí como que um bom prego para me enterrar no degas. Mas eu tenho de seu discurso um outro entendimento. Como uma música em vias de desaparecimento. De fato, máquina de palavras que era, ela quase já não me dirige nenhuma, a não ser em parábolas... Dando a mão à palmatória, devolvo-lhe o pires com as chaves dentro. Ela vê nisso que faço questão de ser gratificado cash. Isso a faz sorrir. Isso a vem prurir. Ou outra coisa. Da qual lhe deixo toda a responsabilidade. E a deixo pagar o pato. Ela confessa finalmente, ou se jacta: está pelada, suas dívidas paparam sua mensalidade de herdeira adotiva.

"Você vai me dar crédito ou vai me privar?
— Você vai se virar."

Viu-se ferrada. Foi ela quem teve a boca tapada. Por uma vez.

Dei a volta dela. Faço-o sempre agora. Isso simplifica tudo. O dia fica completamente tragado. Parto após ter acabado de me levantar, volto no negrume. Para descongelar as orelhas, refugiei-me no Steinberg, na entrada de nossas primeiras emoções, de nossos debatimentos de coração, tais que cheguei, inflado por seus suspiros, a levantar vôo para encontrá-la, com o diabo em meu encalço e as Erínias se desencadeando nas sacolas de provisões no banco traseiro... A oferta de serviços "Para Senhoras" foi reproduzida no painel. Como se Exa houvesse decidido renunciar às suas ambições, assinou "Torrente", repondo o "e" final que na assinatura de artista havia suprimido. Mesma coisa no Chez Perrette, onde parei para ver. Ela refez sua turnê de promoção. Não obstante o talento que se lhe reconhece como "modista", uma impropriedade redutora, e que a faz amarrar o bode, ela jamais conseguiu fazer uma clientela, as pessoas têm medo dela. Ninguém se expõe a ouvir pela segunda vez: "Volte quando tiver perdido peso, não corto nas pregas."

Julien está desgostoso, é a palavra fielmente transmitida por meu amor, porque eu não quis saber de seu BMW, ele não quer que algum tubarão da revenda lucre, não sabe o que fazer, vai mandá-lo à sucata ou estocá-lo e mantê-lo à minha disposição em todo caso. Meu amor não estava brilhante. Ela tem um treco, não sabe bem o que é, "é estranho, é como geléia.

— Exa também não está bem.
— Que é que ela teeeeem, Exaaaaa?...
— Ela me tem, ora.
— Coitada! Mas a gente vai chorar em outra ocasião, pomba. Quando der para dar um jeito, quando a gente puder se apoiar abraçando-se. Como quando você vier me mostrar seu *Walter*..."

Não sei o que lhe deu para botar um dobre v ali, mas não sou eu quem vou tirá-lo, vai ficar ali.

"Logo abaixo, há um estúdio vago, uma quitinete como se diz. Isso lhe conviria. Bem do tamanho para pensar em mim, para subir à minha baia. Vou fazer trottoir, vou pagá-lo para você, não será um presente de rica, você não poderá recusar."

Todas elas têm o trottoir na boca. É a maneira delas de denunciar, parece, que a gente as faz putear no leito conjugal.

"Mas se eu trabalhasse, não seria mais uma verdadeira tarazinha. Uma jóia de joio, como se traduz do inglês. Isso me apoquentaria. Me esfriaria com Emily (Dickinson) que nunca fez nada. Que nunca bolou nada com o menor número de palavras possível, e as mínimas... Elas desaparecem antes de serem captadas... Espere, vou lhe mostrar, cara."

    Ela me recitou, ou melhor cantou, e é aí que se vê que não é uma voz de pássaro que ela tem, mas a voz da própria Emily, um poema em que esta segura na mão, que não quer mais abrir para não perdê-lo, não se sabe o que que a gente segura também no fim naquilo que ela nos deu: *"I kept it in my hand I never put it down I did not dare to eat or sleep for fear it would be gone..."* Não entendo tudo e tenho a impressão de ser um débil, realmente não do porte de glosar, diante de meu amor, para quem todo Emily tem a limpidez de um regato que acaba de degelar... Para forçar a mão, ela toma Walter de ponta. O que diria ele disso?

    "Nem tão malvado assim. Pouca coisa a faturar enfim..."

    Há há, ela exclamou, como se me tivesse apanhado. Há há, e assim ria, escorria, tanto que o fiquei rememorando no caminho e me regalei até chegar em casa, onde Exa entra abruptamente de sola contra os segredos de minha sacola.

    "Não precisa carregá-la por toda parte e fazer tanta cerimônia assim. Nenhum perigo de a gente ter vontade de meter o bedelho nesse seu pasquim."

    Maneira estranha de não manifestar nenhum interesse, falar de meu pasquim com essa paixão. Para lhe dar uma lição, largo-lhe um extrato.

    "O amor é tão raro que todos os amores têm, todos quantos são, os que se dão e os que se recebem, o de um dia, o de todos os dias, aquele que se espera sempre, um por um ou todos ao mesmo tempo, todos os direitos sobre nós, que se tem o dever de que isso se sirva como quiser de nós...

    — Que jargão!... Aliás hein, com todos esses *que* e esses *que se*, vê-se logo de quem é..."

Tudo vale para sustentar o ataque, ininterrupto nestes últimos tempos, nutrir uma agressividade que lhe faz subir o sangue ao rosto e arderem os olhos, que a faz retesar-se e vibrar como se fosse saltar para cima de mim. Para matar. Não a mim, mas o que ela tem. O que ela teeeeem. Destruí-lo devorando-o ou fazendo com ele amor de morte... Ela está em crise, em carência, e a enfrenta, quer sair-se dessa a frio, em jejum. Após haver reduzido sua consumação a um só copo, nem toca mais no vinho com o qual sempre se regalou ao jantar... Será que isso não tem nada a ver, ou o que ela viu em mim naquela famosa madrugada era assaz potente para lhe dar um choque tão salutar?... Ou será que ela consumiu demais e já não tem nenhum vintém, sequer para se abastecer?... Nada conheço de seus negócios. Nem sequer sei exatamente com que ela se chapava. Não estava interessado. Isso me dá nojo.

Ao levantar-se da mesa, ela me roçou, o bastante para desprender uma baforada de seu almíscar. Procurava-me, encontrou-me, embaixo da saia. Repeliu-me, meio que me derrubando da cadeira. Foi assistir às novelas, para manter-se em dia, ou tornar-se propícias por um sacrifício as divindades do ofício. A gente fazia isso juntos. Ela exigia minha presença quando eu vagava pela cozinha. "Johnny, venha depressa ver, Pascoalita caiu grávida!..." Johnny, ela me chamava Johnny. Lembra-me. Em todos os tons. Até ternos e alegres... Isso dará uma bela lama quando eu chorar, quando sair da pista para onde o vento terá soprado as cinzas.

Mas isso não teme nada por agora, todas as partidas são canceladas em meu divã. Posso permanecer o tempo todo estendido sem me mover, porque tenho todo o tempo, e, como só tenho isso com meu amor que tem as mesmas propriedades fluidas exatamente, toda faculdade de ficar de molho, deixar-me dissolver e dissipar, encher enchendo-me dela uma perfeição sem bordas, a imóvel limpeza daquilo que ninguém tocou, nem à razão sujeitou, daquilo que ninguém usou, nem nada, eu em primeiro lugar.

Tudo acontece. Dez minutos após a notícia bem ruim que ela esperava de *A mulher que amava demais*, Exa recebe uma bem boa, ainda que esconda sua alegria... A Ópera, da qual nada mais esperava, admite-a para experiência em seus ateliês, como vice-chefe, "um bico de tira e de papa-merda", eles poderiam igualmente tê-la "atrelado a um moinho" (de costura)...
"Mas é bem pago... Vou papá-la por amor, para me empanturrar até aqui... De amor, é claro..."
Nunca mais de través ou de viés. Sempre direto na cara do degas. Do meu, mas do seu também... Trabalho de cegarregas. Não obstante, para dizer a coisa como ela é, que a gente se habitua às piores indignidades, e ainda pede mais, não esqueço que ela não me depositou meu último presentinho. Mais um pouquinho, e um reconhecimento eu a faria assinar. Por 2 papos pro ar.
Para não acabar com os miolos em gelatina, pus o boné forrado do ex, após tê-lo desinfetado ao máximo com o pó antiparasítico de Ingato, para mostrar a quem de direito que de fato eu sou tão farsante quanto antes. Foi tudo o que o ex deixou, curioso se se admitir que esquecer sua cobertura significa simbolicamente que se perdeu o que havia dentro. Era seu *tapabor*, palavra estranha que a Tarazinha, de cuja alçada é, me garante ser em bom francês do século XVIII e ser exatamente o que designava, com suas abas abatidas sobre as

orelhas. Ela conhece um capítulo inteiro também sobre o *frappe-d'abord*, que era um mosquito, um tavão, antes de corromper-se em *frappé-bord* e tornar-se um ferrabrás, um mata-mouros, a quem é de todo adequado o tapabor. Ela é alegre e volúvel, toda ligada nos truques que tem na manga. Amanhã, ela sai. Tem deveres de casa a entregar. E como sempre teme aventurar-se sozinha em pleno dia, deverá contar com seu guarda-coração.

"Espero você no hall. Às duas em ponto. Sem erro. Você me reconhecerá facilmente, terei um coração na mão e ele começará a bater..."

Como resistir a semelhante tratamento?... Mas nessas horas escamotear a caranguejola não tem. O trem, este passa muito além. De carona, pode-se ficar plantado ali. Dez minutos imóvel, a gente cristaliza: um peso pesado vem a passar, a gente é lançado ao chão pelo ar da descarga, a gente tem tudo o que embarga a quem o amarga... Isso a diverte. Tudo é pois sim para ela. Já tem pressa, desliga mais que depressa, como se a duração da conversa fosse me atrasar...

O campo está livre, e Walter passou uma parte da noite projetando para si o que lhe pareceu um sorriso através do vidro embaçado de um carro. Espera até o meio-dia para telefonar, quem atende é Ernie. Que é que ele está fazendo de bom? Está de abrigo, vai pagar suas contas, e as de sua louca... Sua Bri está à sua mercê, "sozinha com as tetas em seu porta-tetas e o correio de Adele no rádio". Vadia e desgorgomilada. Todos os vícios! Ele pusera a mão nela, tinha-a na mão... Ela não tem razão para desconfiar, vai atender, trata-se de lançar as palavras que a vão arpoar. Ele deixa em vão tocar dez vezes, chama de novo, deixa tocar vinte vezes, corre à Mansão e acampa na cabina com seu drinque, isso não se comove, é uma parede, e ele não vai fraquejar, telefonemas não o vão derrubar, é o que teme. Batido por um frio soprado a uma velocidade que "faz os postes mudarem de lado de rua", ele se dá uma última chance nas proximidades do posto de gasolina antes de cair paralisado num banco de neve... Mas levantam o fone, ele está salvo, está com ela. Ela passou o dia na cidade, fazendo compras com uma amiga. Encontrou nos balcões de beleza da Ogilvy o que de melhor existe em matéria de creme, ela acha, ao preço que vale, para defender sua pele contra a famosa calefação elétrica instalada por Ernie... "Nunca mais ele fará o diabo a quatro! Um perigo público! Chame a polícia!" No vácuo que responde que ela não pode responder, ouve-se bricolar logo ao lado. Quero você, ele lhe diz de sopapo, o papo é sim ou não, depois não, nada de não, sim ou nada. Ela cala. Sacudido por arrepios que o fazem involuntariamente bater os dentes, ele lhe dá o troco até ela responder, e ela não tem opção para responder a não ser como ele quer. Ele lhe pede então um beijo e, da mesma maneira, o obtém.

Se Walter é poeta, no sentido em que o entende também a Tarazinha, está salvo. Mas será que ele é, terá ele transfigurado todas essas bufarinhas ou ter-se-á deixado moldar por elas? Temo por ele que tenha perdido tudo, até a redenção pela qual perdeu tudo. Como os santos em sua época. Mas a gente não dá bola. Quando me ponho em seu lugar, do lado de fora, fora de meu impossível elemento, sinto-me desemperrado, muito mais bem talhado para ocupá-lo do que minha própria sacola... Passei o serão em cima disso, e minha furiosa a costurar, a fim de ter algo sobre o lombo para ir remar. Com a boca um tanto amarga, mas o olho claro e os cabelos sedosos, ela agüenta a bucha. Eu também, mas não sozinho...

Seu coração é de ouro desta vez, sem afetar nada, mas bem redondo, bem pesado, concebido para encontrar seu lugar no fundo de meu bolso, com os trocados, e se dar novamente nos maus momentos de má ociosidade. Andei desde o bulevar Metropolitano, onde me abandonou meu samaritano, e estou com a ponta do nariz branca, ela me chama a atenção. Nunca viu isso.

"Você também não o reverá mais. Foi para o beleléu. Colei, mas não vai pegar..."

A gente dispensará, ela me diz, num grande elã de elevação de sentimentos, enrolando num só movimento seis vezes sua lã ao redor do seu. A gente irá a pé, longe não é. Quando se mudaram, ela foi morar bem perto de adrede. Ela me dá para segurar a sombrinha que a protegerá quanto possível, com seus óculos filtrantes, do sol rasante, particularmente nocivo. Carregará a vassoura, que achei tivesse pego por distração. Mas não, é uma verdadeira bruxa.

O cemitério Ebriomonte tem árvores tão altas, tão forradas de agulhas, e elas se comprimem em torno de nós de tal maneira que é bom estar ali, que a gente sente calor. É muito luxo e isso salta aos olhos, mesmo fora da estação, sem as sebes, os maciços, onde cada flor, cada folhagem atrai uma espécie de pássaro, de borboleta. Mas isso não me sairá caro...

"Tenho mão de ferro. Quando nós três nos tivermos finado, mandarei colocar você furtivamente a meu lado. Digamos do outro lado de mim..."

É bem no fundo e é como se não houvesse nada, até a vassoura ter descoberto o negro no fundo da neve e desobstruído o grande leito de granito. Completamente liso e silencioso: não há nada gravado, nenhum signo.

"Fale com ele, é ele, é seu irmãozinho."

É o que lhe diziam quando a levavam para ver Alexis e ela acreditava que o veria de verdade.

"Foi aqui que nasci. Esconderam-me isso... Minha mãe teve uma gravidez difícil e certa noite em que dormia com a dele, encontrou-a morta: agarrou seu cadáver acaçapando-se para procurar seu calor. Na loucura das dores, minha mãe veio ter-me em cima, com a dele embaixo. Ela me teve como um animal: na pele que vestira em plena canícula. Cortou o cordão com os dentes, sob uma chuva de estrelas. Isso se infetou. Deu-me um umbigo mofino e repugnante, não o mostro a ninguém, vou mostrá-lo a você se tiver um minuto..."

Ela leva uma eternidade para se deziperar, se desabotoar, afastar até o fundo suas cascas e desencavar o famoso fenômeno. Pelo que entendo, ele não tem nada de especial. Também não é o chafariz das borboletas, vá lá. Faz com que eu toque para me mostrar que ainda é sensível, como que não curado. Tem disso. Põe-se de joelhos e bate no túmulo, espraiando-se para colar nele a orelha e ver se responde. Depois se estende toda e me convida a acompanhá-la, ao abrigo da sombrinha, mais ou menos como na praia. Depois pede que eu feche os olhos com ela e contemple nosso futuro, olhe como vai ser sombra e água fresca... Por um certo lado, digamos o outro lado, sou toda sua, toda sua, sabe?... São tontarias, é poesia, não há como responder a isso...

"É uma loucura tudo o que me permito com você. É verdade!... Não é verdade, o que é uma loucura é tudo o que nos impede de nos alojarmos em tudo o que somos, um canário-do-campo aqui, um estorninho ali. Está ouvindo?... De fora, ou de dentro deles?... Todas as criaturas, e até os vegetais, os minerais, são maneiras de ser, não se sabe bem, e todas juntas formam um grande espelho que nos reflete, que nos mostra todos os nossos rostos, todos aqueles que teríamos se desejássemos, se não nos obstinássemos tanto em ter um só... O mais divertido é que isso equivaleria a não ter nenhum: de uma vez para outra, a gente não se conheceria mais, isso deveria sempre ser refeito. Ah que linda galinha, você teria pensado, como grande rapace, e você me teria colocado aqui, pela pele do pescoço. Ah penso comigo, que audácia, e fazemos isso, aqui em cima, mas irmãos continuamos, e assim nos danamos! Craque, desabamos através da laje, jamais saberemos por quê... Quer?..."

Quero sim, mas não se deve exagerar: irmãos que somos, nada se vai arriscar... Justamente, ela diz. O somos de morte ou não falemos mais nisso, pois senão não conta, não cria crimes... Inútil ela puxar os óculos em cima do nariz, não se manja o que isso quer dizer. Ou passar a ser.

"Uma velha coruja. A mais velha coruja que você puder."

Era o que ela respondia a Julien quando ele não queria viver com ela e lhe perguntava: "Que quer que eu faça de você?"

Isso introduz bem o caderno de Walter, que eu não sabia como tirar de sua sacola. Com a ponta de seu dedo enluvado, ela percorre os dois corações transpassados, depois as gotas de sangue, onde descobre logo isto, que me havia escapado: uma letra está escondida em cada uma, e as quatro, fundindo-se as iguais, fazem encadear-se "OSF" e "SFA" sob outro nome. Após um esforço de seus olhos fechados que a leva a se antenar e a captar as vibrações, abre ao acaso, depara em cheio com uma prece ao sol, que me dá para ler.

Dorme bezerro de ouro lambido até o sangue
Pelos muito morrinhas com dentes de serra
Morre empestado pelos seus incensos
Fumaça dos suores como dos escarros

Vai te esconder, ó pipa
Sim tu gordo, te manda
Nossos amores nada deslumbrados
Encontrem-se um pouquinho no infinito
As minhas estrelinhas e eu

    Tão facilmente tagarela, ela cala. Uma mão pousada na obra, toma uma das minhas e a segura por cima, num longo juramento.
    "É ele, é o sacerdote, ele nos tocou, nos abençoou. Acabou, nada poderá nunca mais nos separar."
    Vou deixar-lhe o conjunto, que ela promete devolver-me assim que o tiver lido e que, para garantir sua existência, o tiver mandado fotocopiar. Possui a chave da casinha de barreira. Tem de ir ao "powder-room", para onde me chama em seguida e me conta arrumando-se, inspirada por locais que sempre a aterrorizaram, a criança que ela era, pra lá de nojenta. Não fazia xixi na cama, mas em qualquer lugar. Na aula, à mesa, no jogo com a vizinha, à lembrança do irmão, à menor emoção, isso vinha. Tentou de tudo, experimentou de tudo: nem beber nem comer, não ouvir nada e olhar para o lado, renunciar a qualquer afeição, qualquer enternecimento. Debalde. Algo acontecia, que não se pode prever, controlar: uma boa nota, um sonho, um beijo da mãe. Tudo acabava por humilhá-la, em sua mais inquietante intimidade.
    "Isso se passou quando um viciado me sarrou. Eu me gelei."
    Com luvas de pelica, tudo isso a arrasou. Faz sinal para um táxi, a quem entende pagar também minha própria volta, mas não traz dinheiro bastante consigo. Para dissipar o

constrangimento, constrange cada vez mais: insiste, pede-me por favor, com todo o ardor, ela tem aos montes por aí, a dois passos. Assim que caímos com os pés no chão, chafurdamos, gaguejamos, não saímos mais dessa, concordamos da forma menos ruim possível quanto a uma condução para a estação Windsor. No caminho, ela se apóia em meu ombro e cochila no bafo, só se deixando sacudir na chegada para se deixar cair sobre meus joelhos, onde ainda estaria dormindo se eu não me safo arrancando-me, com todas as minhas raízes.

O trem pára antes e depois de Deux-Îles, não durante. Continuo a pé, sem levantar o polegar, ou me apressar, para relaxar. Sinto por minha vez quanto é extenuante amar. O enorme fogaréu que isso alimenta nos devora também, e nos esvazia.

Nenhuma luz acesa. A casa me dá uma impressão esquisita acaçapada completamente escura na neve. Exa raspou-se. Nem tão cachorra assim: deixou a chave na caixa. Não manifestou qualquer animosidade especial à minha saída apressada, sem desjejum. Não me deu bom-dia, mas a gente nunca mais se dá bom-dia. Deitou fel no olhar que me deitou, mas como em tudo o que me empurra goela abaixo, não mais. Aonde pode ter ido? Profundamente misógina e convencida da tartufaria das afeições platônicas, não tem verdadeiros amigos. Sequer tem família. Sozinha pra cachorro. Nunca se diz pra cachorra. Seria duro demais, não se poderia suportar. Será que foi vagar nalgum bar, paquerar? Perder o pouco que tem procurando tudo o que não tem onde isso não está, e que de qualquer jeito não lhe conviria com a cara que tem de nunca estar satisfeita?...

No momento em que vou pisar em meu orgulho e chamar Simon para me certificar de que ele não está a par de nada que em caso de desgraça me repreenderiam por não ter procurado saber, o reflexo dos faróis ofusca o muro contra o qual ela me havia acuado... Não fico ali plantado. De que eu teria cara? Saio de cara.

"Achei. Tome!"
Dinheiro. O presentinho que ela me devia. Tem jeito de estar cheio de onde isso veio. Ela me joga outro tanto depois do banho, onde me veio surpreender, ajaezada de roupas-brancas que fez questão de defender, e que conseguiu não tirar, para me frustrar ou me excitar, senão ambos, violenta e decidida a controlar o jogo até o fim, reduzir-me totalmente a uma passividade de objeto, intolerável. Jamais fez nada semelhante, nem jamais me quis ensaboar o juízo. A gente ainda se pergunta o que lhe dá, que prazer isso lhe dá, mas também, pois ela se dá esse ar de saber muito bem o que está fazendo: o que a prendeu, onde aprendeu... A menos que sempre o tenha tido e retido, que a barra tenha afrouxado com as tensões de nossas relações. Descubro aqui e ali, nas dobras de nosso fracasso consentido, remoinhos onde isso se mostrava, se procurava exprimir, mas, como eu não tinha bastante respeito por ela, bastante consideração como se diz em inglês, não prestei atenção.

"Foi desse jeito que você o ganhou?..."
Ela ia responder, não vai. Tem razão. Não vamos recomeçar. Já não há mais nada aí. Nenhuma palavra que já não tenhamos lançado ao coração do outro e que não se tenha plantado nele, que não tenha derramado nele todo o seu sentido...

A Tarazinha passou uma noite agitada, almofinada por um monte de bagatelórios que ela se censurava, seus excessos de confidências e outras. Parece realmente que não é fingimento, que ela não está catando cumprimentos, que não sabe realmente que ela é um desbunde.

"Ah, cara, que é que me deu, em mim também, para insistir em lhe enfiar grana nas mãos?... É a raça, não se pode deixar de dar força à mendicidade... Uma verdadeira morrinha!... Está aí, entendi, me apliquei e finalmente consegui... Não o desapontei demais? Jura?... Quanto a mim, estava esfalfada no fim tanto você me *apontava* com todos os seus olhos tão atentos, tanto você me mantinha erguida sobre minha ponta... Viu, isso me ganhou: vergibero..."

O que em mais alto grau lhe agradou em Walter são os "tanto".

"Há tantos tanto, usa-os tanto, não se sabe mais se tem medo de não ter bastante ou medo de não dar bastante..."

Como muitas outras coisas, ela tem olhos únicos, só dela. A sensibilidade deles, tão dolorosa ao sol, lhe dá uma visão não somente perfeita, mas perfeitamente detetora e corretora, apta a nos olhar como seríamos se não nos tivessem abortado completamente, e decifrar na hora qualquer garatuja. Ela passou sem esforço através da metade do caderno, com o qual quer ficar ainda todo um serão para ter tido, como diz, uma relação carnal completa. A fotocópia só lhe bastará depois. Eu lhe havia assinalado as páginas em que perdi o fio no tecido das excisões em ziguezague e arrependimentos acavalados, das eclosões flechadas e círculos de xícaras de café copiosamente ornamentados. Ela se consagrou a elas e consegue reproduzi-las mais ou menos de memória.

Bri deixou-se tocar, nos dois sentidos, e os amantes malditos decidiram solenizar o evento, "publicar seus banhos" com muitos comes e bebes, com a Too Much tocando acordeão em cima disso tudo como se não fosse com ela, como se esses jogos de fato não fossem mais de sua idade, como se ela preferisse na verdade "olhar padecer os outros". No dia seguinte, Walter, que sempre quer sacar tanto, parece ter ficado de saco cheio.

"Eu não entendia o grito de alegria que Bri soltara na noite que não acreditávamos tivesse terminado e que continuava a arrastar nossos corações dilacerados, saqueados, através da cinza e das baganas, dos estragos de cerveja e dos cacos de copo. Soltei um também e ao soltá-lo entendi. Eu a entendi. Ser ou não ser pego..."

Houve quelelê. Mais uma vez voaram socos, e não poucos.

"Foi ele que partiu pra riba de mim. Eu lhe estava devendo demais, baixava os braços, não me defendia. Foram as mulheres que me defenderam. Coitado do Ernie, elas não têm dó. Sempre na corte do mais forte. Só para melhorar a raça."

Para aliviar a atmosfera, convenceram Bri a dar seu show. Mostrar as tetas. E o fez sem mutretas. Ela sempre se julgou mais bem carroçada do que todas essas topless, senão o que há de mais fêmea que o diabo concebeu, e não se faz de rogada para se ver justificada. Com os acordes d'*O anjo azul*, arregimentados pela Too Much, e eles assobiaram, apuparam, mostraram claramente que eram civilizados, que haviam socializado seus instintos. Porém mais e mais o tempo fechou. Ernie reclamou, para fazer graça, que ela não lhes mostrava tudo. Não o outro lado de seu caráter... Ela se aperreou. O que quer dizer isso? E a coisa por aí não parou. "Até de boca cheia e de boca aberta, ele a bota no trombone, acha um jeito. — Eu é que reclamo? Vocês deveriam ver quando isso reclama... Mas não vão ver. Isso ela não lhes vai mostrar. Nem tentem, psit psit, ela não vai tirar a calcinha que lhes mostraria isso, vai tirá-la só para mim... — Esse não tem medo, esse aí! Olhem, tá se desabotoando. Nada lhe sobrará no lombo quando tiver acabado. De reclamar... — Ela reclama a tarde toda do jantar a fazer, reclama enquanto o faz, depois come reclamando que não lhe pago o restaurante. — Você não viu nada! Reclamará quando vir o que lhe pende sobre a cabeça! — O que não gosto é quando isso me pende em outra parte. — Onde? De que você está falando que vale a pena que se fale?"

Bri teria muitas vezes azulado, mas nunca encontrou tomador e não irá lançar-se na pindaíba. Não tem em seu nome nem o cacete para batê-la, e é assim que ele a tem na mão: ele arrota isso, e que ao preço que ela lhe custa após as deduções do imposto ela mantém bem a casa... É a história que contam. É seu mito fundador. Sem tirar nem pôr.

Meu amor falou muito, mas não muito de nosso amor. No momento em que digo isso aos meus botões, como se ela me tivesse ouvido, toma conta.

"Que é que ela teeeeem, Exaaaaa?

— Uma nova mola. Em espiral!

— Para amortecer golpes de quê?... Ah lalá lalá lalá, não sei como encarar isso!"

Não a ajudo. Ela que se esprema. Ela se espremeria melhor se me visse, ela diz. Venha me ver. Venho de vir! Venha mais. Venha sempre. Se eu vivesse logo abaixo numa quitinete, poderia.

"Eu o chamaria, lhe diria estou com saudade venha me ver polir minhas unhas se você for bem-comportado farei com que sopre no esmalte e isso me fará cair de quatro. Mas seria ao vê-lo chegar em cima da bucha que eu cairia de quatro. Cada vez. E minha alegria nunca diminuiria de uma vez para outra. E eu não a guardaria para mim, mas a devolveria a você... Você estaria sempre com os bolsos cheios."

Nenhum perigo. Ela não me fará engolir essa.

Exa acabava de quebrar o gelo com sua chefe na Ópera. Ultrapassou-me no bulevar do Rio. Deu uma freada, longe demais, depois hesitou se ia dar marcha a ré ou continuar ou o quê, até eu a alcançar.

"Que é que estou fazendo, como se não o conhecesse?... Estou disposta a reduzi-lo a nada, pois é o que você quer, mas aí, confesso, não sei mais onde parar..."

Pego-lhe o volante e faço patinar as rodas com gana. Isso responde a todas as suas perguntas. Não fez outras em todo caso. Ficou onde eu a empurrara, meio encostada em mim, uma pata ao leste e a outra ao oeste. Com um sorriso que tocava em todos os tons sem fazer uma prega. O tipo que homem ele acha que é, mas nunca se sabe, se o fosse, se o tivesse escondido, me surpreenderia, mas quanto me surpreenderia... De onde lhe vem a todo momento, de que conexão, que arrepio lançado em seu sangue, que ela esteja tão segura de inspirar o desejo e que o inspire realmente, sem dor e sem necessidade, não dependendo dele, mas comandando-o, menos ela em si do que mediação do desejo em si, objeto anuente de um sopro que toca o instrumento que ela é?...

Ela passou o jantar tocando com os olhos. Olhando-me ao lado dos buracos, como se eu não contasse, como se eu não estivesse pessoalmente presente.

"Se você faz comigo como com aquela perua, lhe dou o troco em dobro."

Não fingi ignorar de quem ela estava falando.
"Você nunca nos viu fazer, não veria diferença.
— Todo mundo sabe como se faz isso com uma vaqueta de grandes cascos. Não há mil e uma maneiras... Claro, você me repetiria também o que gunguna no ouvido dela.
— Essa agora, nenhuma chance de acertar.
— Como, você não a chama pelo nome, não lhe diz êh minha vaqueta de grandes cascos, êh, êh, êh aí?..."
Estou cagando e andando. Estou satisfeito que ela tenha perdido um pouco de seu controle e que se tenha deixado exprimir-se, e só. Apesar do que tinha de tentador aquilo que ela me propunha de perverso, aproveitei para agarrar o outro volante... Não quis saber de nada, não acusei recebimento de sinal algum. Nada de sessão.

Venha me ver, venha me ver! Ela não pára, não cansa. Talvez isso lhe dê sempre a mesma impressão quando o diz que a mim quando o ouço. A da primeira vez que me deixei pegar, que fui na onda, em desabalada corrida no pouco de noite que restava... Eu entraria e sairia, era todo o tempo que eu teria...
"Tudo bem. Desço para destrancar a saída de emergência e espero."
Eu não sabia o que me esperava. Não a conhecia bastante para não desconfiar de sua exaltação, ela bem que podia também querer deixar-se ver inteirinha. Encontrei-a na cama, olhos fechados, braços em corbelha, imóvel. Deixara um bilhete embaixo da lâmpada.
"Não estou dormindo. Faço de conta. É duro, mas é de coração. Quando me tiver visto bastante, apague a luz. Você é louco, sabe?"

Fui embora com um retrato que pendurei num Louvre onde só há ele, e que um Leonardo da Vinci pintou só para mim, e por que não, rei nenhum teve amante tão maravilhosa, ela torna a gente feliz, palavra de rei.

Como combinado, Walter me esperava na Choperia. Ela o embrulhou para mim no envelope em que lhe expediram as *Obras* de Gauvreau. Colou em cima este bilhete que me grita: "Venha me ver, venha me ver!" Já é demais. Cada dia a gente se atormenta, se pergunta, antes de a cerveja ter feito efeito, se vai telefonar ou não, ou nunca mais, para não correr o risco de avivar ainda mais um encantamento tão delicado e já sob tal tensão que qualquer choque, qualquer toque de varinha não-mágica o estourarão que nem um balão.

"Minha Tarazinha?...

— Meu cara?..."

Para fazer troça, ela me responde no mesmo tom, dubitativo. Eu ia perguntar-lhe se ela tem medo também, mas mesmo sentindo que não cruz-credo pelo som transparente de sua voz, é frágil também, é em pele de arco-íris também, não se deve tocar... Ela começou a bater a fotocópia à máquina. Isso não se pode perder e, nunca se sabe, ela talvez seja a única no mundo capaz de restituir fielmente o texto, com sua "artografia" e suas variantes.

"Será mais uma voz salva, talvez aquela, dentro de mil anos, que será exumada de sob um montão de carvão atômico... Imagine-me em Pompéia, e o estrondo que provocaria se me encontrassem intata, tragada pela lava enlaçando minhas trezentas ou quatrocentas páginas com dupla entrelinha..."

Ela é entusiasta, não resta dúvida, mas compreende-se pelo aspecto de suas reflexões, por sua leviandade, que o caderno é uma descoberta e um tesouro pessoais, não literários. Pobre Walter.

Estou decepcionado (é meu bem afinal de contas que é desprezado) e manifesto-o cortando abruptamente o assunto, para me prender melhor à minha leitura. Hoje, Bri convidou Walter para molharem o bico e isso acaba mais uma vez em bebedeira, em banzé. "Uma eleutéria", ele diz.

"Ela está de mal com Ernie por não poder prescindir dele, um gorduchão como ele, uma bela igreja como ela, não lhe perdoará jamais, não vai parar de picá-lo, espicaçá-lo. Isso me aporrinhava: 'Você está cansada, vá se deitar.' Ela me achou muito desaforado, mas foi. Ela não agventava mais anyway. Eu não agvento mais, nos declarou ela, tal e qual, reforçando com um lapso freudiano a expressão do efeito sobre a meteorologia de nossas platitudes. Enxugamos as últimas garrafas entre homens. Entre quatro olhos e quatro verdades. 'Você quer a minha louca? Pegue, meu porco! Dou de mão lavada! Com uma condição!... Quando tiver terminado de emporcalhá-la, você não a deixará vadiando, o.k.?... Vai trazê-la de volta para mim! Para eu cuidar dela... Vocês, vocês a emporcalham, eu a amo, o.k.?... O.k.?' Ele começou a me espancar. Rolamos no chão puxando a toalha conosco com tudo o que havia em cima. Nisso assomou Bri. Furibunda. Praguejando como carroceiro. Eu a teria possuído ali mesmo, em sua gana de unhas e dentes, colhida em cheio em seu sol, aquele fogo que a amadurecia todinha... Ernie me jogou meu blusão de couro: 'Venha, a gente se manda!' Ela ricocheteou, mais violenta ainda. A gente a agarrava por uma ponta de perna ou de braço, para segurá-la, quando podia, quando não cuidava para que ela não nos esfolasse. Aí ela mostrou aquilo que uma vez que a gente viu faz perdoar tudo: teve um acesso de riso, uma hilaridade de criança que nos pregou uma boa partida. Dois pra lá de doentes, ela disse... Doentes de você!... Ingrata!..."

A Tarazinha tem razão. Ele dá tudo o que tem, mas isso não voa. Ele não olha em que dá. Em que combustão. Contanto que arda... E tudo está nisso. Na escolha. O vetor dado ao elã. O amor não é um abismo para a gente se jogar, se livrar de si. Uma vala comum... Mas não só ele o compreendeu, pois jogou tudo pelos ares e em todo caso o destruía aos poucos, como também a gente não lhe leva a mal, pelo contrário, gostaria tanto que ele se tivesse encontrado, que isso se tivesse arrancado, que tivesse levantado. A gente lhe deseja tanto bem e o deseja tão raramente, e tão de coração, que ele não terá perdido tudo no fim das contas. Ele nos torna melhores.

Exa entendeu: optou, resolveu fazer disso uma comédia. Uma ficção, portanto, que a coloca fora de perigo de vida. De mim. Posso estar enganado, mas fica bem claro. É ela que está enganada se acredita que essas cerimônias vão nos descasar, nos desligar. A ela libertar. Nossos nós são orgânicos, e não há adubo mais rico do que essas sujeirinhas para os reforçar. Ela bisbilhotava ao telefone com Simon, de maneira tão cacarejante, inusitada, que me perguntei se se tratava realmente de Simon até que ela mais uma vez o nomeou. Referiam-se ao filme *Sem destino*, entre outros, e como se o tivessem visto juntos, embora pensando bem também podem tê-lo visto separadamente. Depois, comentários sobre alguém conhecido deles suscitaram sua indignação.

"Estou farta de beberrões e de aloprados! Ele não seria ademais um tanto maricas?..."

Eu a observava por cima de um livro. Ela me pespegou este ponto de interrogação em cheio na cara, depois me fez sinal para me aproximar. Estava com frio nos pés. Peguei-os sobre mim e massageei-os. Através das meias, ela não achava legal. Sorrindo sempre do mesmo jeito inútil para seu invisível interlocutor, arregaçou-se até o umbigo a fim de me dar seu colante para esvaziar. Cansei-me logo esfregando-lhe as pernas a seu gosto cada vez mais caprichoso, e ela as recruzava tão logo eu conseguia forçar uma operação em que me reprimia cada vez menos... Ela me mandou embora, de volta à minha jaula: vá pentear macacos, não é isso, tenho que fazer tudo eu mesma, retorne às suas bufarinhas... Ela me empulhou porra?... E se fosse ódio, de verdade, duro no duro? Se, sem sabê-lo, ou querer sabê-lo, por estouvamento, algures, eu a tivesse ofendido de morte?... Mas a maioria das vezes, nunca se chega a saber o que as pessoas têm no fundo, porque não se conhecem a si próprias, ou porque isso é tão escroto ou tão pouco, isso tanto não se parece com nada que preferem guardá-lo para si.

De acordo com o seu lero-lero, ela "pega no batente" depois de amanhã. Isso não a arrebata, "mas o que você quer não se pode viver sem amor, e isso hoje em dia não é dado de mão beijada..." Sentiu-se paparicada quando o outro pareceu propor-lhe um preço camarada... Simon? Simon Maré Alta, de calças pega-marreco e que sempre parece caminhar como se tivesse medo de entrar na água?... Não estou vendo muito bem.

"Não quero mais saber de nada. Isso não vale todas essas indigestões de asneiras. Quero embalar-me na escadaria com meu S.F.A. pelo resto da vida, tornar-me um outro sábio no inverno com minha bela invertuosa. Ela viera beijar-me ao sair para trabalhar. Tomou um táxi, que lhe terá roído a metade de seus ganhos quando a tiver trazido de volta. Mas não é tempo para caminhar, nem andar de *bíci*, e ela faz questão de sua boa reputação junto aos clientes. Pode-se confiar *com* ela."

Dei a volta dela uma espécie de última vez. Com Exa fora o dia inteiro já não será a mesma coisa. Ela não estará mais ali me aguardando, vagamente, me acompanhando assim ao longo do caminho. Não estará mais ali me recebendo, se bem que no fundo de seu ateliê, fora de minha vista, não abra a boca, não se mova. Descemos até a Ponta, onde fazemos confluir os dois cursos, a perder de vista, para nossa grande satisfação: é o que mais nos apraz refazer todos os dias. Depois começamos a subir o rio, cortamos seu vento até a avenida do Shopping que faz junção com a rua Principal que nos reconduz ao rio depois de nos ter feito fazer escala na Choperia. É sempre a mesma coisa, mas é por ser sempre a mesma coisa que podemos confiar nela, confiar simplesmente, encontrar nela um penhor de continuidade, de duração, tornar-nos críveis. Eu já era conhecido na Pequena Aldeia, pelo menos como comprador de charutos nas Irmãs Arpin. Passo a sê-lo nos Quatro Cantos. Cumprimentam-me, sorriem-me... Não sabem quem sou. Isso vai terminar e se virar contra mim quando se espalhar o rumor de que molho a garganta e de que passo um tempo enorme ao telefone empreendendo sabe-se lá que negócios...

"Alô, será que posso empreender seus negócios?...

— Será que você pode?...

— Isso resolveria seu negócio?...

— Ah lalá lalá lalá, em que negócio furado ele embarcou, como ele vai se safar desse negócio?...

— Você não vai ajudá-lo um poucochinho?...
— Muito muito, mas isso pode complicar um poucochinho..."
Pois ela está emburrada comigo. Esperava-me!... Havia estado de antenas ligadas e captado que eu vinha. Havia encomendado o necessário para me preparar, como tantas vezes prometido, um *soyersi*, delícia inventada em sua família lá no fim do mundo, em algum país engolido (ela diz ser meio cabarda meio huzule dos Cárpatos), e que é tudo o que sabe fazer.
"É sacana, me enganei.
— *Sacal* se diz.
— Mesmo quando é sacana?
— Não é sacana, fui eu que me enganei. Com o dia que muda à meia-noite, que dá duas pontas de dia por noite e duas pontas de noite por dia, me enganei de noite ou de dia...
— Ah lalá lalá lalá, agora ele não pode mais se safar dessa!..."
Pois é, o que foi então que eu disse, que lhe propus levado por minha galanice!... Não posso fazer-lhe isso, não posso deixar Exa sozinha numa casa vazia... É sua vigília de armas, ela vai ingressar na sociedade. Acharam-na o.k., aceitaram-na, dão-lhe um lugar, e só eu sei bem o que isso significa para o traste neurótico e intoxicado que sua insurreição havia engendrado... Mas ao amor tampouco posso fazer isso. Ela teria um *soyersi* contra mim e não tolero mais que ela tenha nada contra mim, a mínima falta de fervor: não há lugar entre o absoluto (como se sonhava no pátio do colégio) e o absolutamente nulo. Nenhuma zona de tolerância. Zero.
Ela já tem dezoito páginas datilografadas. Faz para mim uma cópia com carbono, isso torna as correções impraticáveis,

deve-se desempenhar um trabalho perfeito a primeira vez em sua pequena Olivetti, ou refazê-lo quantas vezes for necessário. É uma coisa louca, mas é preciso, ela diz, se assim não fosse seria uma coisa qualquer. Vasculhando os detalhes, ela se apega a Walter cada vez mais. Mas a gente duvida ao ouvir tudo o que ela condena na obra, no personagem.

"Não se consegue ficar ligado, todo o tempo se é perturbado pelos ruídos que ele faz com sua língua (francesa)... E é realmente um coitado com seu mulherio, seus trabalhinhos de sarjeta que ele coloca acima de tudo... O que é que eles têm todos esses gajos, todos esses autores especialmente, querendo custe o que custar tratar-nos como mecânicas meio desarranjadas que eles nunca bricolaram bastante com sua ferramenta?

— Tadinho, ele realmente não tem nada a seu favor..."

Culpa sua, ela me diz, você nunca vem me ver.

Já no jantar, quando Exa tira de um esconderijo um vinho que lhe confere uma solenidade e que me faz compartilhá-la, reconheço por minha ansiedade que meu sacrifício está feito, que renunciei a tudo, às mais estritas necessidades morais, à minha própria habitabilidade, para embasbacar minha Tarazinha e me submeter a seu capricho. Quero inchar-me bastante para confessar tudo com toda clareza: "Estou saindo, voltarei quando puder!" Mas ela já bebeu demais e seus olhos brilharam demais: isso seria ainda mais burro que cruel. A gente queima mais um cigarro com o chá e o bolo. Ninguém piou e sua embriaguez confere a nosso silêncio um lado tão estapafúrdio que ela já não consegue manter a boca cosida quanto preciso para se conter, e rebenta de riso. Ri sem tom nem som, avivada por minha cara de enterro (não tenho jogo de cintura para entrar no dela), depois sobe para o quarto esquecendo os sapatos aos meus pés sob a mesa.

Na paz que se refaz, numa profundeza que ela não atingira havia muito tempo, ouço de chofre, lá de cima, um grito que ela não fazia mais ouvir e que eu não esperava mais.

"Johnny?..."

Voz bonita. Deixo que repita. Uma nota mais alto.

Entre as plumas e os dengues, há muito que compreendi, embora não afete nada, e goste de buscar mais longe, que para lhe agradar é preciso forçá-la um bocado, ser pela paixão dominado, fazer violentamente questão de possuí-la, não possuí-la violentamente, e saber jogar com o matiz. Pois bem, ela terá tido tudo o que quis, como quis. E de coração. E isso a disporá a passar uma boa noite... Desempenho-me bem demais. Quer que eu fique com ela. O que também é assaz especial. Mas isso não é expresso de viva voz, o que torna os ouvidos de mercador totalmente naturais. A gente se levanta e se faz de tonto. Com a alegria que aguarda lá embaixo e que a gente já faz sua, embora odiosa, deixa-a na mão estendendo a mão para receber seu presentinho.

"Sem-vergonha..."

Você terá dito: às suas ordens... Ela me dá o suficiente para tomar um táxi. Para voltar, a gente verá. Quem sabe, as coisas talvez tenham durado bastante e acabarão por si.

Gelado de champanhe e laranja. Assim reduzido pela única enciclopédia que ainda fale dele, atribuindo à palavra uma "origem desconhecida", e degenerado pelo uso ignorante que dele se tem feito, não é de admirar que o *soyersi* tenha caído no olvido. Tal como confeccionado por uma Tarazinha, ele não só carrega você deliciosamente, livra-o de sua gravidade, mas também o defasa no tempo, de forma que você experimenta ter vivido seu presente. Como lá de cima, onde isso não conta mais, onde você não tem mais de escolher por já estar feito, de lutar por ser tarde demais, você só aos poucos se vai lembrando, só se projeta em visão: um passe de mágica que ela herdou de mãe para filha de hospodares decaídos e cujo segredo ela não pode revelar, a ninguém, para não melindrar-me, pois é justamente um segredo que a gente se transmitiu para ter um segredo, senão para se lembrar que é preciso ter um segredo, e ela tampouco me diz por que é preciso ter um segredo, não sabe, é mais um segredo, mas que ela desconhece... A gente é levado a se falar no pretérito. No imperfeito. O que aumenta mais o efeito.

"Você queria mais?

— Se não fosse pedir demais..."

Sobra bastante de todos os ingredientes, ela vai fazer um quarto. Quando retira a bandeja, nossas mãos se avizinham, e sou tocado. Arrebatado.

"O que tinha sua mão?

— O que tinha minha mão?"

Para melhor comparar, a gente põe as duas mãos lado a lado, sobre a mesa.

"Nada a ver!... A gente não só não era do mesmo mundo, a gente não era sequer do mesmo reino.

— Você é louco. Eu cuidava dela, ela era bela, e só."

A loucura é ser ela quem beija a minha. Chega até a pousar nela sua face em fogo, fechar nela os olhos, dormitar por um instante ou dois. Não se faz de criança, é realmente uma frente a frente comigo tão atormentado, tão incitado a partir e tão apressado em ficar, quebrado pelo torno, tanto não posso largar Exa que se doou com toda essa força e tanto o faço. Sob meu olhar deitado, desligado, é o que minha mão tem com todos os seus vasos a se incharem e a se atarem...

A gente não a ouve mais. E vai ver na cozinha. Ela sucumbiu à tarefa. Esvaiu-se sobre o balcão, adormeceu, com o pilão de alquimista na mão. Sim, ela diz, sim, quando a pego feito um saco para carregá-la para a cama. Não se despirá e não se fantasiará de defensora dos Orioles de Baltimore, não temos tempo, já perdemos bastante assim. Ah, ela diz, ah, recebendo-me sob o edredão. Tem razão, nenhuma carícia estudada igualaria a seu sopro em minha orelha, acidental. É uma satisfação total, uma dificuldade em subir frechado e de bom grado ao cadafalso.

"Durma, não tenha medo, você vai ver, não será dia quando a gente despertar, nunca mais será dia, a gente não despertará.

— Era o que você dizia sempre."

Somos despertados pelo telefone. Ela atende com murmúrios e sonzinhos cálidos, sem surpresa e sem agitação. É Julien, porém. Ele se anuncia, ele vem. Sou forçado a mexer-me e isso me convém. Ela me segura, a gente não fará essa sacanagem, é muito mofino e muito caviloso, muito abaixo de nós. Volte para onde estava, ela diz. Fique, não temos nada a esconder, quero que ele nos veja assim como a gente é, exatamente... Não entendo, mas seus argumentos são daqueles que não se discutem. Ela terá o que quer, devo-lhe isso, e, pela idéia que tem de mim, custe o que custar. Meu coração pôs-se a galopar, com tanta força que ela o ouve. Responde colocando minha mão sobre o seu, como dando às canelas também diante de uma catástrofe. O que tememos tanto se não tememos Julien, que é perfeito, que fará como se não houvesse nada, para não estragar nosso prazer, inocente ou não, que viria antes sentar-se aqui e tomar-nos um pouco em seus braços, tanto para nos tranqüilizar quanto às nossas intenções como para se armar contra a mágoa que elas lhe iriam causar?... Aí se ouve o elevador decolar, e entendo: este ar tão mal respirado, como se começasse a faltar, é o ar que se rarefaz com o segredinho que temos, e vamos nos asfixiar se o perdemos. Nesse exato momento, ela pifa.

"Ganhe chão!... Já!... Não mentirei. Não muito. O menor pouquinho possível. Como: ele acaba de sair, se tivesse adivinhado, o teria esperado..."

Nada de beijos, nem ao chegar, nem ao se retirar, nem nunca realmente, isso justamente não é nosso tipo de cinema. A gente se olha um pouco, o tempo de tirar um retrato, depois pois bem, estou pronto, tenho minha passagem para mergulhar tão baixo quanto isso quiser no negrume e no frio da escada que me elevara demais acima da condição humana.

Não sei aonde ir, mas é preciso ir, e só há um caminho. Descendo. Até a avenida do Parque. Depois descendo mais. Até a estação Windsor. Onde se dormirá até o trem amanhã de manhã, se isso ainda se faz. Dormir na estação Windsor ou simplesmente dormir... À primeira buzinada atrás de mim, sei que é Julien, e me dou conta subitamente disto, que é evidente: ela sabia o tempo todo que ele ia voltar, o telefonema tão breve só confirmava sua chegada, e, como ela lhe diz tudo, ele estava até a par de minha visita, senão de minha presença. Além do mais, ela pode muito bem ter meditado em escandalizá-lo. Abalar sua fortaleza. Seria bem humano...

Mesmo recusando-me a suspeitar tanto dela, sinto-me manobrado, embrulhado. Sem manifestar sua intenção, que eu teria combatido, Julien me reconduz a Deux-Îles. Pé na tábua. Para testar seu novo BMW, ou me exibir sua destreza... Sem afetar nada, é o que ele me tem feito desde que pulei de ano porque eu era sempre o primeiro, e porque ele me encontrou em sua turma no colégio, onde comecei a ser apenas o segundo: depois dele e sob sua proteção. Somos os melhores, ele me dizia, não há ninguém que chegue perto de nós. Sem visão periférica, já associal, eu só me alegrava em ser bastante bom para ele... Nas retas, faz saltar o ponteiro para 150 milhas e flutuar as rodas no barro. Qual é a relação? O que é que me escapa ainda?... Ou será verdade, será que isso o prova também, somos os melhores, e em partes iguais, pois como prometido deve-se compartilhar tudo?... Não demos uma palavra. Foi até desnecessário dar a entender por que não dávamos uma palavra. Era claro que isso é bastante confuso como é. Desnecessário acrescentar qualquer coisa.

"Bem, então, vou lhe dever mais isso.

— Você não me deverá nada, rapaz, você nada me pediu."

O naufrágio é total: Exa levantou-se, pôs a tranca, tudo está chaveado, até o carro. Se arrombo mais uma vez o respiradouro, ela vai chamar a polícia, me jurou. No estado em que tudo isso a terá deixado, ela o fará. E nada me excita a desafiar sua autoridade, que para mim nem fede nem cheira quando não bebi demais, à parte o fato de minhas extremidades começarem a congelar. Encontro um papelão no galpão e improviso um foguinho ao pé da escadaria, que alimento com um ramo do lariço percebendo que a gente sente um vazio após ter visto Julien, como se, mesmo imóvel, a gente tivesse feito um esforço grande demais, tivesse se esgotado tentando içar-se ao seu nível... Aí, na empena, lá em cima, a janela berrou.

"O que é que você está fazendo ainda?... Pena?..."

Não cola. Ela tem coração duro demais, e precisa demais de seu sono para se pôr nesta hora em amontoados de outros estados. Desce, abre-me, odeia-me com toda a sua força... Mas será que ela tem opção? Quem é que quererá saber dela depois do que fiz dela, que se sentirá assaz perdido, assaz perdedor para ir pegar uma bruxa dessas?... Ela acabará "sozinha pra cachorro", com ninguém sobre quem despejar sua raiva, esticando o pernil forçada a engolir suas secreções envenenadas. Seu sonho!... Mas eu não vou ficar me roendo. É da natureza das coisas acabar mal. Era preciso começar por não começar. Saber parar antes que começasse.

Mal encafuado, para que ela me visse caso procurasse mostrar-me sua coragem para se dar mais, olhei-a sair, ir constituir-se prisioneira... Ela se arrumara como eu não a vira havia anos e parecia não ter tomado nada. Seu andar era lépido e fluido: uma corça com pé de bronze que nenhum Hércules iria alcançar. Ligou e degelou o carro sem nervosidade, sem dificuldade. A crise devia tê-la descarregado de seus medos... Foi a única coisa que pude encontrar como álibi.

Walter também não é de grande valia ao fazer do amor um negócio de nulos, ao se matar (ao adoecer em todo caso) demonstrando que nele se deve soçobrar ao invés de o galgar. Nisso, porém, ele me põe em cheio na cara um espelho no qual me distancio, passo a ser um alter ego para mim... Bri consentira, a fim de lhe dar uma mão "no levantamento do corpo", telefonar-lhe um beijo a cada meio-dia. Depois, no fogo da viagem deles a três, ela lhe berrara que não contasse mais nem com isso, nem com absolutamente nada... Ele desistiu. Ela insistiu.

"Ela entendia mostrar-se bem cachorra e que eu devia rastejar entre suas patas gemendo para ela me poupar. Jamais me pegarão num jogo tão besta. Para cachorra, cachorra e meia. Tanto que foi ela no fim que me pediu um beijo. "Você não dá um xoxo em sua quenga antes de encerrá-la em sua gaveta?..." Quem me dera, mesmo que seja contra mim que o golpe é dado, que seja a mim que ela guarda fazendo-me de fofinho, que me ponha mais uma vez à sua disposição até que isso capote mais uma vez com Ernie. Por ora, isso nunca carburou tão bem. "Roda um horror!" Nem bem saíram do restaurante, já vão ver um show num clube chique, em Baie-Valois, em Beaurepaire. Ele a exibe por toda parte. "Ele não me dá arrepios como você, mas não anda vago como você, tem é bago!... Tchau!..." Tchau!... A mania de grandeza que volta a galope! Ernie não tem muitos truques no saco, mas os que tem são bons. Tira-a uma ou duas vezes de seu avental, e ela vira uma coquete do jet set..."

Meu trem das onze não deu partida, não dei minha volta dela. Fiquei com Walter. Desbravei as três páginas de sua jornada, com comichão nas mãos para telefonar. Para saber. Quem que chasqueia de quem com quem. Disparei de frecha para a Choperia.

Minta-me, meu anjo. Quero que me diga a verdade, toda a verdade, nada mais que a verdade que quero ouvir. "Viu como meu coração batia? Nunca bateu tão forte!..."

Aí ela se põe a cochichar porque Julien não está longe, mas parece que é menos para disfarçar do que para não o enojar.

"Tive de novo, sabe, um dos meus pesadelos... Uma coisa, ah não dá para dizer, imunda, um degradante horror que ainda me besunta toda... É o orgulho fulminado. Fico de cabeça inchada com você, e é minha punição."

Quero acreditar nela, e compadecer-me, mas não é essa a questão... Ela fala com Julien duas vezes por dia, sabe de longe se ele volta, a hora aproximada em que chega, e não me avisou. Por que isso?

"Teria estragado tudo: você sentia tanto prazer escapando, tendo superado todas essas atrapalhações só por mim, uma Tarazinha como eu... Eu teria dito o quê? Céus, meu marido, ele vai nos apanhar com a boca na botija?... Teríamos dado a impressão, os três, de sair cuspidos e escarrados de um romance de toalete... Não merecemos isso, mas o que há de melhor, de mais elevado. Eu queria que ele nos visse em todo o nosso esplendor, como se diz, e que o que ela tem de bem, de bom, o ganhasse... Meus nervos se afrouxaram, e é só isso que tenho, que você tem, a me repreender..."

Ela reflete um tiquinho. Não para se garantir em seu delírio, mas para ir mais longe em sua lógica.

"Ele não devia mais ligar. Foi discreto demais... Teria entrado, nos teria encontrado adormecidos. Ele teria visto, claro..."

Deve-se saber que estas palavras, postas no plural ("Eles teriam visto"), concluem também a história, nunca bastante remascada, do quarto à parte ao qual condenáramos seu irmão. Ele teria morrido disso, não da doença que haviam encontrado para justificar sua barbárie. Em vez de se consumir em prantos atrás de uma parede, ele teria sarado na cama em que os haviam arrancado um ao outro.

"Não a estou ouvindo. Você não me acredita?..."

A gente não pode meter o nariz nisso. Pode-se andar de olho, mas não tocar em coisas assim, que não se mantêm em pé assim, que são erguidas sobre a ponta e que vão cair se não se souber fazê-las girar assim.

"Como pode você duvidar de mim, uma Tarazinha como você?"

O senhor é o Cara de Tarado dela, um pejorativo que enobrece o senhor, que o reveste do orgulho dela e que lhe atribui, como a um príncipe, uma partícula... Deve-se aproveitar, isso não vai durar, "eles" não vão poder pagá-la sempre para mim. Ela é o luxo encarnado: na próxima catástrofe, não será mais tolerada. Para não se debilitar, se desacelerar, eles se desentulharão dos membros inúteis: ela será jogada na sarjeta, eliminada. Sei, ela me disse.

Exa escondia mal sua alegria sob a maquiagem danificada e a careta crispada que minha vista lhe inspirava. Tudo correu bem. Sensacional, ela até diz a Simon para quem liga depois do jantar para lavar o peito. "As garotas vieram todas me cumprimentar, me estimular. Dois ou três rapazes no meio, supergentis. Não esquentem, elas disseram, a gente tem bossa, a gente vai subir no lombo de vocês para domá-los sem maltratá-los... Fiquei com cara de tacho, sentia-me tão vexada depois de minha noite de amor como se diz..." O que a mata é dirigir, agora que não tem mais em quem se fiar para tanto (mais reticências metralhadas em minha direção). Simon conhece um jovem advogado, Amillo, funcionário municipal, que viaja nos mesmos horários. Vai sondá-lo. Estou doidamente interessado nisso. Espio suas palavras, à espreita do menor detalhe... É nos caldos desta caldeira, aliás, que fervo a fogo lento.

Ela abriu o caderno ao acaso, para assegurar-se de que não era a história de sua vida. Queixa-se de ter topado com troços infetos, como bem sugere a sujeira das páginas... Ah é? Como por exemplo?... Troços como você tem embaixo de si? Ela tira o corpo fora... Insisto: uma pequena amostra para ver... Ela me faz um molinete: fique dando à taramela... Então aproveito que ela me pôs a par do assunto, para lhe pedir, ela que freqüentou os M.C., Motoqueiros Criminalizados que fazem amplo uso de acrônimos, se O.S.F. não lhe diz nada. Lhe diz que vá se deitar. Mas até sua hora já passou, mais alguns minutos deixa escoar. Com ar preocupado.

Como por acaso, o telefone tocou logo depois e me desligaram na cara. Simon Comanditário sem dúvida. Um desses revendedores de cocô reciclados no ramo imobiliário... Quando a conheci, ela entrara em regime (o peru frio, como chamam) e levantava o moral com vodca. Acabava de herdar a casa de seus "adotivos", que ela acreditara a tivessem amaldiçoado, e isso a transtornava. A fuckava, mais exatamente... Isso desce tão mais depressa em tobogã quando ninguém nos perdoa. A gente manda tatuar nas costas um ratinho (*MUS*) levantado sobre uma pedra, e o vento do inferno sopra em vão a toda nos cabelos da gente. Farei vocês cuspirem em minha tumba. *Make U Spit on my stone.*

Tendo partido sozinho (sem Julien) para um giro de emancipação em Toronto, eu havia purgado o máximo (sessenta dias) por posse simples (um sachê que um espertalhãozinho me enfiara no bolso durante uma batida). Eu tinha um processo, meu ano acadêmico foi-se para o beleléu, eu estava frito. Exa me deu carona, depois simpatia, e me convidou para beber na Mansão. Na primeira noite, reteve-me para protegê-la de seu ex, que baixava o cacete nela para forçá-la a hipotecar a propriedade e reembolsar seus fornecedores. Depois o pássaro levantou vôo, para salvar a pele, e ela me reteve assim mesmo. Para me desenguiçar. Esperando sabe Deus o quê. Em todo caso não o amor. A gente tentara, não se acertara, e ela se espertara: "Deixe pra lá, é muito complicado demais para você." Não me deixei

impressionar: "Engraçado, é o que eu estava pensando com os meus botões." Isso a deixou basbaque, solução de araque... Não digo isso para me gabar, mas para mostrar com quão pouco estávamos dispostos ambos a nos contentar...
    Sempre se simplifica demais. Exa adquirira maus hábitos em má companhia, mas não era daquelas que se encontram a mãos-cheias. Ou com uma mão atrás outra adiante. Estava em plena juventude, e robusta, equipada para escapar ao pior abismo. Foi comigo que ela realmente se transviou. Com nossos anos bêbedos. A gente acorda mal a trinta e cinco anos abaixo de zero. Com um alapado de bode amarrado... Certa vez, foram as meninas Renaud que a encontraram... Boiando em seus venenos regurgitados... Elas vinham para mandar provar nas bonecas os vestidos que haviam brincado de lhe encomendar... Não se pode deixar cair alguém mais para baixo. Mas isso era muito complicado demais para mim.

    Terminou o pequeno café na cama e todo o aparato. Ainda que fosse uma lavagem, era sagrado, como uma comunhão administrada sem condição, e era um gosto de vida que seu calor me dava. Mas dispensarei de bom grado o aparato. O que não é o caso de Ingato, que tão logo de volta volta a sair, para obter, por contaminação lógica, miando normalmente e fazendo com que lhe reabram normalmente, que tudo volte à ordem. Ele não pode conceber que o sistema que o rege esteja abolido, que os circuitos tenham mudado de geometria... O que também não estraga nada, posso trapacear e tomar um verdadeiro banho no impecável modulado de sua majestade. Mas o silêncio ambiente adquiriu uma profundidade que faz dele um banho também, e me leva de volta àquele sem fundo em que me havia mergulhado minha escapadela a Toronto, da qual nunca realmente saí. Sonhei com isso esta noite ainda, e vi como fui, direitinho, me deixar "prender", imobilizar em mim mesmo, pôr a salvo de Julien que eu não conseguia mais acompanhar, na faculdade, mas também nos pequenos bares dançantes, ou no rinque, no hóquei. Professando debochar como de um fantoche, ele tomava tudo no mesmo pé, o de uma guerra que nem se cogitava não ganhar, porque só há um lugar onde não se passa sob o rolo: em cima do bolo. "Não somos apenas os melhores, somos dois. Dois contra cada um dos dois!..." Mas eu era todo sonho, enviscado durante horas a fio por um nada de néctar num olhar de mulher, um efeito que ele mesmo se divertia em produzir e não se permitia jamais sentir. Eu era desprovido de verdadeiro senso social, da menor agressividade, e fortalecido nisso por sua própria amizade, absoluta. Uma maria-mole. Um doce. Relapso.

Exa talvez tenha razão. Nos momentos que passei com Walter, ele confia em sua musa, acredita-se inspirado, deixa-se levar e afundar no escabroso. "Peste de salafrária, ah como você mais uma vez se portou mal com esse rasgão em seu colante preto, esse ninho de galinha com um só ovo que fez descarrilar o trem endiabrado, derrapar num jardim onde ele massacrou tudo..." Et cetera.

Tornou-se longo demais dar a volta dela antes de falar com ela, tenho muita pressa, há dúvidas demais ainda a dissipar, com absoluta prioridade. "Se você sentisse que ele a vai abandonar, não iria, para impedi-lo, até se aplicar, de qualquer forma, mesmo deslealmente, a torná-lo ciumento?..." A pergunta, que não consigo formular a contento, não me sai da cabeça, ou será que não há como fazê-la a uma criança que se compraz tanto em dormir com você que reservou um lugar ao seu lado onde ela dormirá a sono solto?... Será uma tentação velada de ultrajá-la, trespassar-lhe o coração? De matá-la para me aliviar do que ela tem de demasiado pairante para mim? Demasiado perigoso para mim quando vou cair com nada para frear a não ser cotos como os das asas arrancadas, por uma criança justamente, a uma mosca. Dez vezes por dia, penso abra o olho, você vai quebrar a cara.

À primeira palavra a distância é telescopada: o amor toda jovial acolhe-me de roupão diante de seu toucador, ou sua "vanity" como ela diz, mais adequado para erguer um altar às suas duas Emily, Dickinson e Brontë, que não são bonitas mas da maior beleza, que só teriam para se parecerem não parecer nada, mas que tanto amaram, sem tocá-lo, jamais, que o espelho não se perturbou quando elas contemplaram o amor e sobre suas faces ele refletiu a mesma imagem... A gente fala delas e do Esquilo Verde, o empregado da mercearia natural do mesmo nome. Ela lhe havia encomendado cenouras raladas. Ele lhe preparou uma salada de cenouras com ovos de codorna condimentada a molho de vinagre com óleo de amêndoa. Ele a adora, ela consegue tudo dele, arroz batido com mangual, açafrão em pistilos, certas aletrias chinesas, ou os mais delicados cogumelos *enoki*. Se não sabe o que é, vai consultar, correr, ir desanichá-lo onde o diabo perdeu as botas e apresentá-lo com um discurso que trata todos os aspectos do assunto, ele que ia à escola quando a professora não vinha... Faz-lhe poesia. À Walter. Coloca-a não sobre "um", não seria bastante alto, mas sobre "dez pé de estal". E ela o recebe nesse traje?...

"Ele merece sim, o velhinho, e que eu me tenha perfumado de jasmim. Você acredita que isso se toque ainda nessas idades?"

Cinqüenta e cinco sessenta, ela diz. Todo encanecido todo suturado, mas hiper-robusto, embora pareça que isso nada prova. E isso a regozija... Mas ela eleva tanto o nível de vida quando ri que aqueles de quem ri são exaltados igual e que não se lhe pode levar a mal.

"Tipicamente *morrinha* o que você esta fazendo, morder a mão que a nutre, que se esfolou dando-lhe com a língua mordaz nos dentes longos..."

Vejo-a deleitando-se ainda mais, toda dentinhos. Ela é forçada, esta noite justamente, a ir nos Morrinhas. E conta, para os devidos fins úteis a Julien, aproveitar-se de seu ar angelical, atrair algum velhaco para uma arapuca fazendo-se de Chapeuzinho Vermelho.

"Com as mãos, a pele que tenho, deixo-os loucos a meu bel-prazer. Basta-me aflorá-los, roçá-los, as mulheres deles igual, mesmo voraz apetite, podres de viciadas também, elas só tem isso a fazer e a fazê-lo melhor, fazer-se titilar melhor como também vestir-se melhor, alimentar-se melhor, viajar melhor, afanar-se para refinar nossos costumes, civilizadoras de botar pra foder..."

Ela diz isso para me comprazer. Ela não é tão irresistível assim, e se eles fossem tão interessantes, a gente saberia, eles se anunciariam no rádio, nos jornais, venderiam ações de seus costumes... Se voltar viva, me contará como se saiu com Lupulina, que se deixava emocionar por Julien quando este receou ser invadido, colonizado, e preferiu a liberdade, que ele levou até à loucura de amar como se escreve um poema, mas que faz questão de lembrar sua amizade a uma tão poderosa herdeira.

"Não, Julien não é ambicioso, não seria capaz. Se passasse a sê-lo realmente, desistiria. Isso já não o divertiria, isso já não seria um fantoche."

Será que todos não pensam assim?...
"Ah é, vou perguntar-lhes. Adoram isso, esses troços, meio profundos. Mais profundos, tapam o nariz..."
Julien percorreu o que ela copiou e caiu de quatro. Manda perguntar-lhe se não é uma peça que lhes estou pregando... Ele também acredita que vem de mim. Todos me vêem abaixo de tudo, alfim.

Sessão. De lágrimas. Exa não queria nunca mais falar comigo, falar o que se chama falar, mas isso lhe pesava muito, precisava despejar o saco, e eu era o único a quem isso dizia algo. A senhora Kotzky tem assento na diretoria do pessoal da Ópera, e foi ela, sua patroa de aprendizagem, apesar de todo o trabalho que ela lhe dera, orgulhosa danada como era, para que ela a abandonasse também, que se lembrou dela com toda a confiança que depositava nela, e que fez prevalecer sua candidatura. Não é ter cravada uma faca no coração, mas é como se, isso escorre, não pára mais, e foi só isso que ela pôs por ora na carta em que lhe quer agradecer... "Nem sequer a nomeei em meu c.v.!..." Esta arrogância ingrata e esta humilhação satisfeita, consecutivas ou simultâneas, conheço de cor. Eu sou órfão também. Eu fui adotado também...
É tradição. Cada ano, em seu aniversário, tão logo soprou outra chama e o bolo foi cortado, partilhado, Walter condena sua Too Much.
"Você fez um zero de mim! Uma soma nula e que decresce no fim! Por uma questão de honra... Sua honra!
— Eu sou uma cigana, jamais pertencerei a um homem que tem um senhor, jamais me colocarei sob um homem que se coloca sob um outro, preferiria jogar você de volta na lixeira

onde o apanhei. Se quiser manter-se de pé, vou me arrebentar por você. Servir através de você o fedegoso por cima de você, jamais!...

— Veja aonde isso me levou, veja onde estou acordando, não há sequer embaixo da cama um floco de poeira de minha eira. Tanto melhor, eu estaria envergonhado, como se o tivesse roubado. Não tenho direito a ele, não fiz minha parte!..."

Ela não concorda. Sua parte, cada qual a faz, até um aloprado, até um enforcado. Sobretudo um aloprado, sobretudo um enforcado. Aliás, quem é que conta as partes? Os banqueiros? Anar, a mãe. Nenhuma carteira, nenhum papel. Chegada a hora, ela sequer poderá receber a pensão dos velhos. Nem ele com certeza, quinhão de nobreza... No barraco à beira d'água que construíram juntos, conseguirão aquecer-se de qualquer forma, a preço de porem fogo nele e arderem dentro. Cada ano, no dia de Santo O.S.F., eles voltam a se questionar, de cabo a rabo, e a coisa fica preta ao clarão das "estrelas vistas ao meio-dia", quando brindam exclamando: "Blue heavens forever!..."

Sou despertado pelas buzinadas do "doutor Amillo", repercutidas por sapatadas precipitadas no chão, na escadaria. Isso me agita como se fosse isso viver, e me força a me levantar tornando-me o sono impossível... Se eu continuar como parti, não terei saído da estação, terei vadiado aqui esperando que o trem que me trouxe me apanhe e me leve de volta. Mas, como nos dizemos sempre, a Tarazinha e eu, não estaremos nos tornando espécies de santos ao viver só de amor? Se lhes temos erigido templos e lhes rezamos, não será porque cometeram a loucura de viver só de amor e a isso se mantiveram fiéis, porque nos salvam reanimando o que reconhecemos ter de melhor, nosso verdadeiro fogo, que ilumina e que aquece?... Sim, viver pouco, mas viver melhor, uma meia hora, um quarto de hora por dia se preciso, mas de amor, a preço de ser forçado a matar todo o resto do tempo, e de emborcar junto. Isso não é para qualquer um, evidente. Apenas para as sensibilidades excepcionais, investidas de uma missão enquanto tais. E bentais. Como diria Walter.

A Tarazinha passou a noite a revirar sua noitada chique na cabeça. Conhecia a energúmena, mas não a sondara bem com suas antenas, e ainda se pergunta de que jeito é todo este efeito que sobre ela ela tem feito. Ripolina. (É isso, ela a desbatizou. Azar se ela é "Lupu" for you ou nada pra chuchu.)

"Não foi necessário paquerá-la, ela veio pra riba de mim. Uma grande rapariga de dia, com o rosa nas faces que o excesso de saúde lhe pôs, e sem pó-de-arroz. Um corpo súper, uma máquina de lhe fabricar cinco seis filhotes enquanto ele faz seu cooper. Ela não desejaria outra coisa, mas os bons partidos são raros, todos lhe foram tomados... Ah uma bela igreja. Que se inclina um pouco como pode para se colocar ao nosso alcance. A gente se sente bem mirra e bem mixa ao lado. Bem cachorra também, forçosamente. Quando ela nos fala de seu Fogo, um cocker tão grande quanto ela quando se põe de pé sobre ela, a gente sente o gostinho de lhe perguntar por trás ou pela frente, e seu jardim suspenso você o loteará quando ela nos confessa suas taras hereditárias em matérias imobiliárias... Ah ela não falha, a gente recebe todo o peso na cara do degas. Depois ela vai divertir-se de longe em longe lançando-nos uma espiadela, do tipo o que pode atrair um homem àquele montículo de vento, do tipo como se deve remar lá dentro antes de encontrar uma retrete para estacionar o cacete... Se ela soubesse!..."

Isso me interessa. O que é que ela saberia?... Nada. Falou por falar. Mais uma safadeza. Falou de sobejo, não tem mais desejo, senão de se jogar n'água igual uma tonelada de tijolos com sua línguazinha de víbora. Sério!

"Mas se você promete que se jogará comigo, acreditarei, e não me jogarei logo. Vou esperar que lhe dê comichão também, para não lhe ser duro demais..."

Prometido se ela parar de cuspir no que adoro. Não entende. "De profanar a si, meu tesouro." Deu, deu, ela entendeu.

Em suma, ninguém lhe fez gabação, e ela passara a tarde se embonecando. É verdade que a iluminação nas festas de gala das Belas Artes é sem piedade para com os vampiros.

Não é nosso dia. Eu tinha um trocado para um chope, contado. Antes, sempre havia dinheiro no pote para compras, eu pegava o necessário, sem balancê. Com a entrega a domicílio, já não há por quê. Será que esse jogo vai durar? Parece que sim. Será que vou agüentar? Como o resto, até o fim. Não se deve tocar em nada, sobretudo não limpar, desinfetar, esterilizar o rico adubo onde o amor nasceu, ordenar e desequilibrar as relações orgânicas nas quais ele desabrocha. Essa confusão podre é o forte dela.

Maneira de entrar bem em seu primeiro fim de semana de férias, Exa põe-se à mesa de penhoar e cabelo molhado. Com o molho de alho do qual se orgulha e do qual sempre tem um resto no fundo da geladeira, fez novamente espaguete. Tanto cheguei a enfornar, já não consigo realmente me apaixonar, mas enquanto ele não me sair pelo nariz, estou feliz, não sou um ingrato. Está sempre pronto na hora em ponto. Em honra de Ingato que faz um angu por pouco que ela não se conforme aos sinais de seu relógio biológico. É ele o verdadeiro tirano doméstico.

"O que você está procurando?"

Ela reduz, como para um penetra, como se fosse eu quem só pensasse nisso, a entreabertura demasiado profunda em que eu menos mergulhava do que baixava os olhos para refletir em minha condição.

"Um pila ou dois. Para comprar chiclete em tablete...

— Não tenho comigo.

— O quê? O que está dizendo?

— Se você quer chiclete, ponha chiclete na lista. Tudo o que você precisa: na lista. Encomendo para você. Difícil demais para você?...

— Não vejo a ligação ainda... Puxa, pode repetir.

— É a mim que você quer?..."

Estou aqui, ela me sinaliza, afastando-se de debaixo da mesa e espichando-se na cadeira.

"Não lhe pedi a lua... Apenas um pila ou dois.

— Tire seus olhos daí, não tem nada aí.

— Onde?

— Em mim toda. Você não me larga desde que desci."

Ela sonhou isso, eu estava quieto no meu cantinho, completamente absorto no caderno de Walter. Mas não é a intenção que conta, é o efeito, e isso fez sobre ela um danado, parece, paranóico e suspeito.

"Isso não a lisonjeia? Não vale um pilazinho ou dois?"

Nem isso nem todos aqueles verões em que me demoli endireitando o barraco, consertando o telhado e um teto podre que largava detritos de gesso quando na cama ela se virava. Eles tampouco valem nada, pelo que se vê, mas tudo bem, se não dá mais para brincar eu me lixo.

Ingato está tão contente que Exa me traz um café, como nos tempos em que se ordenou seu universo, que ele a pisoteia ida e volta miando e se esfregando, com a cauda toda eriçada. Não sei o que ela tem, senta-se na beira do divã e fica ali, sem provocação, sem agressividade. Não sei o que me dá, talvez um arrepio que um sonho ocultado fez passar à realidade, faço-lhe, com verdadeira ternura, um pequeno carinho entre os joelhos. Isso a constrange, ela se contrai, se endireita.

"Para quê?... Isso leva para onde nunca se chega..."

Ah é?... Mas tem outra coisa, e perceptível ainda naquilo que tem de demasiado meigo sua maneira de insinuar em minha mão meu pila ou dois... E isso também lhe ensinará a se arrebentar pelas narinas. Depois, pegou o vezo de medir as alegrias pelo estalão neuroléptico (rush, high, buzz), e a gente nunca mais paga por seu justo valor. Posso falar com tanto mais objetividade que não sou entendido no assunto. Jamais toquei nisso.

Dou a volta dela, para largar do pé de Exa que lançara as vistas para o aspirador, e faço escala no bar O Cais, para variar. Estou a sós com a garçonete. Ela está com as duas tetas à mostra. Elas têm um bico enternecedor sob o céu tornado violáceo por um pesadelo de neon do qual me lembro pela maneira como torna fosforescente seu estritamente necessário. Como conto a meu amor, a quem esses costumes interessam, ela nos oferece uma dança "total" por cinco dólares e, por uma canção, deixar-nos olhar de soslaio seu estritamente necessário. Meu amor não entende como eu tenha podido recusar-lhe isso, considerando-o um caso de grosseria, não tanto por privar a garota de ganhar a duras penas a vida quanto do prazer de se mostrar, o que diz mais sobre ela, a meu ver, do que sobre a garota...

"Estou com sede e não vou me privar de uma cerveja que sua especialidade já me faz pagar duas vezes mais caro."

Julien procura tranqüilizá-la quanto ao seu valor, sem cessar e sem se cansar, mas ela dificilmente consegue sair da fossa em que caiu na festa de gala das Belas Artes.

"Peça-me que o ame. Diga-me que é urgente, que precisa de uma enorme quantidade de mim, de massas e de montões de mim para preencher o abismo em que um desmoronamento o precipitou..."

Dê em cima dele, digo. O.k., cuido disso, ela diz, trato disso primeiro que tudo com toda a minha frota de caminhões, dei bastante aos Morrinhas. Lupulina e os Hunos. Isso não conhece Gauvreau sequer de nome. Quando a gente lhe apresenta *O vampiro e a ninfômana* como a ópera de um Mozart prometéico, exuberante e generoso na dor e no desespero, ela nos olha com comiseração, como se houvera escapado por um triz.

"É por *isso* que se é possuído, corpos e bens, que se é governado. Isso me trespassou o coração. A ele também o trespassou. Ele se jogou."

Ela não entende, como se aprende na faculdade de direito, que é bom que a Norma seja nula. Que se, além de todo o seu poder, ela se metesse a ter amor, seria tirania.

E isso me atinge de ricochete: para ela ter tanto o tempo todo, Julien não deve consumir-lhe muito. Mas talvez eu não conceba que quanto mais se dá mais se tem.

Seu atraso de ontem e outros "deportamentos", inclusive meus panatelas preferidos encomendados no Steinberg, tudo se esclarece: Exa pulou a cerca. Fornicou. Não pode ser mais clara ao telefone com um de seus dois Simon, ou três: "Bom, mas não era bem isso..."

Acabava de acontecer. Malgrado chuveiro expresso, ela ainda sentia o cheiro nela. Daí sua fobia de que vissem sob seu penhoar, e na moleza em suas maneiras hoje de manhã, sua estaçãozinha à minha cabeceira, como no confessionário. Já trabalhada por sua franqueza, arranjou outro jeito para me colocar a par. Mas seu escrúpulo me surpreende. Nessas circunstâncias, e desde que mo promete, deveria ter fanfarronado... Fornicar. Ela. Que nunca estróina, que prefere bordar um vestido com ponto miúdo. Como ela devia estar ressentida comigo... A gente vai dar muita risada.

Depois é a dona Ainda-Não-Isso, pomba. Ela o diz a cada recruta, para colocá-la de saída sob sua batuta, do tipo "se gostarem, voltarão, terei outras tantas a serviço deles, se não gostarem, bastará dispensá-las". Ela é crassa, diria Walter, para quem isso é correto se a gente não é morrinha ao mesmo tempo, se o é apenas para brincar, dar-se prazer em vez de fazer-se morrer.

Crasso bastante ele próprio, acha um sarro essas páginas com Bri ao telefone. Mas há trechos duros demais para decifrar, pedirei que mas explique minha amante-mestre em letras, a preço de me achar ela um tanto deficiente. Mas se ela ainda não entendeu isso, tem lacunas igualmente.

"Ela teme que em sua idade eles comecem a descer, a se pôr em declive. Não há como que uma prega por baixo? Ela quer saber. Você não tem um espelho onde olhar? Já já? ela me lança, logo arretada, colocando para que eu as toque suas cordas sensíveis ao meu alcance. O que faço? Diga-me o que fazer."

Depois está rasurado, recortado, mas compreende-se que ele acaba por fazê-la passar, ao telefone, por um sério exame anatômico. E não é pequeno o orgulho dele com esse duplo jogo de manipulação, que acredita haver controlado.

"Ela achava que me faria perder a cabeça e afinal de contas sou eu quem tem as rédeas na mão. Mas sem dúvida perdi na virada. É isso que eu mereceria."

O silêncio é o mesmo entre minha furiosa e mim, mas ele mudou de mãos, sou eu quem o detenho, eu quem foi traído e quem se cala... Ela sempre pôs a mão no fogo que durmo com "aquela louca". Ao argumento de que Julien não é um esfregão, de que não se faria com que ele limpasse isso, ela responde que o esfregão é "ela" e que eu sou a lixeira. Ele a jogou em meus braços por não saber mais como livrar-se dela. Começou descarregando-a ali ao lado, para me embelecar, ou para que em todo caso, falando de esfregão, nós a esfregássemos quando ele a chutasse, mas ela, Exa, melou tudo ao perceber claramente seu jogo. Eu deveria ter vergonha e me conter: trepar com isso é bestial, como aproveitar-se de uma débil mental... Não falamos mais nisso, mas isso está sempre ali no fundo do silêncio, e controlado pelo dono do silêncio, aquele dos dois que é o silencioso mais forte. Ela procura revidar-me com golpezinhos baixos, como areando a fundo sua banheira após ter percebido que dela me servi. Depois, ao bife com fritas, um prazer domingueiro, ela me simula com os olhos o trejeito da órfã que levou o coice da mula: "Não será um tanto fácil culpar-me, eu que nasci como uma bosta e que jamais me perdoei por isso?" Respondo-lhe pela mesma via. Como ela pode pensar isso de si, com o motor sensível e impetuoso que tem, que pega fácil e que sempre exige mais? Não concebo. Ingrata, ora sebo.

A Tarazinha, tão viçosa e tão lépida, atravessava seu próprio domingo seguindo seu próprio costume. Julien sempre faz o impossível para neste dia se fazer presente, mas o fizera demais justamente, voltara a se deitar para se recuperar. O importante é que esteja aí, isso muda tudo, isso se respira, está no ar, é o próprio ar, o ar puro, que já não tem nada que asfixie. Irão ver os Canadiens jogar contra os Flyers. Parece que vão descer o cacete, derrubar as amuradas... É um outro mundo, um alhures onde ela jamais teria posto os pés se ele não a houvesse introduzido, onde ela não o segue mas o acompanha, tão torcedora quanto ele, bastante para se interessar pelos jogos na tevê em sua ausência e lhe passar seus comentários.

É o que eu estava esperando, ela resolveu do tique ao taque todas as dificuldades que me deu a sessão à distância com Bri, "bastante salgada obrigado", mas sei que nunca o é demais para ela, embebida que está do sentimento de que isso jamais pode ir tão longe quanto, bem levada ou bem largada, ela mesma saberia ir... Assim, ela retraçou perfeitamente estas palavras, ilegíveis e ainda por cima completamente confusas se não forem ouvidas de viva voz: "Onde você vai pô-la, vai pô-la lá, onde lá, eu não disse lá, pô, lá, lá, vou instalá-la lá, e quando me perguntar se está lá, encontra-la-á lá..." Engraçado, ninguém nunca me perguntou isso, ela disse, caindo das nuvens, antes de suspirar como se muita água houvesse passado debaixo das pontes. Ela nunca se engana, não deixando escapar nada de sua ambigüidade. Mas é a própria natureza dela, dificilmente poderia agir de outro modo. Assim, dirá que gosta do fogo, mas que não queime, ainda encerrado na árvore, em folhas em vez de em chamas, e que a gente se engana sempre ao encontrar o amor porque este é feito para ser buscado, para girar em redor, em órbita... Será que ela encontrou ou busca ainda? Será que a resposta está na pergunta ou seria muito fácil, que ela também não sabe bem, que ela também aprende aos poucos, o que seria o fino do fino, o sobreaviso garantido.

Os Canadiens ganharam, mas Nolet fez jorrar o sangue de Ferguson, não o deitou, mas o fez danadamente dobrar os joelhos. Na ocorrência, Exa, recuando pouco em suas posições, não rezingou para mudar de canal nem manifestou outra forma de animosidade. Engoliu tudo, feito uma boa menina. Até exclamou, de vez em quando, para mostrar que estava no lance: "Mas mas mas são criminosos, prendam-nos, chamem a polícia!..."

Terminado o jogo, barrou-me o caminho com uma perna um tanto demasiadamente ousada para meu gosto, senão para meu senso moral.

"Por favor, deixe-me em paz.

— Sim, mas onde? Diga-me onde. Mostre-me onde..."

E ela contraía a boca em beijos com os quais me ameaçava. Ah ela me embasbacou, eu há anos não a vira tão faceciosa. Soltei-me, ela logo me alcançou, e sobre minhas costas pulou.

"O.k., não se brinca em serviço, vamos resolver isso!..."

E ela não jogava mais com as palavras... Rolamos pelo chão, onde me contentei em protegê-la contra sua própria energia. Tudo o que não se podia mais exprimir em recriminações explodia sob outras feições. Escarneci. Meu vício.

"Vamos, vamos, entre cornudos podem-se encontrar acomodações..."

Para fechá-la, e exacerbar bem as emoções, ela plantou seus dedos em minha boca...

"Eu é que não tenho medo, o que é que o retém, vamos, morda, morda sem nhenhenhém, corte-os, cuspa-os que eu veja o que você tem no corpo, se é que algo tem, se não é só carne branca de galinha..."

Deixo-a abusar à vontade, observando-a para me edificar. Se ela me deixar louco farei loucuras que me colocarão a seus joelhos, louco de arrependimento. Ela dará a volta por cima. Não obrigado, já dei. Johnny Chicken, mas não Johnny Fish, não Johnny de anzol no queixo de escol... Na marra, ela desiste, com uma honra enxovalhada que ela parece querer limpar em mim ao mesmo tempo que seus dedos.

"E aí, o que é que você ainda está fazendo aqui?... Ele não está dando a mínima, hein? Se agarrando, se incrustando!..."

De joelhos por cima de mim, ela insiste fazendo pesar todo seu peso, espalhando em minha carne seu calor, suas vibrações, e depois, com minhas picuetas de realmente não estar dando a mínima, os beijos com os quais fazia caretas.

"Você sabe, hein, até onde pode me levar?... Quer ver?... Quer?... Quer?...

— Você me ama, pombas?

— Isso quer dizer o quê? A gente ama sim um cachorro, cachorro danado!..."

Às vezes, com um estalhaço de voz, é como se voltasse a ser a pior rameira do mundo. Onde será que ela contraiu isso? Como é que ela produziu o que dá nela? Prefiro nem saber, nem ter conhecido, mesmo de vista, o bizu nas barbas de quem ela se jogava assim para trás e se abandonava completamente... Eu teria receado demais assemelhar-me a ela, aproveitar-me dela, embora me tenha enternecido, tenha desejado recuperá-la, reavê-la, mas isso era tão pouco semelhante, tão pouco conforme ao que a inspirava, que ela me repeliu brutalmente. Não venha nisso se intrometer. Você ainda vai deitar tudo a perder. Donde você sai, você nunca esteve lá quando acontecia alguma coisa nalgum lugar?...

Resultado: ela deixou dinheiro no pote para compras, como antes, e um bom café fumegando numa cafeteira comprada por baixo dos panos, só para meu bem: ela carbura com chá, com Keemun Black... Mas isso não resolve nada, só aumenta a confusão em que me lançou sua bacanal e que me impele a buscar indícios a torto e a direito: na cômoda e embaixo do colchão, depois no ateliê de alto a baixo, antes de voltar aos dejetos da cesta de lixo, onde pedacinhos de um papel picadinho me pareceram suspeitos. Recolho-os e obstino-me em juntá-los, cada vez mais "mofino e repugnante" como diria a Tarazinha.

"Trabalho: disciplina e concentração (resolver os problemas afetivos — sair de meus padrões, meu labirinto de proteções, arriscar grosso, <u>ousar dar demais</u>) e fechar os olhos? descansar, desfrutar do conforto de amar? avançar, mostrar-me — perigoso demais se ele ficar encafuado, blindado?..."

Quanto mais se avança tanto menos se vê de quem se trata. Tanto menos se tem certeza de que seja de mim, a quem ela disse tudo, fez acreditar tudo e pretendeu, salvo isso, sentir uma paixão... Vejo-a gargalhar, por pouco não sufocar diante desta idéia, desta bufonaria... Joguei tudo para o ar no meio do caminho, depois juntei tudo e repus em seu lugar. Seu mistério, você pode guardar!...

Bri nos faz rir às pampas com seu jogo de regalar Walter desfiando-lhe safadezas contra Ernie. "Ele passa o dia em trajes menores, arrastando o chinelo e puxando para cima o traseiro do calção, ou molengo diante da tevê coçando os chatos, tacanho demais para passar um xampu, eu preciso dedicar-me, e do mesmo jeito que sua mãe: ensaboá-lo em cima da pia da cozinha e enxaguá-lo com água de *pato*, como chamavam em casa a chaleira..." Crassa como é, ela faz certamente a mesma coisa com Ernie em detrimento de Walter. O que faz sem muita despesa a felicidade de dois homens, totalmente seguros em sua virilidade. Que, em vez de se mostrarem as presas, se tomaram de compaixão recíproca e se saltam ao pescoço quando estão na chuva. Nada burra. Ainda menos que ela também não se dispensa, para fortalecer suas posições, de gabá-los um perante o outro, com a mesma vivacidade, e semear uma confusão que se sabe, que sei por experimentá-lo, que dá prestígio às estruturas que ela embaralha. "Ele tem um ar bundão assim, mas aos cinqüenta anos já não precisava levantar-se de manhã, era o dinheiro dele que trabalhava por ele, seus investimentos a 15%, seu bloco de apartamentos. Nada mal para quem aspirava ser um mascatezinho de aspiradores!..."

    Decido dar uma volta dela. O tempo está bom e preciso refletir sobre tudo isso. Ver se se pode ao mesmo tempo ser livre e deixar livre, controlar o que é feito da gente sem impor seu controle aos outros, dos quais somos mais ou menos objeto, que são o que age sobre nós, o que nos forma, e que do mesmo modo não podem deixar de renunciar a nos submeter sem pôr sua liberdade em perigo... Encho o tanque no bar O Cais, decidido a reduzir de uma vez em duas minhas escalas na Choperia, onde minhas longas manobras na cabina

telefônica (um verdadeiro cockpit para mim) me transformaram em objeto, real ou imaginário, de uma atenção que me é matreira e que entendo reger dessa maneira. Pergunto ao acaso o nome à garota, a mesma. Pope (a menos que seja Puppy cachorrinho, ou Poppy papoula). Uma alcunha. De quintal. Uma etiqueta. Ela não pergunta o meu, reconhece-me com minha sacola de Air Italia, o que lhe basta. Bate em retirada atrás de sua barricada e volta a pôr os fones de seu transistor. Observo-a a fim de alimentar o amor, que teve logo o gosto daqueles limbos iluminados por estrelas abortadas que exalam a alma através de sua casca. Conte mais alguma coisa, ela diz. "Será que, se eu fosse jogada na rua, eu poderia fazer a mesma coisa? Como ela é?
— Tem tetas... De mostrar, pombas.
— É uma pedra em meu pequeno jardim?"
Isso encerra o assunto, e a conversa se reencadeia lá onde estou com minha exploração de Walter. Consultando sua cópia, para ver se não anotou nada que possa me interessar, ela lança de passagem, como uma escarrada, tão violenta quanto inopinada, sua opinião sobre os costumes de Bri: "Velha cabra!"
"Na rasura abaixo de *mostrarem as presas*, desaninhei *arreganharem*, palavra que vem provavelmente do latim ricaneare ou recaneare, que se dizia para um cão que rosna arregaçando as beiçadas...
— E daí?
— Walter tem cultura. A menos que seja um pirata de dicionário. Não parece. Me dá antes a impressão de um daqueles impostores como se vêem entre os poetas. Um pouco demais artistas para seu próprio gosto, excluídos, fantasiam-se de coitados, fazem como os outros. Fazem-no tão bem que a gente acredita, e os põe no mesmo saco. A gente lhes

reflete o personagem e eles acabam sendo pegos direitinho lá dentro. Não saem mais. Não conseguem mais..."

Como se fosse comigo, ela me pergunta se isso me diz algo... A mim, ele me emociona porque queria superar-se, exceder seus poderes, e porque perdeu a fala procurando a palavra certa, uma outra palavra, a palavra do outro, aquela que ele queria engendrar... Fracassos tão caros, tão custosos, só mesmo os grandes orgulhos pagam por eles... E você?

"Nenhum talento, nem mesmo o suficiente para falhar em qualquer coisa.

— É intolerável. Não se deve suportar isso.

— Sim, mas onde é que um peso morto pode se jogar? Embaixo de um caminhão? Um peso pesado? Ripolina, por exemplo?... Ela estava no jogo. Pavoneava-se três filas à nossa frente, em todo o seu esplendor cromado. Fazia-se de sapatão com sua companheira para arretar seu público... que ela tinha identificado, sem se virar nem nada."

Pouco se me dá. Nada disso é comigo.

"Venha me ver, vou lhe mostrar se nada disso é com você! Ou nem vou lhe mostrar, mas você vai ver, vai dar no mesmo. É o que tenho para lhe dizer."

Ela já tem cinqüenta páginas batidas, uma dezena das quais ocupadas por suas pequenas anotações pessoais ("for your eyes only"), que assumem tanto espaço e audácia, e liberdade em relação ao manuscrito, que ela não sabe se no fim não terá que guardar tudo para si até ter sido atropelada... Está brincando, ela me diz. Dando risada.

"Você logo vai me conhecer bem."

Ela me conhece muito mal para não saber que não há nada, sobretudo não aquilo que mais a envergonha, que não me faria amá-la ainda mais. Quero dizer, falando sério, mesmo se ela se aplicasse a me enojar, não há crime, horror que não me faria amá-la ainda mais. Não me lembro de nada que ela tenha feito, que ela tenha dito, nem a pior platitude, que não me tenha feito amá-la ainda mais. Basta que ela respire para que eu a ame ainda mais e que pare se com unhas e dentes embirra em me impedir.

Tanto é verdade, isso me torna tão poderoso, que vi que nada poderia impedir-me de exprimi-lo tal e qual à minha furiosa e até (e eu cogitava seriamente nessa eventualidade espreitando seu retorno para ver se o doutor Amillo lhe poria a mão na bunda ou algo assim que me tivesse divertido bastante) de estender-lhe uma faca para que ela a plantasse em meu coração, para que acabasse comigo, para que a gente acabasse com isso, quando eu tivesse acabado de desembuchar... Mas eu nada disse, nem uma palavra sequer a propósito da cafeteira. Nem sequer lhe perguntei como estava passando. Era visível. Ela parece cada vez mais disciplinada e concentrada. Parou de se maquiar, para fazer como as outras no serviço, as jovens. Isso ainda aumenta a impressão de mudar de pele que ela me dá... E se fosse realmente o efeito de meus maus tratos, se eu a tivesse salvo levando-a até o limite e me tivesse queimado ao fazê-lo, imolado moralmente?... Falando sério, sempre lhe quis tão-somente bem, até quando era impossível, quando ela já não era ela e já não queria sê-lo, com uma raiva e uma acrimônia que se odiavam e procuravam destruir-se através de mim. Ela saltava para cima de mim como a gente se joga, queria "matar-me" como se eu fosse seu mal, o abismo em que seus excessos e suas frustrações a haviam mergulhado. Estranho que não nos falemos mais, que ela não tenha mais nada a dizer desde que tomou seus problemas nas mãos em vez de empilhá-los nas minhas costas.

Também já não nos olhamos tanto. Surdos, mudos, cegos, a gente só pode ainda se tocar, mas isso também está armadilhado, minado. Assim, no jantar, ignorei, sem mais nem menos, por nada, que ela enfiara uma pluma por cima da orelha, de um picanço dos cedros, com sua gota heráldica na ponta, de cera ou de sangue (e que prova a seu ver que suas tuias são cedros, pois ele se nutre nelas). Após alguns choques acidentais com o pé e outros sinais mal recebidos, ela a pôs no lixo com os ossos do frango. Suas batidas de Molière no teto, imperiosas, vão me fazer falta se continuar assim. Ela não ousa mais. Não se autoriza mais a zangar-se comigo o bastante para me mandar me enxergar, me pisar no cangote ordenando-me submetê-la. Terei que tratar de lhe inspirar aquele desprezo que a deixava desbundante pra cão. Seu cão de raça. Não seu cão vira-lata. Nem seu cão raivoso, doente. Não teria eu nas mãos, como senti à primeira vista, uma farsante, cujo grande negócio é tender os nervos da gente para afiná-los com o seu desejo? Eu até discutiria o golpe com a Tarazinha, mas ela vê Exa como uma daquelas mães impacientes, exasperadas, sacos de secas minados de dodóis nada gostosos cujos filhos não entendem que um homem jamais ache gosto em beijá-las, ainda menos em chafurdar sobre elas. Você faz isso com ela?... Essa velha joça?... Como faz vista grossa?

"Nove dias! Ela contou. É a mim que ela se queixa de que ele não lhe dá atenção, que a cozinha a fogo lento em sua calda, modo de dizer. Dá para entender Ernie: deixou-a roçar-se no braço de seu sofá e, em vez de tomar posse dela, tomou o poder que isso lhe dava. Eu não me espantaria que fosse para levá-la até lá que ele lhe paga todas essas saídas, e para mantê-la lá, crucificá-la lá, até ela ter expiado bem seus pecados comigo. Ele tem um ar bundão assim, mas sabe o que a excita, e que partido tirar dela, mas combalacha com demasiada segurança, acha como driblar-se a si mesmo... Estivesse eu lá, ele me veria olhá-la oferecendo-se daquela maneira, tão sexy quando não é um show, quando ela é possuída para valer, ele triunfaria, me diria você quer, pegue-a, já dei. Ele me fez isso, e voltará a fazê-lo até que eu o tome ao pé da letra, e ele triunfará mais ainda, estimando ter puxado nossos cordelinhos de bonequinhos... Ela brincou de me fazer adivinhar o que me comprou para o Natal, que não é um Austin-Martin como James Bond (elipse acrobática típica de sua língua impura, própria para pecar)... Com sua vida trepidante, esqueceu que fui eu quem sugeriu um Rémy Martin. Conhecendo minhas capacidades, prometeu-me um tamanho grande. Prometi, em contrapartida, derramá-lo na sua barriga e lambê-lo como se eu fosse James Bond e engolisse quilômetros ao volante de meu Austin-Martin. Para ela isso era balão. Promessas de beberrão."

A novidade de encontrar a casa vazia pela manhã está esgotada. Resta um buraco, saco. Ligo a CBC para escutar sua música de Tarazinha, suas notícias, suas previsões do tempo. Mas isso logo já não enche as medidas e saio, para o mundo inteiro, inteiramente habitado por ela, onde o vento, qualquer que seja, lúgubre até, ou furioso, espalha como se eu já a ouvisse sua voz tão viçosa e tão lépida. Alô?...

"Você sempre me diz alô, o que é que você quer dizer?

— Está aberto, entre... O que mais você me faz dizer, cara, só para me fazer enrubescer..."

Sempre mais ou menos as mesmas palavras, mas como na missa, e como se cada vez o amor fosse dado ao vivo, sem guardar nada em si, nem uma casca para se proteger, para se cobrir, não parecer completamente ridículo no caso de a gente ficar de calças na mão, de acabar completamente nu num banco de neve.

"Para encontrar nisso do que enrubescer, é preciso querer. Faça-me então enrubescer, você, para ver.

— Justamente, eu estava falando disso também com Julien, a gente se perde em conjeturas. O que prende você lá? Quando você sai, o que o faz voltar para lá?... Por que você se deixa trincar assim, reduzir a nada por tão pouco assim? É o quê, aquela criatura? Seu carrasco, seu castigo? Você expia o quê? A gente adora você, mas é em vão, à força ela não vai nos deixar mais nada para adorar, terá passado tudo na moenda... Julien pede-me para repetir o recado, e nunca foi tão instante, tão insistente: você está em casa em nossa casa, vamos dar-lhe as chaves, você dormirá no gabinete dele, onde ele não põe mais os pés."

E eu não dormiria mais com ela?... Quando?... De quando em quando? Em dias fixos ou por sorteio?... Ou o tempo todo para a gente não se privar? Dia e noite até enjoar?... Ela vê que isso não fica de pé pois a gente já não fica de pé, que isso é uma sede de beberrões pois já estamos bêbedos... Mudança de assunto, o que ela quer de presente no fim do ano.

"Você... E você?

— De minha parte, tenho você presente todo dia."

Isso a arrouba, mas a gente ouve *arromba* com sua maneira de nasalizar os o. Isso a faz subir pelas paredes, pomba. Ela concorda com alegria.

"Você é tão gentil... Quer tanto agradar que isso justifica que fique com ela, e tudo o que faz com ela... Se você pudesse conseguir, e mostrar-lhe que ela está errada, de qualquer forma, ao tratá-lo como um imundo... Escute, ela não é sua mãe."

Reconhece-se o trabalho de idéias recentemente debatidas. Devem tê-las discutido a manhã inteira. Entre outros, inclusive alguns segredos de minha infância, ele lhe revelou, lembrando-lhe que ela responde "tudo bem" e nunca muito mais quando ele lhe pede notícias minhas, que no fundo ela está sem notícias de mim, que é sempre ela quem fala e quem se revela, que eu não digo nada, que ela não sabe nada, que não me conhece.

"Que é que você está fazendo? Como vive?"

Respondo o quê? A verdade? Que não vivo? Que não acredito muito nisso?

"Você tem amantes? Paga profissionais? É você o estuprador com chave de fenda? Você sabe como tudo isso me apaixona, por que não me fala jamais disso? Será que você ficaria mais à vontade indo mais longe na descrição de minhas próprias torpezas? Mas isso também pode enojá-lo... O risco é grande. Não ser mais venerada por você, isso me magoaria muito... Sério! Diminuir o mínimo que seja aos olhos que a gente ama, nem ouso imaginá-lo, é um cataclismo demasiado violento!...

— Chegou o dia? A gente sobe pelas paredes cada qual à porfia?..."

Ah ela tinha verve. Passei horas no cockpit, nas alturas em que quero viver e não alhures. Embora não totalmente de enfiada. Tive de ceder duas vezes o lugar a impacientes enquanto ela tratava de ninharias que se divertia em me deixar adivinhar.

"Você foi alimentar o Esquilo Verde, que seqüestrou em meu lugar?... Estou quente?... Você lhe deu um espetáculo? Um show? Topless? Shoeless?...

— Por que não um *bacorinho* já que estamos nessa?..."
Tampouco pude adivinhar que isso era, segundo Walter, um carinho molhado entre os dedos do pé. O que a gente riu. Tensos como estamos pelo desejo, e colocando toda a nossa felicidade, tudo o que nos apega um ao outro, em ignorar, como uma armadilha, um mexilhão para pingüins, um mito, ao menor contato apreendido por uma piada de duplo sentido damos gargalhadas, gozamos a bandeiras despregadas, que só rãs em pia de água benta mergulhadas. Tornamo-nos ridículos, pouco importa, não bancaremos os Romeus e Julietas, podem tirar isso da cabeça. Não vamos nos deixar imobilizar, mesmo arriscando ficar imobilizados.

É isso que é. Um milagre cada vez. Alguma causa que produz um grande efeito. Nada acontece e a face do mundo está mudada.

Antes, éramos civilizados. Quando um saía ou entrava, a gente se cumprimentava. Acabou. Que ela chegue andando sobre a cabeça ou que eu dispare como um foguete: boca!... Isso iniciou quando se verificou que cada qual decidiu que esperaria que o outro capitulasse, e continua porque cada qual sabe que se reclamasse dessa barbárie o outro responderia peço-lhe desculpas foi você quem começou, e não acabaria mais. E como tudo o que se deteriora é infeccioso, é Ingato que deve encarregar-se cada vez mais de me anunciar que o rango está esperando.

Ela não moeu os ossos. Uma omelete parmantiê mista com queijo cremoso e cogumelos em perigo. Era o dia do filé de porco em sua agenda, mas ela o descongelou muito cedo, ele estava com uma cara esquisita. Ela tem toda uma rotina a reorganizar...

"Você não me deve nenhuma explicação, minha corça com pé de bronze. Não me deve nada, absolutamente nada.
— Não é motivo para me impedir de me exprimir."

A gente se recobra um pouco com a sobremesa: "bolas ao rum" apanhadas numa confeitaria onde ela deu de face com Saia Basta, a quem ela não havia mais encontrado, ainda está de quatro, desde os bons tempos de suas más companhias. Sempre igualmente adejante. Contraiu matrimônio com um advogado do meio. "Ela paquera num pequeno cupê esporte." Tendo passado dos trinta anos, a pesca com caniço, a gente em saia basta.

"Como a gente foi safados um com o outro... No entanto..."

Ela não termina a frase, que se afoga no sonho em que rolam seus olhos. O que elas podem ter feito de tão vergonhoso, juntas ou com outras, e que eu jamais saberei, porque temos todos a mania de reservar para nós o que mais nos faz subir pelas paredes e de adormecer o mundo com nossos primeiros passos na Lua e nossos bombardeios no Vietnã.

Ela me fez subir numa hora em que eu já não esperava por isso, mas aparentemente não era pela boa causa...

"Continuo com sede. Será que tenho febre?"

Enchi o copo e levei o termômetro.

"Não sou nenhum sapo, toque-me, você vai ver..."

Não, não está com a testa abrasada. Mas tem as costas úmidas e o desconforto a mantém desperta. Trato isso friccionando-a com álcool.

"É o quê? Sua cozinha que você não digere?...
— Eu é que sei?
— Só isso, não precisa mais de mim?
— Eu é que sei?..."

Ela apaga a luz, despe-se pela metade na penumbra e me faz com o pé a história do bichinho que sobe.

"Não estou com vontade... Me dê vontade..."
Sei, ela teria dormido tão melhor depois, mas não colava. Os vapores de álcool estragavam o perfume de sua cama, lembrando-me antigas escrotidões que me cortavam o apetite. E eu a segurava... Ela não gostou.
"Vou lhe avisando, meu Johnny, você não me recusará isso muitas vezes."
Magoei-a e sequer fiz de propósito, me escapou, tenho horror disso. Incrível, eu contava com um momento assim, uma dessas reconciliações tão mais vitais desde que ela se está entregando a elas de corpo e alma, como se diz.

Encontrei a última palavra no pote para compras.
"Tentei de tudo. Agora com você. Encontre algo. Ou ponhamos um ponto final nisso."
Um ultimato. Ponha isso no bolso e o lenço por cima, meu Johnny. Só que não é o que a gente quer saber após ter ficado se roendo até de manhãzinha, tê-la ouvido levantar-se atrasada, e estugar os passos com uma coragem intata, emocionante, à medida que se aproximava o momento em que o doutor Amillo ia buzinar. Ela poderia ter cem vezes, mil vezes razão, mas não terá razão contra mim: o único efeito é tornar-me ainda mais refratário e livrar-me de minhas próprias reticências. Animal algum, a não ser completamente malsão, desprovido de qualquer instinto, vai se deixar acuar contra o muro sem se enfurecer, sem querer sua pele defender, e só isso... Que ela não perca seu tempo fazendo troar seus grandes canhões, não me atinge, sou um inseto no interior dela, estou na pele dela... Amargo e de má-fé? Eu é? Se sobrar um só, este serei eu!...

"A Too Much quer oferecer-me como presente uma ceia de Natal com meus amigos. Ela nos recheará um peru (*I'd stuff it for you*) e o servirá com arandos, como nos States." Ela não põe nisso, é de crer, nenhuma ironia contra Bri, e vê-se melhor em sua denegação do que ela é feita: "Não penso nada dela, é em você que estou pensando." Mas é mais rico em inglês, onde "I don't care for her" tem o sentido de "não dar bola" que uma tradução não pode refletir com a mesma justeza na complementar: "I just care for you". Fica-se sabendo também que ela é do Maryland, o reino dos arandos em questão, e que aprendeu seu francês de sotaque quebequense com as irmãs da Congregação. "Quando a conheci ela ia para a cama recitando o rosário. Vasculhava a ralé de Boston para desentocar miseráveis execráveis, impossíveis de salvar salvo para ela, gente como eu, como só havia um."

Ele vai guardar para si o julgamento que Bri passou sobre a Too Much: "Adulosa mentirosa!" Não pode criticá-la, ela não poderia imaginar que uma S.F.A. não fosse um pouco gentil demais com outra mulher para deixá-la bem-disposta consigo mesma ("com que objetivo, chega-se a perguntar: de que ela a queira para ser sua faxineira?"), mas com seu O.S.F., para banir seus receios e seus escrúpulos, tranqüilizá-la sem se imiscuir nem fechar os olhos, sem posar de vítima e se prestar à derrisão da corneagem. Mas isso parece mais difícil do que é. Ela não tem ares de ficar se roendo.

O bar O Cais acaba de abrir na hora em que chego no topo de minha volta dela, ainda não há nenhum gato pingado, assim me agrado. No momento em que Pope me avista, pendura um sorriso, como se põem os óculos, ele não lhe vem com naturalidade, como quando se está contente. Deve estar esperando algo plantada ali atrás do balcão. A mim não, é o quê então? Sento-me no fundo, de propósito dir-se-ia para que ela percorra três vezes o caminho mais longo: tendo vindo saber o que quero, depois trazê-lo, deve voltar ainda, para devolver o troco e receber a gorjeta, saracoteando-se ida e volta sobre os saltos demasiado altos que lhe fazem balouçar os seios. Preciso atentar, pois isso não tem nada a ver, é para controlar melhor o alojamento do telefone, onde uma Tarazinha mal encarnada me aguarda, ao abrigo da espessa cortina que ela me pedirá para afastar quando explodir a música para ver através de mim Pope a rebolar-se nas barbas daquilo que me parece, por seu terno, um caixeiro-viajante.

"Ele se oferece isso como digestivo, com um Grand Marnier.

— É ele quem faz girar a Roda, tem o direito... Não como você, que refresca os olhos com os olhos?... Que tal a acha?"

Como agorinha.

"Você não olha na direção certa."

É no rosto que a verdadeira nudez se reflete e se trai, que tudo está escrito, mesmo que seja em chinês e que se precise traduzir, em braile e que se precise tatear. Ela diz qualquer coisa, para me engabelar.

"Pare, seria de acreditar que a mulher existe, que não é um mito inventado pelos mercadores de fazendas e de massas para modelar."

Ela continua igual, volta àquilo quando a distraio, nitidamente inspirada pela atmosfera do bar O Cais. Está "naturalmente a fim" como diz de vez em quando, sem precisar. Mas não é por maldade. Tenho certeza... Afora isso, tudo bem, mas para a ceia de Natal, para a qual me espera, sem falta, não sabe o que fazer. Não sabe fazer nada, nem sequer fazer funcionar o fogão, uma bosta para ela.

"Não esperam vocês em Lavaltrie...

— Julien irá sozinho se fizer questão. Eu, desta vez, quero receber você. Venha ou não venha, vou me sentar ali e esperá-lo. Com meus chips e minha coca-cola. Gosta de chips e de coca-cola?... Faria isso por mim?...
— Não quero que se fie em mim.
— Sei, claro. Sei a maçada que será, uma histérica em plena noite de Natal não se abandonar, mas tudo bem eu também você é tudo para mim, não tudo tudo, não um criado-mudo, mas isso não é melhor, é pior que tudo, você não sabe até onde posso ir, o prazer que sinto em bricolar o caderno de Walter é encontrar nele você metido em toda parte, interpelo-o, em voz alta, e você me responde, com minha própria voz. Não acha que Bri é do meu tipo: calhorda e vadia, que não fuxica nada?... Mandamos tudo às favas, somos pioneiras. Dentro de alguns anos, a metade dos americanos que nos teremos todos tornado estarão condenados a ser nada mais que comilões, a consumir de pés e mãos amarradas a fitinhas codificadas. Aquela velha cabra e eu teremos visto vir os Morrinhas..."

Ela lançou as vistas para a injúria, que ela politiza. Não pode mais prescindir dela. Desfere-a com mais força e rabugice ainda do que Walter.

"Ora bolas, você não vai fazer chorar a Mãe Françoise...
— Sim! Sim! E dona Exa também!... Espero você. Com sua mala..."

O que eu poria dentro? Sou de uma perfeita limpeza, passo sem deixar traço, ou guardá-lo. Com tudo o que ela tem de "apatacada", dá risada.

Nunca a vi tratar de tão alto as vontades de Julien, que ela sempre se honrou em cumprir. Aliás, não fala mais nele tão seguidamente, isto é, o tempo todo, senão diretamente pelo menos a qualquer pretexto. Ficaria melindrada se eu lhe observasse isso. Em seu catecismo, não se tem o direito de amar menos, é o pecado mais mortal.

Exa esbravejava ainda porque não sobrava mais fígado. Eu me defendia asperamente: em seu propósito de me eliminar anulando-me, inutilizando-me, exceto para o uso universalmente reconhecido como o mais degradante, não me havia ela demitido também do serviço de sua outra majestade?... Eu completamente por fora dava um fora. Ela esgoelava por esgoelar, para me arrastar, puxar para seu lado, para as devastações de seus nervos. Pôs-se a gesticular, brandir os punhos, dar murros. Foi o que nos salvou. Repliquei, e o contato se produziu, elétrico. Sem cessar, os gritos, os choros, as violências encontraram pólos e entraram em circuito. Vencemo-nos ambos. Não houve ganhador. Desta vez, não houve disso... Tivemos a mesma vergonha vendo-nos tão despidos, tão decaídos, cada qual foi para seu lado absolver-se em abluções, em lustrações, para se enfrentar em seu espelho.

Desde o tempo em que a caranguejola ficou esperando no frio, o óleo virara melaço e a geada entupira a mangueira de gasolina. Foi necessária toda minha ciência e minha paciência para fazê-lo pegar. Evitei uma catástrofe in extremis, o açougueiro se esgueirava do balcão... Não se serve mais. De Caribde a Cila. Tremores de barriga a tremores de coração.

"Arrastaram-me à *jogata* do canal. Para escapar ao perigo de uma batida, bebemos zurrapa e jogamos pôquer com dados viciados, completamente ofuscados por projetores de filmes de molas como Bri os chama, por causa dos colchões. Ficamos secando uma hora no guichê com Ernie que bancava os isentos mas que não untara a pata do leão-de-chácara quando todo mundo que chegou depois de nós conseguiu que lhes abrissem antes de nós. A Too Much, nada ligada, me havia mandado para os quintos do inferno pagar meus pecados, para eu não ter cara de safado. Isso rebentava de gente pra caralho, faziam as mulheres sentarem em cima dos homens. Bri não parava no lugar, empoleirando-se um pouco no seu, que recalcitrava, depois em mim, que me danava nos venenos que o bafio do lugar a fazia exalar... Era ele quem deveria ter jogado com sua sorte de corno. Ela as pretendeu e as perdeu, com exaltação, uma volúpia nos estertores e nos gritos tal como se tivesse ganho milhares, e que eu não pude resistir a fazê-la desfrutar também de meu bem. Isso acabou com ela. Apostou tudo num lance impossível, com um fogo que me devorava em seus olhos desvairados, que não sabiam o que a impedia de solenizar uma tão galante homenagem à sua demência desencadeando-a contra mim de assalto, pisoteada pela tourada. Com isso, ela agarrava Ernie pelo pescoço e lhe soprava safadezas no ouvido, às minhas expensas, ou sobre a Too Much, e todos os soalhos esfregados que ela me havia sacrificado ali em mesadas... Ótimo: somente semente ruim e que vai crescer, fazer um bom humor de segador... Eu não *setinha* enganado (como ela responde quando alguém lhe declara que a ama): foi em cheio o que me tentou quando a olhei no fundo dela apesar de tudo o que me dizia que ela não tinha fundo, que passava uma corrente de ar através... É uma linda trama, mas é mais uma vez este animal que vai tê-la em sua cama. Que sim ou não a possuirá, e pela ponta do nariz a levará. Tinha disso em seu até já. Fuck you, ela me sussurrou de mansinho, com a boca arredondada para fazer um beijinho. À sua saúde..."

Exa recomeçou com aquilo. Isso lhe dá todos os anos nesta época. Um gosto de panqueca de trigo-mouro, a verdadeira, que a gente conheceu ambos, apanhada quentinha de relance e prestes a se quebrar, que se amanteigava e se enrolava, depois se trincava molhando a ponta no azul, no melaço... Mas por mais que ela besunte a chapa com um couro de porco e tudo o mais, é em vão, isso não tem o gosto da velha tampa de ferro fundido encaixada virada num queimador de fogão.

"É bom, mas ainda não é isso..."
Me dá prazer lhe dizer. Sem afetar nada. Sem levantar os olhos para vê-la degustar sua própria medicina, e correr o risco de experimentar uma saraivada de frechas envenenadas... Mas dá certo. Como isso se come tão logo cozido, somos forçados a nos servir alternadamente. Isso me agrada como relação. A ela também. Isso a gente não se diz. Isso não se faz. A gente se diz outra coisa que dá no mesmo. Como isso pode.

"Êh, oh, você se serve bem demais!..."
— Você poderia tê-lo dito antes.
— Digo-o quando isso me diz algo.
— Tarde demais, tenho o vezo. Call me Johnny Bendemais..."

Êh, oh, beleza fatal, o que você está fazendo? Está falando?... Está em seu estado normal?... Não me reacostumo. Dou um salto de cada vez.

Ela tinha uma pluma de ave-do-paraíso. Não tem mais. Passeou-a no meu nariz, para que eu a pegasse. Depois puxou para seu lado, para que eu a torcesse e a quebrasse.

"Mostre-me um pouco sua força..."
Pois não, mas quero entender também. Será teatro ou será de verdade, será que as paixões que a tatuaram a tatuaram a

marcaram alhures, como ela deixava manifesto ainda ontem no chão da cozinha.

"Ensine-me um pouco seus truques. Como era quando era *isso*?..."

Cachorro danado!... É só o que posso tirar daí, mas devo fiar-me no que lhe escapou, já, num momento de fraqueza.

"Não gosto de consentir, gosto mais quando como que não consenti... Mas é entre mim e mim, se o digo já não terá sentido, o pouco que disse já não tem mais..."

Finalmente, foi ela quem mostrou sua força e atacou. Como se invertendo os papéis a gente viesse a dar no mesmo... Até onde poderia ela ir? Estou ao mesmo tempo curioso e não realmente interessado... Porque não estou assaz enamorado, talvez... E se nenhuma outra coisa se escondesse lá embaixo, se fosse essa a chave de todos os mistérios?...

Esta tarde, na Choperia, a Tarazinha, por sua vez, mostrou-se sumamente clara e concisa. Não me queria falar sem que lhe fosse prometido o que me havia pedido, e como eu não podia, nada mais disse. A tática era desleal, mas não lhe guardo rancor, não tenho esse direito, não tenho nenhum, a ela todos tenho dado, de muito bom grado, com todo o agrado.

Exa me deixou, com o tutu necessário, um bilhete pedindo-me para encher o tanque, como se sugere para evitar as condensações, que acarretariam um desenguiço, senão um carro-guincho, e sabe Deus que trampolina na oficina, uma advertência ingrata no sentido de que ela nada arrisca na Renaud & Filho, que sempre a trataram, malgrado o mau caráter dela e tudo o que eles têm a me reprochar, como filha querida de seus pais adotivos, que eles veneravam... E foi de auto que parti à volta dela. O tempo estava bom, bem claro, estacionei junto à Ponta, na última extremidade. Era possível lançar uma pedra até Montreal ou lançar-se a si mesmo até lá, não havia nada para deter o olhar, nenhuma interrupção na brancura do confluente paralisado, o contato era direto, ao alcance da mão, um mundo inteiro se deixava aspirar a cada tragada de meu charuto e explusar em fumaça. Não era nada. Era genial.

Para poupar os passos de Pope, e todos os atrativos que eles ativam, encomendei-lhe toda minha cota de cerveja numa única viagem. Uma gorjeta equivalente tranqüilizou-a quanto à honestidade de minhas intenções, ela me consentiu dois dedos de prosa. Você nunca tem folga, lhe perguntei. Sim e não, trabalho de dois em dois dias. Good, e tirei Walter de sua sacola sem dizer á nem bê. Depois de toda a impressão que Bri lhe causou na casa de jogo, ele não dormiu. Fica andando de um lado para outro pela casa, sente-se pego na armadilha, feito um rato. Não é mais enamorado isso, pensa consigo, é doente! Olho vivo, pensa consigo. "Não tardemos! Cuidemos de nós! Desde já!" Não espera mais sua ligação, veste-se, vai. Vai entrar e vai resolver o assunto. Como este se apresentar. O que resistir ele quebrará, se necessário bater baterá, matar matará, só isso. Vê durante o caminho que quanto mais anda mais louco fica: ao invés de se livrar, afunda-se a cada passo naquilo que o preme e o morde. Recria coragem, dá meia-volta, retorna para casa. É recebido pelo toque do telefone. Vê-se precipitando-se, tresloucado, esmorecido. E isso o paralisa, não atende. Apesar do cansaço, não vai se deitar, vai ficar ali a se embalar, com os pés no forno, a esperar que toque e deixar tocar quando tocar. Após o trabalho, Too

Much o encontrará confuso um pouco, mas sempre determinado a agüentar o toco sem pregar o olho até se ter refeito. A Bri fora de si, responderá, com seu humor de Baltimore: "Tudo bem, não tem ninguém morto. Ainda não."
Minha Tarazinha reincide ao levantar o fone, com seu mais tênue fôlego:
"Venha me ver."
É todo esse sol que lhe dói no coração, que lho queima como aos outros os olhos. Ela nem precisa dizê-lo, sinto-o, reconheço-o em sua voz, toda contida, prisioneira. Não quer saber nada de "brincar de Walter": que eu me entregue às minhas impressões de leitura a fim de suscitar seus eruditos comentários... Interrompe-me bruscamente.
"Venha me ver. Não quero esperar até o Natal. Deixe-me pagar o táxi, você me devolverá. Um minuto. Peço-lhe um minuto, como da primeira vez, lembra? Justo o tempo de experimentar quanto você me ama, de cheirá-lo com meu nariz, sim, com minhas narinas e todos os buraquinhos em minha pele, enquanto respiram, enquanto não se asfixiam mais, o táxi aguardará, levará você de volta para se deitar em seus lençóis sujos, já que não os pode mais dispensar."
Desnecessário, profiro estabanadamente, ela me deixou as chaves.
"Você está motorizado como o diabo, não tem nada a fuxicar, não vai a nenhum lugar, e não vem me ver?... Não entendo.
— Não, você não entende. Eu não a amo não-bastante, amo-a demais. Dói-me vê-la, isso me devasta, preciso recuperar-me entre as vezes. Mato-me dizendo-lhe isto: me mataria vê-la o tempo todo.
— Pelo contrário, você se acostumaria, isso se tornaria fácil, bem natural.

— Não quero me acostumar. Isso me mataria ainda mais se se tornasse fácil, natural... Por que não decididamente nulo neste caso?...

— Eu também, eu também, ou eu tampouco, não sei mais, mas venha, vou me controlar, não vai ser duro, juro."

Mesmo se, quando não agüenta mais, quando suplica, ela não se pode dirigir a mim sem confundir, e se é a Julien, que não o suportaria, ela bem que sabe, que ela implora assim, a torto e a direito, consinto ainda, e vou, já exaltado, angustiado, pé na tábua, nos dois sentidos, no figurado sobretudo com esta caranguejola tinhosa em se arrastar. A caranga, como diz Exa com sua mania de reduzir tudo. Sua última façanha: bat por batente. Ela volta do bat, é um combate seu bat... "Bom bat, bom bat", ela diz às suas melhores trabalhadoras dando-lhes palmadinhas nas costas. Esta é boa, meu amor vai rir às pamparras... O que é que ela tem, meu amor? Desde a famosa madrugada em que me lançou aquele olhar sonso, ctoniano, ela se debate, dir-se-ia, como se não conseguisse agarrar-se, elevar-se à sua devida altura... É em todo caso o que digo aos meus botões. Para me dar prazer...

Ela por sua vez também gosta muito da escada de emergência, completamente murada, onde não penetra a mínima luz. Na volta de um patamar, aparece-me subitamente a me esperar, bem-comportadamente sentada no meio da alvenaria em que meus passos repercutem, envolta descalça num improvável impermeável. O coração em sua mão, que ela me descobre abrindo o punho, desenhou-o com caneta hidro. Não está satisfeita com ele. Acha que não tem vida. Faça-o bater, me diz. Não sei como. Ela me mostra. Com sua tranqüila audácia, faz-me encontrar, entre as botoeiras, o caminho de seu calor, imediato, e que surpreende, animando na pequena chanfradura desse brutal inverno uma praia intata, uma duna. Ela tem uma, una. Que se aflora. Conduz-me para logo abaixo, e pronto, isso se põe a bater, até através de mim, numa vertigem em que o passo seria transposto, a queda esboçada, consentida, em que já não se sabe se é viver ou morrer, se se é abrasado pela maior felicidade e pelo fogo que a tudo vai destruir. Ela pouco está ligando.

"Olhe como ele vai, como você me faz viver..."

Empertigo-me com uma subitaneidade que a deixa sobressaltada, toda embaraçada. Que é que lhe deu?

"Isso me dá! Isso ou algo assim."

Quando me voltei, ela estava esfregando os pés para aquecê-los. Curvada por sobre os joelhos, as quatro extremidades enlaçadas juntas, reergueu a cabeça e me sorriu, extremamente gentilmente, como devia ser para que nada tivesse mudado, como eu precisava para me ir em paz, sem muito lamentar, muito me roer, muito me perguntar se, nua como estava lá embaixo naquela geleira, ela não se havia oferecido e se eu não a havia repelido, boçal, poltrão, se eu não havia tido uma coragem desproposital, se não era a de arriscar tudo, senão de jogar tudo no lixo e não estar mais sujeito a nada, não ter mais medo de nada, que ela esperava, não uma mola de polichinelo, se enfim eu não tenho compreendido sempre tudo de través pelo prazer de complicar tudo, se ela não ia se aliviar com qualquer zé-prequeté, com o Esquilo Verde, se ela já não havia feito pior "propensa" como é.

A saúde de Exa, tão súbita e tão brilhante no último mês de um ano em que ela se entregou a uma segunda tentativa mais ou menos bem-sucedida, sem contar todas aquelas com as quais me ameaçou ("você vai ficar contente, deitei você com sua louca em meu testamento"), não pára de me confundir, e a custo evito temer que ela me pregue uma de suas más peças: a construção, de qualquer forma, não vai tardar a se desmoronar, vou encontrá-la caindo aos pedaços nalgum canto, como de costume... Não sei do que isso é feito, se não é uma dobra total sobre si mesma, ainda mais malsã. A menos que ela tenha compreendido que a chantagem com o desespero e com a morte não lhe dará razão, sobretudo se ela for até o fim, e se ao invés de se enfraquecer ela tiver interesse em se fortalecer se quiser resistir, lutar contra nós, pois em seu tribunal o acusado é pessoalmente coletivo, e contra tudo o que desde sua concepção trabalha em destruí-la, como se isso não fosse um destino universal, mas reservado às órfãs, a ela precipuamente... Mas falo ainda de uma histérica que aparentemente já não existe, uma cabeça esquentada que recobrou todos os seus sentidos, que não os anestesia mais, mas que os assume. Ela me roçava ainda há pouco, derramando-me um de seus olhares que lhe restituem imediatamente beleza. Entrega isto consultando o calendário.

"Êh, quatro dias de feriado, a gente vai poder transar dia e noite.

— Com quem?... Sou muito difícil quanto ao sexo de minhas parceiras."

Ainda perturbado por haver tocado em meu anjo, ou meu demônio, não estou disposto a lhe dar atenção. Quem o sente, quem me bica... Isso não é malvado, mas posso passar a sê-lo, quem me dera. Só espero a boa bicada. Esta não vai tardar.

"Todas as noites de Natal, você enche a rua de pernas...
— Ah é? Eu me perguntava o que fazer, já decidi.
— Mas este ano, não vou me finar. Não lhe digo mais nada... Para o tranqüilizar. Para que não fique fora de si...

— Vou ficar fora do que você quiser... Para variar..."

Minha ironia levou-a direto ao alto da escada, onde sua porta bateu. Ainda frágil... Mas não é sua última palavra. Consultou não sei bem quem de sua intimidade, que santo, e me volta, santa de pau oco, gentilmente transfigurada por uma camisola desconhecida de mim, de um branco borbotoante como o têm as sedas.

"Escute... Agora que sei o que você quer para o Natal, deixe que lho ofereça... Posso bem dar-lhe um presente que me custa, por uma vez..."

O quê?... Ela não quer repetir, nem ser mais clara. Mas nem pode sê-lo muito mais do que lançando-me as chaves do auto, e não em face.

Eu não vou ficar me roendo. Peguei um Rémy Martin ao passar novamente diante da Régie, um grande, como o de Bri: vou acender a lamparina e me deixar em paz.

Presumi demais de minhas capacidades. No segundo terço eu estava K.O. Exa exagera em meu café, como porcifrício. Entende do assunto.

"Você faturou a botelha em vez da velha..."

Ela não fala ou fala demais. O sangue subiu-me à cabeça e faturei a ela também. Isso tampouco deu certo. Ela resistia para valer, não por jogo. Mas como recuperar o terreno perdido?... "Sorry!" É a palavra que eu opunha como recusa a Julien, lembro-me de repente, no pesadelo atroz em que ele tinha os seios da Tarazinha e se acaçapava amorosamente contra mim numa areia fria. Não se pode mais confiar em nada. Mesmo seu foro íntimo.

"Bri. A gente não tem o direito de se deixar possuir por um traste desses, uma tão pífia acidentada de um regime conjugal inspirado a uns pombocas pelos Dois Pombos de Lafontaine. Reprimida e redutora, voraz e venenosa, cabeça oca e cabeça inchada. Ela jamais abriu um livro, um jornal, e ela faz concessões, quando não acha maligno aproveitar-se para enternecer, engodar o predador protetor. Bri. Às quatro horas da manhã, fortalecido por esses belos discursos, ou menos fortalecido do que nunca, deixei-me responder aos seus apelos desesperados... Ela se pavoneava. "Peguei você, hein!... — Não se trata de me pegar mas de saber o que fazer comigo..." Pega de supetão, ela disse qualquer coisa para achar uma solução. Não fornece mais, eu a esgoto. Tem um coração demasiado pequeno para me dar tanto, e até uma cuca demasiado pequena para manjar o que quero tanto... Tudo, eu disse... É exatamente o que ela dizia, não deu um passo adiante. E sem outra solução, preciso parar também de criticá-la. Senão de insultá-los, a ela e ao seu Ernie, que sempre me acolheram bem. Uma noite em que havíamos bebido e em que eles não teriam demonstrado bastante interesse enquanto eu matracava meus velhos infortúnios, eu os teria apostrofado com quatro pedras nas mãos: "A gente morreria debaixo dos olhos de vocês, que vocês não se dariam conta, tão ocupados estão em se sentir, ou não poder se sentir, como dois orelhudos!..." Que é que eu poderia querer dizer com isso? Que eles estavam por demais absortos em si mesmos? Se estavam, não ouviriam nada, se estavam suficientemente pouco para convir, eu teria rezingado por nada... Ela se bestificou. Puniu-me, enfim. Vingou-se privando-me propositadamente de toda sua folia, toda sua poesia..."

Um requintado que banca o coitado, ou vice-versa? Será preciso reabrir o debate... Deixei o local assim que pude, fugi da atmosfera, pois cada qual acusava o outro, em seu foro íntimo transparente para o outro, de torná-la irrespirável. Ela teve veleidades de estrilar, mas fiz ouvidos de mercador e elas deram em águas de bacalhau.

"Que é que você tem ainda que ficar de tromba? Não sou ciumenta, não sou possessiva, não sou uma murchadora de concupiscências: ofereço-o a você!... Arranco meu coração para lho oferecer e ainda por cima isso me dá prazer!..."

Antes de sair, perguntei-lhe, num esforço desajeitado para aliviar minha volta dela, o que eu lhe podia oferecer, de minha parte, para o Natal.

"Amor, você já sabe. Loucão!"

Arrrrgh!... Então ela tem na mão, quando quer, o jogo de nos fazer cuspir fogo. Atirei-me no calhambeque como se fosse lançar-me em órbita, mas senti-me cabalmente teleguiado assim, agarrei-me ali, contentei-me em me prometer mundos e fundos desentorpecendo o motor.

Eu não dizia nada de tudo isso, "mofino e repugnante" demais. Mas minha voz era eloqüente demais para que uma Tarazinha o ignorasse. E ela me passou um sabão.

"Que que é essa mania de rodear o toco? A gente nunca sabe o que está rolando. Um verdadeiro Julien!... Fale-me dela. Deixe-me por dentro, mostre-me que é comigo que você faz dois, não com ela. Compartilhemos o essencial também, não apenas os danados doces. Façamos tudo juntos. Se Julien tivesse uma amante, eu é que me lixaria, desde que a tivesse comigo, e que a gente risse dela juntos, ao invés de ele rir de mim com ela... Entende o que estou lhe dizendo?..."

Ela quer que eu tenha Exa com ela. Disso não larga. E volta à carga. Para ilustrar a proposta, mostra-se ainda mortificada, frustrada, por não saber se dormimos juntos e como isso se dá... Perde seu latim, palavras não encontrará, nem as há, para que eu a faça entrar naquilo de onde ela não poderia mais me fazer sair, pois ela faria parte disso, e eu não poderia mais encontrá-la fora... Agarra-se à minha fuga desvairada, ontem à tarde.

"Não entendi. Explique-me."

Mas é ela que me justifica um comportamento que ela se surpreende que eu tenha achado ameaçador. Acordara em tão pequenas parcelas que não se pôde levantar, fazer seus miúdos afazeres, seus faz-de-conta de se alimentar, de se agasalhar. Esperou por minha ligação. Depois por minha chegada, que a salvaria: sua temperatura subiria quando meus olhos pousassem nela, seu torpor gelado se dissiparia, eles lhe transmitiriam sua boa febre... Isso se deu exatamente como ela o imaginava contando os minutos, como ela o projetava em sua tela antes de se enrolar num abrigo qualquer e se lançar tal e qual ao meu encontro, tão feiosa como a noite a cuspira, tão pouco gostosa.

"Não diga isso, jamais vi você tão...

— Vocês me fazem achar graça ambos. Não estão me vendo. Fizeram uma idéia de mim e a projetam sobre mim, de olhos fechados..."

Falava de Julien como se ele não estivesse presente. Ele está. Passará os dez próximos dias com ela. Darão passeios. Irão esquiar no Norte... Ela vai buscá-lo para que ele me ponha de vez a faca no peito...

"Estou esperando você, rapaz. Vou cozinhar para você. Uma boa torta de porco à Mãe Françoise com um franguinho cevado com grão firme..."

Ouvem-se uns uachchch e uns puahhh em pano de fundo.

"Essa aí comerá da banda podre. Gosta disso assim..."

Ele ri, mas deve tê-la achado em estado lamentável para renunciar, pela primeira vez na vida, a passar o reveillon em família.

Os dias encurtaram. Isso lhes convém. Ao longo do bulevar do Rio, já é noite, são os pinheiros fantasiados de "paz na Terra aos homens de boa vontade" que me iluminam. No estado de embriaguez em que me repus engolindo esses tragos, fico impressionado porque tudo o que sou está sob mim (*sub-jato*, *hipo-stase*), em posição inferior, porque devo procurar mais abaixo para encontrá-lo. Mas ele é forçado a se cobrir, tudo o que o cerca é estranho, hostil, exerce incessantemente sobre esse obstáculo oposto à sua expansão a pressão que acabará por eliminá-lo. Sob o efeito de minha paranóia, passo direto diante da casa cujo rosto, cego uma vez mais, não me reconhece. Prossigo, como se fosse reiniciar meu circuito, indefinidamente. Como parar? Onde e por quê? A gente está no fim do caminho a cada passo num caminho em que só se pode encontrar caminho... Saída da sombra, uma silhueta agita um braço que me deixa sobressaltado.

"Ei! é a mim que você procura?

— Nunca se sabe. Que é que você sabe fazer?"

Por sua maneira de me considerar, Exa já fez de tudo. Mas não vamos ficar plantados ali. Vem dar uma caminhada, lhe pergunto, com a fórmula consagrada do tempo em que tomávamos ar juntos após o jantar. Íamos até a Ponta, voltávamos no negrume. Certa vez, atiramo-nos n'água vestidos. Chafurdamos aspergindo-nos, depois nos desafiamos nadando. Havíamos bebido demais, comido demais, por um triz não ficamos ali empunhando-nos para nos impedirmos de afundar. Eu nunca soube realmente como nos safamos, qual dos dois teve o peito de abandonar o outro, e deixá-lo debater-se sozinho.

"Não sei se tenho vontade de voltar atrás..."
Ela me olha ainda com seu jeito estranho, onde se diria que não quer esconder mais nada. Nem mesmo seu desespero humilhado... Fique comigo. Isso ela não diz mas se ouve. Peço-lhe um cigarro. Ela o acende. Voltamos compartindo-o, a passos lentos de condenados entre as casas entorpecidas em seus jardins branqueados. Ao longo de todo o trajeto, uma paz se faz. Velhos laços se reparam como chagas que saram, vasos, nervos se reatam nutridos por um sangue novo. Por quê? Eles serão cortados de novo, logo mais... Será que ela se "organizou", como a si mesma o jurou? Ela precisa.
Ao pé da escadaria, no momento de deixá-la, mais que depressa, sem sequer entrar para trocar de roupa, dirijo-lhe um olhar que lhe roga não somente que aquiesça, mas que me inspire a perfídia, a crueldade que me faltam, frias e sem dor.
"Sabe, não é o que você pensa. Isso se dá entre companheiros, é Julien que me faz as honras..."
— Vá se catar..."

Meu idolozinho recebe-me no meio da escada de emergência. Toma gosto nisso. Apesar de suas despesas de toalete, pousou num degrau. Aponta-me um lugar onde me aperta, com toda a cara de carne que tem, chegando a pousar sobre meu joelho sua mão demasiado bela, para mostrar seu reconhecimento, ou mostrá-la simplesmente.
"Como você é gentil, como compreendeu o que significa para mim que eu o tenha esta noite, que você esteja bem ao meu lado, bem ao meu bordo... Venha, vou lhe mostrar seu quarto."

Mobiliaram-no. No gabinete de Julien, instalaram um sofá-cama, uma *americanca* ela chama isso, já aberto e preparado com sua mais chique roupa de cama. Do tipo que dá vontade de usar para limpar as botas.

"Cuidado, sinto-me como Michel Simon em *Boudu salvo das águas*...

— Das águas ou dos outros?..."

Volta a pôr ao mesmo tempo sua mão na de Julien, que a deixara de mão e dela não parecia mais fazer questão.

Permanecemos mudos em torno da mesa, em cuja ponta me entronizam, e quanto mais esse silêncio é perturbador tanto mais a gente se entesa para escutá-lo espessar-se, encher-se de uma emoção indefinida, mais e mais pura, onde cada qual faz vibrar o que lhe agradar. Calamo-nos tão alto que nossas respirações acabam por fazer estalar as chamas das velas, e os olhos faíscam como se fosse ribombar, desabar uma tempestade.

"Seja polido. Fale-me de meu frango.

— Estou esperando dar cabo de seu peito antes de atacar sua coxa."

Isso deixa a Tarazinha roxa de rir, com duas mãos no rosto, como para esconder o que ela viu nisso que lhe parece tão engraçado que ela deve retirar-se para voltar a si. Ela ainda não me deu seu coração... Não esqueceu: traz-nos num carrinho, com o champanhe, um bolo enrolado de tal maneira pelo confeiteiro (que acreditou inicialmente que ela mangava dele ao lhe encomendar essa antinomia que é um bolo-tronco de Natal em forma de coração) que ele dá de fato, sob a casca e os nós de chocolate, fatias com desenho perfeitamente conforme.

"Olhe, rapaz, como diria Exa, você se deixou apanhar. Depois da coxa e do peito, não pode mais bancar o desgostoso, é obrigado a degustá-lo. Não receie, isso se come por si. E volta a crescer por si. Pergunte a Julien, que o come todos os dias, modo de falar..."

Do que há sob esse "modo de falar" Julien faz pouco caso. Vamos medroso, ele me diz deleitando-se, vamos, garanto-lhe, isso se derrete na boca, e a ela dá tanto prazer... Não obstante minhas reticências em consumir, eu ia deixar-me seduzir, mas, devido aos duplos sentidos que não se sabe a que remetem, o jogo se complica um pouco demais de repente.

"Não, sem acanhação. Aliás, faltaria um em minha coleção..."

Ela não insiste mais, vai colocá-lo num saquinho hermético com a data em cima. "Poeta", ele me diz. O que pode ele querer dizer com isso?... Como estamos chocando nossas taças, ele olha de relance minhas unhas roídas, infetas ao lado das suas: talvez seja isso... Os huzules, ela se põe a contar, queimavam um verdadeiro tronco, e não era um jogo, era magia, tiravam-no do bosque, que é o reservatório do fogo, para reanimar o Sol, que ameaçava extinguir-se e que os fazia morrer a todos de frio e de medo.

Passamos à sala para bebericar um licorzinho, e telefonar para Lavaltrie. Ela senta no braço de sua poltrona, depois na ponta de sua almofada, para se acaçapar entre suas pernas e seus braços assim que a embriaguez lhe faz pesar a cabeça. Continua não menos afetuosa para com ele, não menos colante, à maneira no entanto, que não incomoda, de uma criança, ou de um gato, do qual tem o olhar fixo e frio quando abre pela metade os olhos sobre mim.

"Será a felicidade total ou estarei eu ainda cheio de mim?..."

Eu não quis falar com a mãe. Não falo mais com ela desde que sou a decepção de sua vida, o que não me perdôo, mesmo que, de sua parte, ela não me leve a mal, e que não entenda. É assim mesmo, isso é mais forte que eu, não posso, ouvir sua voz me mataria, tanto tudo o que lhe devo me marcaria. Mas é normal que a gente se torne tão infeliz: foi a ela que amei primeiro e acima de tudo. Entre outras perfeições, ela era demasiadamente justa, e somente para comigo: não dava nada a Julien que eu não pudesse aproveitar também, ela mesma pagava se necessário, como aqueles dois anos na universidade...

Julien que se calou para não perturbar a Tarazinha encalhada em cima dele imerge por sua vez no sono. Agarrado ao gargalo da chartreuse, absorvendo a felicidade deles a pequenos goles, para que não queime, olho-os se afogarem. É lindo é assustador, exclamaria Walter, com uma vírgula riscada entre os dois. É daquilo que vejo, tal como o vejo, que se a gente tivesse opção teria desejo de nascer, e é insuportável.

Encontrei-me calçado e vestido na americanca, que não reconheci, mas me voltou à memória. Acendi a luz, li o bilhetinho que não havia notado que me haviam deixado sobre a escrivaninha, desembaraçada para mim. "Seja bem-vindo em sua casa. Sobretudo não nos agradeça. Não é um presente, é um desafio." Demais para mim. Tudo o que quero é ficar de cara cheia, como cada vez que saio daqui. Piquei-o e joguei-o na cesta, senão novinha pelo menos toda de vime laqueado como se tivessem posto laquê demais e as gotas engendradas se estivessem solidificando ainda. Ela me fascinava completamente, eu me perguntava por que maracutaia haviam imaginado que poderiam fazer-me entrar nela, pois evidentemente ela me era destinada, quando meu amor me apareceu, nua em pêlo em sua camiseta de beisebol, absolutamente não dito de outra maneira se não se começasse a encará-la de baixo. É pequena demais, lhe digo, a senhora tomou mal suas medidas. Uma ova, ela faz, para me pacificar, venha você vai ver uma prova, vou entrar nela com você. Ela confunde com a cama, e eu não quero saber, seria fácil demais, é prensando-me o pé na cesta de lixo e cambalhotando sob o assalto dos esforços que ela envida para me livrar que entendo demonstrar que ela misturou mais uma vez "alhos com bugalhos". Julien vem de súbito meter-se a besta. "Que é isso? Um abacate? Para a cesta!..." Tenho a impressão de que eles dão comigo gargalhadas, de que rimos todos a bandeiras despregadas, de que obtive uma vitória das mais desbragadas, mas será que posso dizê-lo como se eu estivesse ali, ou como se eu já não fosse mais do que aquele peso que seus passos diligentes carreiam por entre todas essas paredes que cambaleiam?...

Saltei alguns pedaços, depois fiquei sonhando. Sem dúvida com a Madrasta. Uma espécie de Mãe Natureza, como aquela que se coloca do lado do leão que persegue o antílope, a quem ela dotou menos para se defender e a quem deveria proteger mais se não fosse uma contradição na intenção. Ela tem seus hábitos em meus pesadelos etílicos, onde está com os trunfos na mão para me imputar todas as minhas fraquezas... Ou será agora que estou a sonhar, nesta nuvem em que subi, nestas flutuações de edredão acariciadas por um sopro único no mundo, universal no meu, um perfume sutil que só uma alma, e uma só, pode exalar. Tateio um pouco, mas minha Tarazinha está fora de alcance, fundida numa massa que ela forma com Julien, menos envolvendo-o do que envolvendo-se em torno dele... Sinto encanto por ela o amar tanto. Tanto que pude me baralhar a ponto de duvidar. Tanto mais que isso não é razão para me reter, me impedir de voltar àquilo a que pertenço, como um desenterrado ao seu buraco... Mas sou logo recapturado. Ela não estava dormindo. Não realmente. Por que ser feliz se a gente não está aí para aproveitar?

"Onde cê vai ainda, cara?... Tudo lá fora está acabado, o cenário foi desmontado, não tem mais fantoche, quando se abre a porta se cai desencarnado!..."

Será que ela me mentiria se não fosse para meu bem?... Sua salvadora autoridade a leva a falar tão alto como se falasse sem constrangimento, mas Julien não está nem aí, dorme, e quando dorme dorme que nem filho feliz no fundo de sua bolsa amniótica. No tempo em que tínhamos um quarto a dois, na rua Maplewood, persegui e matei a marteladas um rato sem alterar o ritmo de sua respiração... Fique um pouco, ela me diz, acocorada, depois ajoelhada, só um pouquinho, tenho todo um desjejum preparado atrás da testa, uma festa. Ah, penso com os meus botões, se alguém nos visse, ela oferecer-me o paraíso com suas mãos de anjo, e eu marmanjo fazer-me de rogado, ficar amuado com minha cara de massa atraída unicamente por seu peso...

"Não é possível, você bem que sabe.

— Oxalá possa eu dar-lhe algo não possível... Pegue-me na palavra."

Quero ir ao quartinho. Ela não confia, vem comigo, espera-me no corredor. Depois segue-me ao escritório, onde, não parando mais de me enrolar em "meus" maus lençóis, acaba por instalar-se em "minha" poltrona. Vai me olhar dormir...

"Você está completamente louca.

— É para lhe dar o bom exemplo."

Foi ela que adormeceu e eu que a olhei dormir. Depois saí, na ponta dos pés de não sei bem quem.

Resistir. Ao longo do trajeto ao subir para Deux-Îles, fiquei me repetindo isto. A lei que força a mudar, a progredir ou regredir, desabrochar depois murchar, a gente se aferrará e a violará, não se submeterá. Quero que fique como está, sempre igual. Não há por que procurar algo melhor, não existe melhor. Se eu perder Exa (a ela também é preciso resistir, não a deixar me abandalhar, destruir o que tenho de essencial e que ela não admite), encontrarei outra amante, será preciso, para nunca ficar na precisão, não depender em nada de meu idolozinho, oferecer-lhe um sacerdócio inteiro. São e salvo. Que não seja degradado por nenhuma solidão, nenhuma frustração... Mas se eu perder Exa, não reencontrarei jamais alhures a intimidade criada, demandada, por todos esses fios que nos ligam, e que serão secionados, que ficarão na lama do ressentimento, nos dejetos do desejo, onde se mistura, ao medo de perdê-la, uma verdadeira ternura.

Ela transvasou meu conhaque ruminando as mesmas questões. O corpo morto é tudo o que seus folguedos deixaram como vestígios, com o cinzeiro a transbordar. Apesar de suas ameaças ela foi bem desazada, e eu me enganei, ela não me enganou, mesmo na noite em que seu corpo a perturbava tanto: ter-se-á deixado tentar ou passarinhar, e só... Amarrotou uma folha de bloco onde lançara estas palavras, seguidas de um duplo parágrafo pontilhado destinado às minhas respostas: "Who are you? What do you want?" Subo pé ante pé para ver se não há nada quebrado. Conto sempre com o pior. Fui a isso por ela acostumado. Bem como a aprofundar o silêncio e gozar do momento em que a ouço tossir ou mexer-se.

"Cachorro danado!..."

"Atta girl!" como diria Walter, cujo estilo se ressente de seu próprio "porre" (uma copa, uma taça em linguagem antiga, segundo a Tarazinha). Ele tocou o fundo de sua garrafa e ficou por cima até o fim... O que lhe dava força era ter visto Ernie "mijar fora do penico", e olhá-lo bancando o tronco no chão imaginando-se em seu lugar, com Ernie regalando-se em lugar dele.

"Por que visar tão alto quando a felicidade está tão embaixo!..."

Com isso ele se retorcia, rolava igual um tonel no meio da mobília, batendo na parede e ricocheteando até seus pés para lhe erguer o copo e melhor repetir a dose. Bri lançou um outro desafio tocando rigodões. Walter o aceitou também. Ele próprio caiu de quatro ao lançar-se numa giga em que a Too Much o esquentava batendo com o salto. Depois responderam-se lance a lance e seus trotes sacudiam os vigotes. Para reconquistar a atenção, Ernie se fez de cão. Cabriolava, luxava-se para mordiscar suas pulgas, esgravatava a porta com duas mãos para que abrissem, depois veio aperreá-los ofegando, empoleirar o focinho nos joelhos deles piscando seus mais belos olhos para que lhe atirassem refugos entre os dentes. Bri aproveitava, mandava-o deitar com uns bons pontapés. Após um monte de embromações, ele cedeu, deslizou para baixo da mesa e adormeceu. A Too Much, que se movimentara o dia todo cozinhando, arranjando tudo, retirou-se então, e os namorados se encontraram a sós, trastes no meio dos destroços que são as heranças das folganças. Dá um vazio. Que ela experimenta com escalafrio. Na barriga. "Quando isso lhe dá, assusta, ela não contém mais seu desprezo, sua crueldade, para com tudo o que não é o olhar que a leva a se submeter e se derreter de alegria ao se submeter. É uma natureza, como quando se a gente está sem bússola se perde, sem fogo se congela, sem pão saqueia, sem força é devorado..." O ronco ameaçador de um, o repouso sagrado do outro, ao lado, nada mais contou senão os batimentos do coração. Eles fizeram. Não há nada a fazer, o grande quefazer é fazer. A Tarazinha tem carradas de razão, a gente parece realmente uns coitados com nosso mulherio.

"Cachorro danado!..."

Ela não desistirá enquanto não me tiver socado isso na cachola.

"Não é só dizê-lo, é preciso que isso tenha conseqüências... Entendi que você se resignava a me deixar ter amigos, a me deixar escolhê-los, que você se imolava para me mostrar sua grandeza de alma. Será que entendi mal ou isso não tinha conseqüências, e era apenas para ver se eu lhe lamberia a mão, se eu a deixaria atar minha coleira?

— Era para ver se eles aguardavam minha permissão, para ficar com você!... Que é que eles têm que chicanear? Não adestrei bastante bem no seu modo de pensar?

— Você está perdendo o seu latim. Isso não cola neles. Aquele garoto, aquela garota, nada há que possa sujá-los.

— Nem impedi-los de cuspir em mim, sei.

— Eu estava lá, eu a vi, foi você quem começou!..."

É o lance que ela espera sempre, que lhe tira toda a razão, e lhe dá toda a razão: estamos todos no mesmo barco, eu em primeiro lugar, e ela sozinha no dela. Pra cachorro. Pra outro cachorro... Mas os fatos aí estão: ela me imprensara mais que depressa contra a parede, seria ela ou eles.

"E a chantagem continua..."

Ela apanha a faca do pão e a gira em si como numa ferida. Para ela, em outras palavras, é a tortura que continua...

"Você não entendeu nada. O que eu lhe oferecia, como presente, é o cu dela. Para que você o enxovalhe bastante de minha parte, a faça babar bastante, lesma que é... É isso, sacou?... Feliz Natal!...

— Isso não lhe basta como vida de cu? Precisa cometer excessos?

— Evoluirei quando tiver passado no papo tudo o que se mexe. Como Saia Basta. Ela acabou por preferir papar! Satisfação garantida três vezes por dia, às expensas de ninguém!...

— Outro tipo de vida de cu."

Isso estava dando em água de barrela, era o melhor que podia acontecer. Mas eu a enfrentei francamente. Não receei desencadear algum cataclismo. É bem verdade que ela amoleceu. Já não é a besta enraivecida que não se pode não temer, e que não se poderia abater ou deixar morrer em seus espasmos.

"Sobretudo não vá imaginar que você vai se safar sem mais nem menos. Prometi-lhe que ia me organizar, vou me organizar."

A gente vai rir a bom rir.

Dei minha volta dela. O ar estava gelado, mas é o sentido do vento que conta e tive o nordeste nas costas para subir o rio, experimentando um alívio delicioso ao contornar a Ponta. Meu rosto cessou de arder e meus olhos de se encher de lágrimas logo endurecidas, vertidas em contas de rosário, em ave-marias cheias de glaças. Disso a gente não reclama. É como que outra coisa, deve-se aproveitar, isso não vai durar.

Ela gosta mais, isso é nítido pelo estalhaço de sua voz, de receber-me do bar O Cais do que da Choperia, onde não há amor, apenas desempregados, assistidos, aposentados, miséria. Receei que estivesse fechado. Pareceu-me, pelo contrário, abarrotado com suas duas mesas ocupadas. Tentei novamente meus dois dedos de prosa com Pope... Tudo bem?... Não era o momento. Ela reajustou seu sorriso impenetrável e deu o troco sem ter ouvido: lindos dentes, embora um ou dois já recauchutados, que bem mostram de onde ela sai apesar do cuidado afetado que tem em escondê-lo, e do que a ouvi contar a um familiar sobre o dinheiro a juntar para reiniciar seus estudos pós-graduados... Frágil, habituada às horas de folga, viu-se sem tardar completamente sobrecarregada por uma "total" a dançar aqui e serviço a fazer ali. Um polichinelo com tope-borboleta saltou súbito de não sei que duplo-fundo suspeito e lhe deu mão forte.

"Ele não pode mostrar sua moenda em seu lugar em todo caso..."

A expressão me estarrece... Lhe terei eu desenhado um retrato tão cruel dessa menina. Que se defende. Como pode. Bem mal. Mas sem dúvida ela sente meu constrangimento e isso a diverte. Insiste.

"Mas eu poderia... Mas eu não mostraria meus dentes se não estivesse a fim, longe de mim. É muito interior, muito íntimo. Jamais me pagariam o bastante."

Não entendo. Ela não estaria sorrindo? Ela a quem isso tanto divertiria, supostamente?... Julien dorme o tempo todo. Quando tiver terminado "sua cura", subirão até as Laurêntidas. Fizeram reservas no Gray Rocks e no Esterel. O que há de mais chique em hotel. Caso seu blasonador, seu inveterado jogador, se decidir bruscamente, ela me dá os telefones. Previne-me como um homem que vale por dois: criei nela uma lacuna a ser preenchida todos os dias de sua vida. Que ela seja minha amiga de coração, minha mulher ideal, que alguém tão bem-comportado seja fissurado a ponto de lhe pôr uma auréola é vital, é um pão de cada dia. A gente não pode contentar-se em ser uma moenda... Ela me estarrece de novo. Absolutamente não vejo aonde quer chegar. Para sabê-lo, faço-me de sonso.

"Por que não?

— Porque a gente não é mais nada quando já não serve: boa noite, a gente se abafa na rafa.

— Do que você está falando? Quem se abafa na rafa?

— Todas as moendas.

— Você está brincando ou tenta dizer-me algo?... Pegou um amante?... Quem é que a maltrata?

— Flaf, aflaf, aflaf aflaf, aflaf euk..."

(É Gauvreau? Em todo caso não é Dickinson.)

"Sabe como você me chamava esta noite quando disparatava?... Meu amor!... Ah isso me deixou... Ah nem sei o que isso me fez... Você me chamava meu amor... Se era realmente a mim que estava chamando..."

Me saí como pude.

"Não minha moenda, tem certeza?

— Por que você quer ter-me chamado sua moenda?

— Isso explicaria todas essas histórias de moenda... O que é que você respondia?... Pode-se saber?

— *Sim!... Sim!... Sou eu, aqui bem pertinho, pegue-me bobinho!...*"

Ela é engraçada quando se imita. Demos muitas risadas, mas em rápidas tacadas. Cinco minutos às cachinadas.

Não vi um gato-pingado no bulevar ao voltar. A pé ou de outro modo. Ideal para passear uma cara de ressaca. Até a igreja parece fechada, interditada. Abandonada como quando se abandona, quando não se quer mais saber de nada. Faço uma projeção. Ponho-me em seu lugar depois que Deus tiver morrido, e deixo-me ficar em santa paz. Bem que preciso, meu mulherio me esgota. Não posso, em todo caso, me explicar de outra maneira que eu tenha delirado. Havia bebido bastante, mas sempre tenho sabido controlar meu álcool... Será que ela me drogou, me administrou um soro de verdade, um mais potente *soyersi*?... Perigoso demais, nunca mais a chamarei meu amor, nem mesmo só para mim. Dar-lhe-ei um nome que não trai, que ela não conhece. Dar-lhe-ei um dos nomes da neve ou dar-lhos-ei todos ao mesmo tempo: igluksaq (boa para construir um abrigo), pukak (em pó), ganik (caindo), piqtuq (varrida pelo vento), mauya (fofa e profunda)...

Exa nada preparou. Não tem fome, muita dor de cachola. Eu também, eu tampouco. Sirvo-lhe uma tigela de meu iogurte, especial para o estômago.

"O que quer dizer isso?"

Eu é que sei? É o tipo de nonadas que se difundem porque as ouvimos e as repetimos. E só, mas tudo está aí, com a autoridade que isso lhes confere e o poder que daí provém... Acabo com ela ao falar como um grande livro, e isso me faz continuar, como dois dedos de galanteio quando pega, que é mais ou menos o que faço afinal de contas, assim assim, porque estou de miolo todo mole, e o resto igualmente, que nada mais desejaria senão derramar-se em sua cama.

"Pode gozar-me, aproveite, já não será por muito tempo.

— Até onde posso aproveitar?"

É maravilhoso, isso volta sempre, não tem jeito. A gente se olha nos olhos e o clique se produz. Através de um sorrisinho treloso por vezes. Como se nos pregássemos conjuntamente uma boa peça. Como se estivéssemos enjoados de nos assemelharmos, ela como rebelde armada, eu como pária insolente.

"Até onde quer ir?"

Eu não quis dizê-lo, e sua curiosidade me fez obter o que eu desejava, o que ela achou muito pouco, depois muito demais. É mais forte do que ela, não consegue dormir comigo, consegue pregar só olho.

"Me dê ainda cinco minutos. Isso não o vai estafar."

Eu me acachapara contra seu animal e me abandonava a absorver seu calor, sua energia, que eu sonhava, entre dois estados, estarem se propagando em meus vasos e queimando as toxinas, ou estarem circulando em meus circuitos e recarregando minhas baterias.

"O que você está fazendo aí, consolando-se junto a mim?"

Tem disso: ela me esvaziou, eu me reabasteço.

O que diz Walter a esse respeito? Nada. Nenhum registro nesta data. Deve ter passado o dia de pára-quedas, redescendo à Terra. Ou em apnéia, para voltar à superfície. Não abriu a boca em todo caso, nem mesmo careteou: é o mínimo que deve à sua Too Much, que consegue tão bem aturar tudo sem gemer que a gente nem sabe se ela jamais sofreu, bem americana em tudo o que ela tem de *cool*. Em nossos costumes, não nos aliviamos expandindo-nos, não nos sustentamos compartilhando nossas fraquezas e nossos males: tornamo-nos mais pesados. Isso é acrescentar peso ao peso que já temos em excesso e que fazemos o outro, os outros carregarem. O que faz flectir um nível de vida que é o nosso também.

Ele tinha trinta anos em 1940 e fugiu da guerra do rei da Inglaterra. Ao invés de servir de bucha de canhão, como porco bem cevado, preferiu fazê-la como mercenário ufano, como G.I.... É a teoria da Tarazinha, que continua descobrindo todas as espécies de índices que a confirmam, e que quer me deixar levantá-los também. Assim, ele designa um anel que a Too Much o faz portar ao pescoço como sua "medalha". Ora, ela descobriu, em meio a garatujas que são seu orgulho, que isso é uma tradução de *dog-tag*, a placa de identidade do soldado americano.

É curioso, quando chego à Choperia nunca há ninguém em meu lugar. Como se ele me fosse reservado. Ou como se eu houvesse tomado um lugar que a ninguém interessava de qualquer maneira. Uma vez que você não atrapalha, reclame... A Tarazinha aguardava minha ligação toda agasalhada, prestes a partir para seus esportes de inverno. Conheço-a, sei que não vai de livre e espontânea vontade: nada a mata tanto quanto o sol brilhando sobre toda essa neve. Mas nada poderia privá-la de uma companhia que se faz rara, embora Julien tenha, lá também, que se fazer ver e se promover. Ele é dotado de uma energia que exerce um encanto louco num mundo de ação e de pressão. Ela o acompanhará quando necessário for. Quando puder, esgueirar-se-á, como barata que se é de qualquer forma para essas formigas quando se está bardado de um mestrado em letras.

"Escute, vou lhe dizer poucas e boas. Eu também, quando não sei o que estou dizendo, lhe dou nomes que prefiro guardar para mim..."

Ela me desenrola um silêncio, um bastante longo para enrolar isto, este presentaço, depois me deseja uma boa viagem.

"É você que está partindo, Tarazinha.

— A gente se separa ambos, cara."

Colocou Walter na bagagem. Retomará seus trabalhos, cujo ritmo desacelerou. Quer ter uma reserva para muito tempo. Está feliz por ter o que fazer por anos a fio com a importância que assumiram o "aparato crítico" e as "notas" que me são destinadas.

"Será minha herança. Minha obra póstuma!... Fora de questão expor-me a perder minha ilusão..."

Encontrei Exa em seu ateliê, a vasculhar na rouparia tocando seus Rolling Stones a plenos pulmões. Sabe distrair-se com graça. Derrama-me um olhar indefinível.

"O que tem feito, meu Johnny, tem andado à gandaia?"

Terei, uma manhã dessas, que me decidir a encontrar trabalho. Antes tarde do que nunca. Por agora, só sinto necessidade de ir encerrar-me em meu cantinho para ensurdecer a pretensa música e descansar de meus lazeres. Posso estender-me no divã, com os braços cruzados atrás da cabeça, e permanecer por horas a fio a não pensar em nada, a deixar ressoar o que a Tarazinha disse, a nadar no elã das ondas engendradas por seus seixos sonoros, a me desenrolar com elas e ir morrer de longe em longe, cada vez maior. Exa não entende desses prazeres. Deve acontecer algo. E algo novamente logo a seguir, como se nada houvesse acontecido, como se isso fosse completamente nulo, o que ela deveria ter previsto, pois é sempre a mesma coisa, e ela jamais deu um passo adiante.

Quando ela veio me sacudir, eu sonhava estar caminhando, contornando a Ponta, e o vento caindo, eu parando nas irmãs Arpin para me ofertar charutos... E não era um pesadelo. Absolutamente. Reinava uma atmosfera em que a realidade, a rotina estavam transfiguradas, extasiadas, e eu havia compreendido: tudo está na atmosfera... E você, tudo bem?... Estamos recusando gente, ela me respondeu.

Isso esquentou a conversa que apimentou o cozido.

"Escute, a gente não vai debicar. Eu dependo de você para o necessário, mas você depende de mim para o essencial. Que não é o amor, feito demasiado a toque de caixa para o apetite voraz da raça. Mas a guerra."

Inútil ela engolir de través, é evidente: ela não pode passar sem mim, pois ainda estou aqui, e não me larga, e me segura sempre, com o mesmo pulso firme, o mesmo pulso crispado.

"Você me interessa. Abra o jogo. Vamos, meu Johnny.

— Mas a gente tem sua altivez, e uma tão forte dependência irrita, humilha. Então, combativo como se é, a gente a combate, a gente quer dominá-la também, e sou ainda eu quem leva bordoeira. É um círculo vicioso e é em torno de mim que ele faz você girar, como que gravitar...

— Pare, sou cosquenta, você vai me fazer rir."

E ela faz fita afetando cachinar. Ora, ela é de fato cosquenta, e cedo à minha gana: ela não vai cachinar a troco de banana. Me vê chegar, se retrai. É persegui-la, agarrá-la, chumbá-la ao chão, onde se debate, esperneia, se estafa, e sucumbe às torturas aplicadas sob os rins, sob os pés. A hilaridade a ganha, expulsada em espasmos e gritos que a deixam sem ar e bombeiam o sangue para o rosto... Aí, do jogo de mão ao jogo de vilão, vai dar-se ao luxo de sua desforrazinha costumeira. Deixou cair os braços, passando súbito da agressividade apaixonada à passividade total, estatelada.

"Ande, o que está esperando? Você já não é bastante crescido para se divertir sozinho?..."

Faz questão de seu teatro, de dramatizar bem, no momento crucial, que ainda está de mal comigo, que me tem ódio mortal, de encarná-lo numa puta birrenta, bisbilhoteira. Mas eu não estou de mal com ela, não assim, e as brutalidades às quais pude entregar-me para satisfazê-la não respondem a nada: não sinto meu papel.

"Escute, não se poderia mudar a representação.

— Fazer de rolinhas?... Você olhou bem para mim?... Não estaria havendo como um engano quanto à pessoa?..."

Pedi-lhe para tapar a boca. Ela me pediu que eu mesmo lha tapasse. Foi o que fiz enfiando nela o que eu bem entendia, só coisa boa, só coisa de verdade. Ela acedeu em mudar de bossa. E parar um pouco sua carroça...

Claro, ainda não era isso... Mas ela terá de se afazer à idéia: na realidade nunca é isso, nunca é o que é quando sonhamos o amor, quando o tatuamos nas costas, quando o engolimos em pílula, em gélula, quando o aspiramos ou no-lo injetamos. Somos forçados a optar e quem opta por ficar com o pior, isso nunca falha, mas é o único meio de fazer algo senão de bom pelo menos que nos pertença. Eu não sabia que teria de ensinar-lhe tudo isso, mas é assim, ela jamais ouvira falar, pelo menos pela cara que fazia...

Ela fez o café forte demais depois de menos, depois exagerou no moca. Mas como é toda ternura de manhãzinha, e o bricola pensando é tudo o que ele espera, pobre Johnny, é tudo o que ele terá diante de si como futuro ao despertar, aconselhou-se, aplicou-se a melhorá-lo, está ficando cada vez mais delicioso, quase perfeitamente a meu gosto, que eu aliás nem tinha realmente quando bebia do instantâneo. Ela até chegou, esta manhã, a fazer-me uma lista, e a acompanhá-la de um bilhete num tom que eu lhe desconhecia.

"Não me posso fiar no serviço de entrega. Sempre tem algo que não dá certo, que pedi que não me mandam ou que me mandam que não pedi. Vamos fazer como antes, se você topar, mas só por isso... O resto deve-se continuar mudando. Não lamento meu presente de Natal, era uma boa idéia (de confiar em você). Só o que lamento é não ter aturado a bucha apesar de minhas boas resoluções e tê-lo estragado para você... Como estraguei sua vida... Não me estou ferrando, como vê, mas você?... O que cansa a minha beleza em seus amigos é como me vejo através dos olhos deles, é tudo o que eu não fiz por você... É duro tirar de mim todas essas palavras de baixo calão, mas eu lhe devia isso, pelo tempo que nos resta para vivermos juntos (de maneira diferente, se possível). Exa."

Walter continua sua borracheira do período das Festas. Recomeça ao levantar-se, para tratar sua dor de cachola, depois retoma gosto pela embriaguez, um estado vizinho do amor, que ele exalta. Tendo recuperado o ritmo, volta a telefonar. Duas três vezes por dia, conta a Bri que ela é ainda pior do que ele pensava e quanto isso lhe agrada. Tratou-a de *bad ass* (ruim da "cabeça"), elogio que não fez a mais ninguém depois (lê-se "a prisão" acima das rasuras em que minha amante-mestre em letras desaninhou "a guerra", o que a impressionou como o sinal de um segredo, guardado a sete chaves, por uma razão ou outra)... Não a chama mais senão B.A.Bri, e observo ainda, com minha amante-mestre em letras, sua mania das siglas, onipresentes no jargão militar.

É uma loucura até onde a gente pode conseguir deixar-se reduzir, se assim posso dizer para complicar bastante uma coisa cuja simplicidade seria justamente demasiado redutora. Invalidado, condenado a não servir mais para nada, sinto-me encarregado de minhas comissões como um general de suas missões, totalmente imbuído em recuperar meu lugar e minha importância enquanto membro de um corpo social, uma família, uma casa, onde não sei se, com minha estranha mania de grandeza, não coloco o calhambeque e o gato em pé de igualdade comigo.

"Senhora Tara?... Recebo uma ligação interurbana de um Senhor Cara. A senhora assume as despesas?..."

Pelas maneiras compassadas com que a telefonista a apostrofa e com que ela responde sim, dir-se-ia estar ao pé do altar. Isso lhe causa a mesma impressão, que não consegue no entanto mudar seu desenxabido tom. E a levaria antes a se tomar ainda mais a sério.

"Quando casamos, estamos unidos até que a morte nos separe. Isso é nulo. Casaremos quando os padres nos fizerem jurar morrer juntos... Anyway, é tarde demais..."

— Para morrer?"

Boca. Impossível arrancar-lhe um sorriso.

"Se eu quisesse morrer com você, você toparia?... Se eu o chamasse e lhe dissesse a gente se vai, você viria, desceria comigo?..."

Rogo-lhe que pare, ela vai me magoar. Ela me roga que eu responda, já há bastantes assim que se escafedem... Se ela me contasse antes o que se passou para darmos risada um pouco.

"Quem me dera morrer com você, mas dando risada..."

Ela só pinça nisso o que dá para seu gasto. Parece ter sofrido um golpe sujo, não exatamente um de seus grandes ataques de fossa ordinários. A menos que, como são um tanto freqüentes ultimamente, sejam todos golpes da mesma descarga, cada vez mais baixos.

"Você toparia?... Certo?... Certo?... Não responda, tenho muito medo de que já tenha mudado de idéia..."

— É o quê, essa algaravia, você não pode dizer-me sem nove-horas o que a angustia?"

Ela não responde. Chora ou algo assim. Telefone-me amanhã, me diz finalmente... Você não morrerá?... Cala como se o perguntasse a si, revirando longamente a pergunta.

"Não sem você, pois a gente se esperará, pois está combinado..."

Combinado, lhe digo, ainda que ela tenha varrido minhas dúvidas sobre minha lealdade concordando comigo sem pedir minha opinião.

As coisas não andam bem. As coisas desandam com Julien. De nada serve eu catalogar o mais importante nas despesas gerais do amor, os sarcasmos aumentam, as lágrimas se intrometem. Isso me concerne tanto mais que quantas vezes não a ouvi jactar-se de ser "morruda", equipada para passar de cabeça empinada pelos grandes exames, ter queimado as pestanas em cima dos livros para baldar tudo o que a vida lhe apresentasse de provas, e Julien exagerar no mesmo sentido: nada há que ela não possa encontrar em si mesma, se fosse esquecida por dez dias num armário, sairia com o mesmo frescor... Para encurtar a história, a barra está pesada. E se ela escondeu que não sabe halterar, a culpa será dela, é ela quem terá a fuça quebrada.

No Steinberg, o pequeno anúncio de Exa faz furor: foram destacados dois ou três de seus números de telefone. Quando a cumprimento por isso, responde-me ter recebido algumas ligações, entre as quais uma assaz especial de uma vovó, sessenta anos "mal feitos", que se casa e que não sabe o que pôr, jamais se vestiu...

"Ela insistiu muito. Eu sou a melhor, ouviu falar, e é o que seu caso requer... Tem grana juntada há anos e não olhará à despesa. Voltará a me ligar para ver quando isso se poderá acertar..."

O melhor desta história não é a história, é ela contá-la a mim, com oratória. Não me pergunta como achei sua carta. Observo-lho, para sondá-la...

"Sei como você a achou... Cheia de erros."

Põe nisso, com sua bela autoridade, um pudor que tolhe qualquer outro comentário... Bom bat?... Tititi... Ela não tem mais visto Saia Basta, não, mas anotou seu telefone, caso precise de dicas, para se organizar... O doutor Amillo continua sempre o mesmo gentleman. Com ar de sonso, cada vez que isso vem a calhar, espia com o rabo do olho por entre as pernas do rabo-de-saia, porém mais para ver se uma meia esgarçou, ou como se tivesse ouvido dizer que ela tem uma perna de pau e ele se perguntasse qual delas: o tipo de truque que não se tem a mínima idéia onde possa desembocar... Terminamos a noitada diante da tevê olhando *A melodia da felicidade*. Ela a traga ano após ano, e é sempre nos mesmos momentos que derrama uma lágrima ou duas, não quando é triste, mas quando todo o mundo se ama e as crianças cantam em coro com os pais. Diverti-me observando suas reações, mas como eu me encarregara de me precipitar para baixar o som a cada dez minutos, com a explosão da publicidade, e em seguida de me levantar de novo para de novo o aumentar, não tive tempo, de qualquer modo, de me enfastiar.

Mandou-me subir, dando no teto suas batidas de Molière como se diz, mas perdi a viagem. Mandou-me sentar na cama, queria ver-me ainda uma vez antes de o dia findar.

"Por quê, não é um dia como um outro?

— Talvez... Temos cinco minutos, ainda há tempo. Você tem uma idéia?"

Entendi depois, na escada, que era o momento que ela escolhera para que eu respondesse às suas propostas de paz... Fiz graça! "Não sei o que é... Me dê um exemplo...

— A gente poderia não ter mais passado, por exemplo... Nunca mais. Livrar-se disso com o tempo..."

Quero sim, eu disse, e sem me forçar, de tal modo isso calhava. Mas não era exatamente o que ela esperava. Ou ela o compreendia muito bem como eu o entendia: uma aquiescência sem volta a seu sacrifício, sem renúncia a nada de minha parte... Todas as nossas lembranças estão envenenadas pela tirania, a traição, o desprezo, a sujeira dos sentimentos, pelo desgosto de si, e do outro, que no-lo inspira. Com quanta força nos reprimimos, com tanta força nos resistimos, e não cessamos mais de nos mutilar, nos arrancar pedaços. É jogar tudo fora, puxar a descarga, concordo, e também o digo. Mas tenho um outro álbum, onde sou acolhido, abençoado, festejado em cada imagem, onde me engrandece reconhecer-me, onde só adormeço para sonhar que continuo desperto. E a isso me aferro. Nada, boa vontade nenhuma, capitulação nenhuma, me farão renunciar.

Walter estima-se "em pleno processo de colapso". Com Bri que o faz correr feito um urso polar, está sem fôlego, não sabe se vai passar a Epifania arrebentando-se daquele jeito. Assim, esta noite, tanto a havia assediado, acossado, ameaçado de introdução com arrombamento, que ela anuiu, ele teria livre acesso à sala. Varou o vento, os bancos de neve. Ganhou o sofá insinuando-se igual um ladrão. Estava acertado que ela o aguardaria ali. Ali ela já se encontrava, mantendo-se maliciosamente imóvel no escuro. Quando se manifestou de súbito, completamente nua, ele acreditou chegada sua última hora. Ela se torcia tanto de rir quanto de se conter para não despertar a casa. Ele não "pôde fazer nada com ela", mal lhe tocava e isso voltava. Deixaram para o dia seguinte. Ernie lhes propôs uma ida à cidade, um giro pelas boates... Se há um bom Deus para os enamorados, estes não deixarão de encontrar um jeito. Algum banheiro, armário de vassouras.

Como estávamos a sós e nos conhecíamos, e me pareceu que ao ignorá-la eu corria o risco de uma irreversível animosidade, fiz mais um esforço, cumprimentei Pope. Alô, tudo bem?... Tudo na mesma...

"Nada pior ou nada melhor?..."

Não o saberei, mas me adiantaria muito?... Posso até dizer, ela pode até não ser meu tipo, ter algo demasiado tenro, do qual se diria que beliscando-se-lhe o nariz sairia leite, mas eu me sentiria lesado por não a encontrar ali, como por um bem, ou um mal, que já me pertencesse... Conto isso à Tarazinha, a fim de desviar sua atenção para mim, distraí-la de seus misteriosos tormentos. Ela salta em cima de pés juntos.

"Você a quer? Diga-me que a quer que eu a pago. Sabe como sou perversa e que isso me daria prazer, passe-a para mim, deixe que eu me acerte com ela..."

Nunca jamais!... Já que lhe digo que ela não me deixa arretado, que só com a idéia dos mimos que me poderia infligir me enfado, tenho pressa que tenha acabado... Isso a faz casquinar, claro, mas não é isso, já não é o fluir que era. Isso rola pedras grandes demais.

"Eu gostaria de lhe pagar uma Ripolina, mas as grandes cilindradas não estão em meus preços..."

Ela quer dizer, e isso a desencafifa um pouco, que a rica herdeira irrompeu mais uma vez em seu domínio com uma nova arenga: boa educação, demonstrações de afeição. Deu-lhe aulas de dança disco com a música dos Bee Gees, teve o topete, como a uma bronca, ela que estudou dez anos com

Chiriaeff. Deixou-se paquerar, para ver. E saltava aos olhos: ela se servia dela para se valorizar, lançar piscadelas de olho para Julien, e piscadelas de outra coisa...

"Reassentei-me com ele, olhei-a mexer sua outra coisa através dele. Se eu fosse rapaz, pensei comigo, que sumanta lhe daria numa cama, como a faria pedir perdão... Se pudesse oferecê-la a ele, pensei comigo. Se ela fosse mais barata e eu a pudesse comprar para ele... Porque deixar-me idiotamente ser cornuta parece-me alegria bem fajuta.

— Você está fabulando. Sabe?..."

Conheço Julien há mais tempo que ela, ele jamais teve vontade de passar nos peitos uma garota, isso não tem o mínimo sentido para ele. Ele precisa amar, e não tem mais tempo, está por demais ocupado em dar uma surra à sociedade inteira... Ela acaba por se resignar a me dar razão, e ficar tranqüila.

"É minha pobre libido que não sabe mais aonde se lançar que me prega umas boas partidas, pode crer. Eu mesma gostaria de pregar-lhe algumas, mas ninguém quer perder a partida..."

O que está escondido sob esta pedra jogada em meu jardim?... O que precisamente ela gostaria tanto de comprar e não pode oferecer-se de outra maneira?... Ela tão desinteressada, tão gratuita, e para quem sempre foi uma honra não querer nada, não tirar nada de ninguém, de quem ou que quer que seja, sequer uma erva daninha de um terreno baldio, passem à frente Senhores Morrinhas, ei-la, pois, disposta a desviar o homem de sua vida da posse de sua própria pessoa?... Quando isso se encontrar melhor, a gente olhará mais de perto. Por agora, ela realmente me contrista muito com seu cartão de crédito cujo número quer absolutamente dar a Pope para que eu me sirva... E que sua petensa libido não entenda patavina?...

A cabeça ainda me está girando... Apesar de seu discurso inquieto sobre o que ela ouviu no serviço que o fígado deixava os gatos com os rins estourados, que sua digestão produzia cristais que lhes bloqueavam as vias urinárias, Exa não conseguiu me pôr a par.
"Que é que isso lhes importa? Onde metem a colher torta?..."
Depois, ela me acorda batendo no copo com a faca: "Você não preferiria acompanhar a conversa com um libreto eventualmente?
— A toda hora! Você me conhece: sempre pronto!..."
Ela deixa para lá. Dirige-se direto a Ingato. O que vou fazer com você, lhe pergunta, e lhe repete. Eles podem até se amar, mas não têm realmente muita coisa a se dizer. A gente vai olhar o show de Red Skelton. Este a gente não perde nunca, nem o de Carol Burnett. Quanto a isso, sempre nos temos entendido. E que nada nunca mais nos fará levantar como *A família Plufe* e *O nômade* quando a gente tinha doze anos.

Será que ela vai se abrir com Julien? Não, vai guardar tudo para si até morrer disso. Vai fazer de conta que o jogo a diverte e devolver a Ripolina os dois dedos de galanteio que as garotas trocam entre si para melhor se levarem no bico, como se diz... Se ela fracassar, se explodir com ele como comigo esta tarde, sifu, terá perdido a dignidade, já não terá sequer seu orgulho para sustentá-la... Amo-a tanto, posso pôr-me em seu lugar exatamente, experimentar seu alívio quando lhe dou uma força ao invés de deixá-la enfraquecer-se para me engrandecer, reforçar minha posição, aumentar minha importância. Mas amo-a tanto, por vezes prefiro que a façam sofrer, que não ma devolvam feliz demais. Eu não teria nada do que ela precisaria, digo aos meus botões, se não lhe faltasse nada, e tranqüilizo-me assumindo que se ela me ama igualmente faz a mesma coisa, os mesmos cruéis cálculos.

Acordei sozinho diante da tevê. Efeito da paz e da harmonia que Exa decidiu fazer reinar no lar, por uma razão ou outra. Após tudo o que ela nos aprontou, a gente é levado a desconfiar. Será que ela encontrou a paz alhures e a vem comigo partilhar, ou será que expia seu pecado para melhor recair?... Isso não me impediu de dormir.

Terminaram seu giro na Machine Shop, uma antiga oficina de torneamento onde garotas de tetas rebolavam duas a duas em jaulas. Estavam penduradas em toda parte, todas igualmente belas, mas do mesmo modelo, quem viu uma viu todas. A pista estava abarrotada, a ação era de cortar com o facão. Mas como não ousavam dançar, como neste pentecostes de santos apóstolos em órbita e de virgens Maria no cio eles é que teriam passado por sobreviventes excitados, entediavam-se no duro com suas consumações no momento em que a B.A.Bri, com um piscar de olho (não podiam trocar duas palavras sem berrar), se entendeu com ele para acabar de emborrachar Ernie. Levou tempo, mas eles o mataram, e numa hora em que lhes restava ainda toda a noite para encherem os olhos, ele estava mamado. Jogaram o corpo no banco traseiro e ele agarrou as coisas com ambas as mãos: o volante sem habilitação e o amor a crédito. Estacionaram junto à rodovia, à beira de nenhures. Ela se estendeu completamente de través sobre ele e lançou os braços, a boca para o lado dele. Ele jamais esquecerá a alegre obscenidade que ela punha em se abrir, se descobrir, como ela debochava de suas carícias, e do perigo de se danar, lançando com seus gritos um pé ao teto, ao pára-brisa, ou mandando-o balançar por cima do encosto, nas barbas do "morto", da morte. Em seu rosto que variava de acordo com suas vontades, ela lhe oferecia todas as mulheres: a impura e a ingênua, a sábia e a louca, a ardente e a desencantada. Ela ligou o pisca-alerta e abriu sua porta, onde ele veio possuí-la sob as bofetadas e os farolaços gelados dos autos que o diabo carregava...

Dei minha volta dela a largas pernadas, precipitando-me à Choperia para cobri-la o mais rápido possível de solicitude e de afeição, estreitá-la, blindá-la. Mesmo que todas essas perfídias ela as imagine (às voltas com uma esquizofrenia da qual estes não são os primeiros sinais, e com a qual se diverte comigo, vendo-se de bom grado envelhecer completamente desconectada, bardada de sacos estufados de papéis gordurosos, condenada a arrastar-se pelas ruas onde me encontrará sem me reconhecer), não se trata de não acreditar nessa Lupulina erigida em Ripolina. Ela existe, tem uma realidade, tem sobretudo várias, uma para cada um, de acordo com as necessidades, como todo mundo... Assim, para sujeitá-la, a ela, submetê-la a meus cuidados, não hesito em enfiar-lhe já a camisa-de-força...

É uma outra voz que me responde, uma dama ríspida que não conhece qualquer Tarazinha, ainda menos qualquer Tocata-Fuga (seu verdadeiro nome, que ela na verdade jamais usou). Peço esclarecimentos à recepção. Não têm que me dar, não são a assistência telefônica. Agitado pelo que se chama um pressentimento, tento o telefone do outro hotel. Outra voz desconhecida, mesmo insucesso. Combino uma série de roteiros, alguns dos quais sangrentos, depois atenho-me a este: ela resolveu seu problema forçando Julien a evacuar o local, arranjaram de pronto um novo ponto aguardando a disponibilidade de seu outro destino... Devo lembrar para me assegurar de que não me enganei, mas quando? Quanto tempo se deve padecer antes que isso conte na ordem dos méritos?... Digamos meia hora. Se eu a suportar, ela me levará à trama na qual telefono em tempo normal e o imbróglio por si só se deslindará.

É o que ele faz.

"Para não ser perturbada por ela, e para fazer você apreciar a classe dela en passant (era o momento ou nunca para um sebento como você), mandei responder a Lupu que eu não estava no momento. Com sua mentalidade, ela entendeu que eu não estava para ninguém... Ficou bem baratinada com meu "nome-senha". Não se parava mais de me tratar de Tz, precisei botá-la no olho da rua."

Isso parece ser bem coisa de baratinar para ela também. É a tal relação a três então?... Sua majestade buscava refúgio no meio da noite, pretensamente perseguida por um esquiador que derrapava.

"Vocês se apertaram para lhe dar um lugarzinho.

— Ela queria acampar na peça ao lado. Não me fiei, ela poderia ter tido mal-estares... Foi Julien quem herdou o divã, e eu sua majestade.

— Tudo terminou bem, ao que parece..."

Veja como você é interesseiro, ela me diz, como escaldadela por eu não lhe contar nunca nada picante...

"Permaneci acordado por um momento para investigar, ver se ela tem seios como orelhas de cachorro ou se seu perfume azeda nela... Fiquei a ver navios."

— Isso não explica seu tão bom humor."

O que é que me dá para eu dar murro em ponta de faca? Ela também não se acha mais. Encolhe-se num silêncio em que se resigna a me envergonhar: foi para deixar-me de queixo caído, mostrar-se bom soldado, que ela superou tão resolutamente os miúdos dissabores com os quais lamentava ter-me acabrunhado... É bom para o que tenho.

"Se eu me tornar ciumento, possessivo, se eu cair tão gravemente doente, apague-me..."

Parece um tipozinho de nada, ela acha, e que a gente faz com certeza um par como Tz.

"Ciumento de nossa felicidade com Lupu?... Crie juízo!"

Está bem, mas ela continua a chamá-la de Lupu a Tal, e isso me rebaixa, ou isso me reduz às minhas justas proporções...

Ela fez nova tentativa e renunciou por enquanto a restabelecer o texto. Não pode mais viver sem ter o próprio caderno na mão, possuí-lo fisicamente, entrar em comunicação direta com ele, tocar a pele das palavras, examinar na contraluz as verdadeiras páginas e reavivar o que sua memória guardou, arrolar os canetaços mal riscados dos quais a fotocópia não guarda nenhum vestígio... Não consegue mais trabalhar como deseja, na verdade divertir-se... Sinto-o como outro sinal de abandono... Mas tratar-se-ia antes de todos esses brancos que os problemas irresolutos a fariam deixar entremetes: perderia o fio... Não, que eu não vá imaginar que ela fez descobertas, ou que as fará. A não ser mínimas, que não terão sentido senão para ela e mim, pois no fundo tudo o que ali está em jogo é a experiência que fazemos, não?... Sim, mas daí?

"Você vai ver. Quando eu morrer. Mas nós vamos morrer juntos... Sim?... Se você soubesse o bem que me faz quando acredito nisso, você não riria. É a prova de não sei quê que eu sempre tivesse esperado..."

Ela baixou a voz, não quer ser ouvida. Por ninguém...

"A gente está em cima do telhado e salta... Mas não cai, sobe... Como se a Terra tivesse virado... Digo-lhe para que você imagine, para que veja bem... Porque se você vir como eu, isso lhe dará a mesma impressão que a mim: de que não pode falhar. De que se deve amar de tal modo para dar tanto que isso não pode não ser uma alegria...

— Não conte lá muito com isso. Conte comigo, mas somente comigo, comigo nem mais nem menos...

— Não diga tolices!"

Quanto a Walter, veremos após as férias. Ela conta que eu aproveite para vir cumprimentá-la por seu bom aspecto. Não quer se jactar, mas nem mesmo as bronzeadas mais fanáticas deixaram de tecer elogios sobre o frescor de sua tez. Chegaram a lhe perguntar se podiam tocar. Quiseram saber que maquiagem ela usava para dar aquela vermelhidão tão especial à sua boca e ao rebordo de suas pálpebras: não acreditaram que era um "produto" de sua sensibilidade... Seu estilo já reuniu em torno dela duas ou três solitárias: elas a acompanharam ao esqui de tochas... Isso é regular. A maneira como isso tende a se dar, sempre com a espécie de traste afogado em seu copo, nunca o mesmo espécime, mas sempre encafuado nalgum canto, a ponto de ela se pôr a procurá-lo quando não deu com os olhos nele, e que se diverte em encará-la, em odiar-se através dela enxugando os olhos nela. Que se aproximou um belo dia mostrando-lhe as mãos, tão indignas de tocá-la que ele as mandaria cortar e lançar aos cães...

"É eu cuspido e escarrado e escarrando tudo sobre mim."
Ela não estava de acordo. Escondido e mascarado então, mascarando tudo sobre mim...
É disso que terei vivido hoje e é sobre isso que dormirei esta noite. Esses pobres exaltados, esses amalucados por sua graça e sua beleza fariam dela um tesouro, com ela encheriam bancos. E no entanto, até mesmo com o vento nas costas e sua voz no vento, como se ela saísse do rio, e sob o gelo, no interior de seu corpo, o rio houvesse conservado seu calor, até mesmo nos momentos em que nada mais posso desejar, em que estou certo de que nada mais quero, não sei se eu não o jogaria fora... Eu recairia para muito baixo, mas sobre algo sólido.

"Sou organizada."
Exa está orgulhosa de mo anunciar. É convidada a uma festa de fim de ano. Não me diz onde nem com quem.
"Talvez eu não volte para dormir..."
Como é preciso adivinhar, pois nada indica que a gente vá saber mais se não se rebaixar a perguntá-lo, deduz-se que ela vai ao bat de caranga e que vai ficar na cidade, onde vai rolar aquilo, sem dúvida na baia de sua companheira Ensaia Basta...
Rejubilo-me ainda por ela se adaptar tão depressa, de tão bom grado. É a marca, como se sabe, das naturezas superiores, dos sobreviventes. Dos que são dotados. Verdadeiramente dotados. Não dotados para chegar em primeiro lugar nos concursos de baboseiras e assimilar melhor as regras do jogo, que só levam a ganhar os que as ignoram. Mas dotados para proteger sua pessoa e seus bens, passar em último lugar na

caixa, ou nem sequer... Ela a tem. Eles não a terão... Ela jamais saberá por que, tão seguidamente nestes últimos tempos, eu a olho assim. Ela não entenderia quanto vê-la tê-la me absolve de não tê-la, quanto estou aliviado por não tê-la contaminado. Ela me trataria antes de roedor de corda e de galinha-morta, pois aqueles que a têm não têm perdão para com aqueles que não a têm, que a menosprezam... Ela quer saber o que procuro afinal em seu rosto: uma erupção de culpabilidade ou provocá-la?

"Não vou nessa onda, minha corça com pé de bronze, você é que vai.

— É coisa manjada. Quanto mais a gente se abandona, tanto mais é tolerante."

Eu me abandono, sem dúvida, mas a quê?... A nada?... Como aqueles que se contêm então?... Mas não é disso que ela cuida. Será que Ingato vai sobreviver a uma tão longa ausência? Será que vou alimentá-lo? Não sou "maligno" bastante para esfomeá-lo propositadamente, mas será que vou pensar nisso?... Ela vai me colocar um lembrete no pote para compras e colar outro na geladeira, onde o fígado estará pronto para ser servido, todo em pequenos bocados cortados sob medida com a tesoura. Trabalho de alta costura.

Faz-me sentar na beira de sua cama, o que vai se tornar hábito a continuar assim (por definição). Após esses poucos dias de abstinência, vai certamente atacar, a menos que tenha decidido guardar-se para sua São Silvestre. Temos o direito de levantar a questão. Se não o tivéssemos, levantá-la-íamos igual. Como se me tivesse ouvido, lamenta ter esquecido de baixar o termostato e alonga uma perna para fora dos lençóis.

Eu estava com a mão fria e ela gostou. Abandonara-se tanto, sem se mexer, nem emitir um som, que eu a acreditava adormecida. Então nalgum lugar embaixo dela uma onda começou a subir... Ela me quis retribuir. Nem pensar. Cada qual com sua maneira de equilibrar as contas.

Não mais louco que qualquer outro, também lhe deixei um bilhete. "Divirta-se desatada, não receie nada, será meu xodó, penso em gato só. Seu velho totó." Esperemos que ela o tome pelo que é, que não o analise demais, que não veja nele uma lição de arte de bem viver. Ou de arte de deixar bem viver. Quanto a mim, pouco se me dá. Não tenho direito algum sobre ela. Nem quero, já estou de saco cheio com todos aqueles que não tenho sobre mim. Só lhe quero bem. Deixá-la em paz. Com o mesmo gosto, o mesmo agrado com que lhe deixo outra coisa. Amo-a bastante por isso, dar-lhe presentes que não me custam. Que não me tiram a pele. Sou perfeito.

Dente por dente. Ela sozinha na noite de Natal, eu na noite de Ano-Novo. Isso está repleto de bom senso, mas não dá certo: a gente não se pode deixar emocionar pelas carícias inaptas de um inepto e ter dessas espurcícias. E não é que ela não tenha opção, como há tantas outras. Tem o diabo no couro e isso vira as cabeças. Olham-na de esguelha ao longo do dia. Não se gaba por isso, acredita que é para julgar suas toaletes. É verdade que ela não tem uma idéia muito elevada de si mesma, o que pode explicar muitas coisas.

Walter havia anunciado à sua B.A.Bri que ia sair: não tinha mais o que beber e não podia mais parar de celebrar: ela lhe transformava todos os dias em feriados. Ernie o procurava, para negócios. Pelos bebedouros fez uma incursão, desaninhou-o na Mansão. Ernie fizera suas contas. Trazia-as consigo, com comprovantes.

"Daí, grande maioral, tudo legal?

— Vou lhe dizer bem francamente, tenho despesas demais. Até mesmo só tenho despesas. Despesas e mais despesas, e sem serviço, sempre sem serviço... Você agüentaria isso por muito tempo?"

É o que eu estava pensando, ele disse, sem deixar falar Walter que não o via chegar com sua pasta 007. Tirou uma relação detalhada daquilo que Bri lhe havia custado desde sua aposentadoria, e calculou em cima dela, debaixo dos seus olhos, médias: por ano, por mês, por semana.

"Antes que você continue a se servir dela, eu gostaria que pasasse os olhos nas cifras e visse se pode pagá-la. Porque se você acredita que eu vou continuar a pagá-la para você, posso aprontar-lhe uma surpresa...

— Escute Ernie, não somos crianças, podemos conversar... Se eu a danificasse, concordo, mas devolvo-a feliz, Ernie, faço com que volte a rodar igual uma zero-quilômetro. Você não tem o que reclamar: não lhe tiro valor, Ernie, só acrescento..."

Isso o petrificou. Walter manobrou bem e eles se separaram não piores amigos, no meio da noite. Pagando pela consumação, como grande senhor, fê-lo choramingar demonstrando-lhe que ele havia esculhambado tudo, que os mais belos elãs se haviam rompido com esses calculos mesquinhos, e que a gente salvava seu casamento colocando nele amor, grande, louco, no qual a gente é aspirado sempre mais para o alto criando o vácuo, queimando tudo o que tem, livrando-se de todo esse peso. Ernie bem que merecera sua lição, que deveria ter-lhe vazado os olhos quando via a Too Much carregá-lo nas palmas da mão, a ele, estrompar-se ainda por ele, velho píssico que havia mandrionado a vida inteira às suas expensas... Ele

jamais se perguntara, Ernie, em seus miasmas e em sua lama, quem é que havia inventado o amor, quem lhe havia dado essas asas que fazem voar os anjos?... Jamais lhe viera à mente que isso poderia ser um abjeto, um dejeto que nada mais podia salvar, um condenado como ele, um caga-no-caquinho?...
"Não foi a vez que o fiz sangrar do nariz que ele ficou de nariz comprido, foi ali. Ele não se perguntará mais o que tenho tanto que agrada às mulheres, já viu. A poesia e todas essas bichas que a fazem, ele não as avacalhará mais. Mas não faça caso, Ernie, malconformado como você é com o pouco que jogaram em sua cesta, ninguém lhe levará a mal, nem o invejará, só perdoar-lhe nos restará."

São páginas em que o autor, pelo menos uma vez, não se olhava escrever, e é aí que está o interesse delas malgrado todos os defeitos, segundo a Tarazinha, com quem converso a torto e a direito para escapar à sua idéia fixa. Ela quer dirigir-se a Pope, que eu a faça vir ao aparelho, absolutamente. Esse tipo de garota lhe agrada: ela teria gostado de fazer como ela quando tinha seus dezoito anos, quando estava em todo o frescor de seu esplendor, quando tinha vontade de mostrá-lo, de fazer com que o aproveitassem. E ela é a oportunidade sonhada que tenhamos das sordícias a compartilhar, uma aparência de vida sexual, não é possível que isso não nos faça falta, e que não acabe por nos desarranjar se não nos cuidarmos, sem que soçobremos no grande teatro de marionetes, e nos tornemos outros tantos Walter e Bri, como se já não houvesse bastantes, e já não fizessem fila às portas do inferno. Para não dizer do vazadouro. Ela não fala em passar aos atos. Não há sequer ambigüidade... Em todo caso, nossos heróis não a inspiram.

"Cada vez mais, tem-se a impressão, você os detesta.

— Eles me xaropeiam. Me embostam. Entrego os pontos."

Ela não consegue integrá-los em seu sistema. *To process them*, evacuá-los. Isso não me diz o que lhos torna tão indigestos... É justamente no que ela não põe o dedo. Algo difuso e que é toda a questão: o mesmo amor, o mesmo instinto que nos inclina aos outros e que, de acordo com o que dele fazemos, é o que nos define, nos eleva ou nos avilta, nos esgota ou nos engrandece.

"Entro nas peles deles, é forçoso quando se lê, mas gosto de sair quanto antes. Por outro lado, eles me habitam, vivem na mesma parte de mim que você. Surpreendo-me decalcando as maneiras de Walter, adotando suas expressões: mijar fora do penico, cagar e sentar em cima... Proíbo-me repetir *anyway* a propósito de tudo, isso destoa de minhas boas maneiras e põe sobressaltados meus admiradores."

Comigo não, observo-lhe. Mas comigo não é igual, comigo ela será sempre igual. Ela falava de suas noitadas em bando com Lupu. Quando bebeu, eles se perguntam de que subúrbio ela sai de repente. Isso ela acha bacano. Lhe dá uma distância no sentido brechtiano. Um comprimento de alavanca... Os mais simpáticos vão se reunir em jantar para festejar sua saída do Grey Rocks, que a vai aliviar... A menos que elas tenham feito tanta amizade que Lupu, ela já não a chama senão Lupu, acha de todo natural acompanhá-los ao lago Masson. Mas isso se dá em outro nível, onde ela seria antes do tipo de quem já se acanalhou bastante, se desclassificou bastante, para esquecê-los como se amarrota um número de telefone.

Não obstante, isso termina melhor do que começou.

"Culpa sua. Perguntei-me em que eu me afanaria mais: apoquentando-me por ingratos ou alegrando-me por você... E pimba, isso me tranformou!"

Ela se crê então obrigada a dar risada e fica bem difícil tomá-la a sério...

Esqueci de alimentar o desgraçado do gato!... Isso me sacode o sono no meio da noite. Como pude?... Lembra-me agora. Veio-me a idéia de me demorar no bar até a mudança de plantão. Por nada. Para ver que cara tinham as demais dançarinas. Não vi. Primeira notícia, eu escorregara numa prega de gelo no meio da rua. Perguntava-me se ia me levantar e respondia-me que eu não estava nem aí. Embora eu rastejasse, estava acima de meus trens... Não quis me embebedar, não havia com quê: meu estômago vazio deve ter-me dado um bigode. Se não é o patrão de Pope, preocupado com minhas assiduidades... "Quem é aquele cara, por que ele nos — Seeulá!..." Mas talvez, afinal de contas, eu esteja envelhecendo, e não controle mais minha bebida.

Fígado ao prato, procurei gato. Nada de gato. Encontrei-o na porta, em bola eriçada pelo frio. De fininho saiu para se esconder roçando o chão, ameaçado de levar nas costas tudo o que se escangalhava em seu universo. A catástrofe é iminente, no próximo craque tudo vai desmoronar... Mas isso não é o mais enervante, quanto às lições que se poderia tirar daí, de suas concepções. Ele só acredita em Exa, que conheceu doente, meio drogada ou bem mais abilolada. Em mim, que sempre soube manter um mínimo de bom senso, ele jamais teve confiança um segundo... Assim me deitei de novo, não fiquei mais me roendo, sempre se dá demasiada importância, jamais se é julgado por seu mérito.

Não encontro mais nada do Ano-Novo passado. Exa devia ter comprado champanhe, comprava sempre, do President Brights, dois, para não nos arrancarmos a garrafa, e tudo o que segue, que nem dois paus-d'água. Ela devia ter feito esforços gastronômicos (um peixe em geléia, uma fondue, uma torta de noz-pecã) que não apreciei no entender dela, e a chicana evitada pegou assim mesmo, ela pegava sempre. A gente se estripava, esgoelando descaradamente. Depois se amarrava a cara. De cara cheia.

No momento em que eu já não esperava Exa, e punha uma pedra em cima, ela chega. Não blefava mais: ela ter caído na gandaia. Há muito que não a vi tão devastada, tenho ao mesmo tempo a impressão de não reconhecê-la e de justamente reencontrá-la. Por sua maneira de piscar, dou-lhe a mesma impressão, igualmente alienante.

"É o que você queria... Está contente?"

Dou uma olhadela na caranguejola, ainda inteiriça.

"Não foi ela quem saiu da pista, fui eu."

Diz-me isso para que eu a olhe, a ela. Olho-a, a ela. Tanto mais prazeirosamente que posso olhá-la de cima, não fui eu desta vez que desertei, não sou eu o traidor e o criminoso... Ela reconhece o golpe da boa consciência, que tantas vezes me aplicou. Não compreenderia por que eu não aproveitaria, por que não aplicaria sua lei.

"Sabichona... Molambo..."

Se eu houvesse mostrado a mínima fraqueza, ela teria caído em meus braços, como eu em semelhantes passos. Mas já que é assim, e isso igualmente lhe convém, ela não tem que ficar com a cara no chão. Infla as bochechas e me sopra no nariz um vento de balão que se desinfla. Como ela se lixa, finalmente, para minha cara, para a cara de todo um mundo sem amor... A macaco velho ela não vai ensinar a fazer caretas. Fazendo-me de gorila, dobro-a nas minhas costas e levo-a para cima para se deitar que nem um saco ao celeiro. Ela se debate, solta uns oh e uns ah de vítima pasma, desfalecida... Eu sempre disse: uma foliona. Ela teria foliado dia e noite, e com um gigolô que tivesse tido seu senso de Pierrô. Eu estava saindo, ouvi uma espécie de motor arrancar. Olhei, era Ingato que pulara para cima da cama e se pusera a ronronar. Não haverá amor feliz?

O que acabou por me apegar ao caderno de Walter, reconheci com ela, no calor de suas reflexões, foi seguir os passos de minha amiga, penetrar no que ela já sabe, que sua consciência ocupa e que ela transformou. Tal falta é apontada por seu dedo, um esgar impregna tal grosseria, um prazer perfumou tal expressão, e nessas garatujas seus olhos vivos esquadrinharam, deitaram sua luz... A Too Much está doente. Ele lhe tomou a temperatura e lhe proibiu levantar-se. Amima-a. Trata-a com suco de laranja e aspirina, três a cada quatro horas. Não quer que ela faça outra pleuresia. Ela não pode afrouxar, não é possível, ela segura sozinha essa construção da imaginação que ele é no fundo. Ela é essa imaginação, o ar que ele tem em seu balão, e que é respirado também por todos os seus personagens. Ele troca mais uma vez seus lençóis encharcados, sua camisa. Ela lhe proíbe olhar, mas ele trapaceia. Jamais a viu tão nua quanto neste corpo fanado por tanto suor extirpado, já apequenado por tudo o que deu de outra forma no decorrer dos anos. Mas se a propriedade da beleza é inspirar o amor, ele também jamais viu nada tão belo. Isso ele lhe diz, como lhe dá na cabeça, embora fosse um estranho elogio, que só um eterno adolescente poderia proferir.

"Não se canse, você já não é bastante velho para mim."

Vigília até altas horas. Ninguém fora. Nem vento. Cheio um bulevar e cheio outro, uma ausência, um silêncio, uma distância toda em profundidades, em ressonâncias interiores, em desprendimento. Um sonho em que não se morre mais, em que isso não se faz mais. Se um dia formos forçados a evacuar este local, eu desejaria ser o último a partir, ficar um pouco para trás e dar mais uma volta, sozinho... Nada de Pope. Nem de boneca de poupança. Só o pequeno morrudo com tope-borboleta que empreende não se sabe que negócios atrás do cenário e que não faz fricotes a ninguém. Sagaz. A paz...

No novo hotel, ainda que a telefonista me tenha feito repetir e depois super-rapidamente soletrar, ela o tem na cabeça, e é a um "Tarzinho" que ela vai pedir para se dirigir. Ela leva um momento para responder, outro para lavar a afronta, depois lavar a própria fronte e vestir um penhoar, ela sai do banho, que hora que é, seu "maníaco-repressivo" saiu sem a despertar, mandou-se para pegar um lindo bronzeado, tostar-se para ser mais depressa papado, você viu o sol, tudo o que ele ainda cospe de química podre, não se aplacou a semana inteira, somos bombardeados por partículas...

"Por aqui tudo bem. Está encoberto, mas nada vai desabar, nada rolar. Tudo está como que acabado, em algodão embalado..."

Ela não ouve, não mais ali, ocupada em tornar-se apresentável.

"Eu teria gostado de ficar bem nua, mas meu corpo já não suporta a vista sua. Vinte e cinco anos! Logo mais trinta. Isso entra no corpo. Se eu fosse um carro, seria boa para a sucata. Nem sequer mais o que vocês chamam de lata-velha. Cairia aos pedaços e nenhum deles se encontraria mais em lugar nenhum. Esta noite me levantei: o tempo me parecia muito curto. Pus-me à janela e espreitei-o para pegá-lo. Aí realizei que eu não estava dentro: ele passava, mas não sobre mim, ele contava, mas não em meus dedos. Toda aberta e desenrolada, saí, segui uma senda até o meio do lago. E me encontrei no meio do mundo... E compreendi que estamos em toda parte, que ele gira em torno de nós, que é ele que gira e não nós, que nós estamos imóveis no centro e que não há perigo, nada nos pode acontecer. O erro, e não nos corrigimos, é sonhar que vivemos ao invés de viver que sonhamos..."

Engraçado, aconteceu-me a mesma coisa, em outros termos, agorinha mesmo, no ar pesado, fermentado que me havia embriagado. Mas é complicado demais explicar que se não somos nada, se somos realmente nada, se somos absolutamente nada, de fato não arriscamos nada, que "nada" não é coisa que se perde ou se destrói, que ele é nosso meio natural, eternal, que a vida não é senão um momento absurdo, insignificante, de nossa existência. E como não me vem uma única palavra sobre o que ela toma por uma revelação, ela começa a duvidar, de si.

"Você sabe que é minha testemunha, que o faço olhar o tempo todo por cima de meu ombro, que diante de tudo o que me cai debaixo dos olhos, que me vem à mente, penso vou lhe dizer, e procuro palavras para melhor o dizer?... Por mais que a gente se aproxime dos outros, que esteja intimamente ligado a um ou a outro, a gente jamais se confunde, não se deixa absorver, não se aferra a isso, prefere acabar sozinho urdindo seus truquezinhos, e eu é com você que prefiro acabar sozinha..."

Quanto ela põe, como receia que me falte, como é generosa. Mas sempre o foi tanto, isso lhe vem tão naturalmente que ficamos à espera, contamos com isso, não ficamos mais pasmos, precisamos de novo mergulhar no estado em que isso nos punha nos primeiros tempos para avaliar quanto é de pasmar... Mas em vez de acusar o golpe, suave demais a meu ver, desvio-o para mantê-la fora de equilíbrio, e me aproveitar, fazer com que mais ela possa dar.

"E em seu lago, você passeava com sua tocha?
— Que tocha?"

Sua tocha de esquiadora com tocha. E entendo dizer uma tocha sem atochar. Se não é uma tocha, uma verdadeira, uma flamejante, como no velho filme em que as chamas dos esquiadores desenhavam um longo rastro que se desenrolava no negrume, se é a pilhas ou a motor, não quero saber, ela pode ficar com ela... Ela cala por sua vez, não encontra mais saída... Ou será que está chorando de novo? Haveria por que com toda essa fumaça que lhe soprei nos olhos para fazer pirraça.

"Você tem alguma mágoa?...
— Não tenho mágoa alguma. Sou firme como um pontão. Desci uma encosta C sem bastão. Surpreendo várias. E morrudas. Tenho balé no pé."

Mas seu timbre de voz estava velado, como se estivesse com o nariz congestionado. Ou eu o imaginei, porque me convém. Já se viu... Gosto tanto que me ame que até em lágrimas ela me faz jubilar... Quando a deixei, e é uma pena, ela poderia ter desfrutado de uma reportagem direta: a coisa começou a pegar fogo no bar O Cais. Dois bulhões não tragavam ter de pagar por seus tragos o dobro do preço a um "pingüim" em vez de uma dançarina erótica, e até de várias, como afixado. Enquanto um lhe dava uma gorjeta irrisória e lhe punha a mão no ás-de-copas, o outro, fazendo momices, o forçava a subir na mesa e rebolar dois dedos. Eles tinham razão, e eu não trazia o dono em meu coração desde a véspera, quando me lembrei que ele me tratara bastante de cima, mas isso não me atiçava mais para as valentias de dois contra um. Quando ele decidiu defender-se e me olhou para ver o que eu faria, fiz-lhe sinal que sim, eu seguraria um. Ele se fiou, desancou um de cima, e eu não precisei me esfalfar, só tomar conta do nocauteado, ele já tomava conta do outro. Isso não parece nada, mas me abalou o miolo. Eu não estivera na linha de frente desde o hóquei universitário com Julien, onde um não era atacado sem que o outro, como cavaleiro destemido e impiedoso, saltasse mais que depressa às cegas... Vi-o quebrar um tornozelo de um babaquara. Ou antes, ouvi o craque horrível, depois o grito. O patinaço partiu do meio do bafafá, sem testemunha: eu de nada teria sabido. Eles não vão nos cuspir na face, ele me disse, com o fogo de Maurice Richard nos olhos, nunca serão bastante grandalhões, os bandalhões.

Evacuado o local, o gerente me apertou a mão.

"Bonito, cavalheiro..."

Reconheci um ressaibo de sotaque do lago Saint-Jean. Disso ele não gostou. Deixei por isso mesmo e pelo que ele me disse não haver nada nisso. Ele esperava que eu carregasse um pouco em meus r de Lavaltrie, mas desentendi. Ele teria imenso prazer em saber o que sou, em me fichar, em me integrar no seu sistemazinho, onde basta uma etiqueta usual, nada especial. Ofereceu-me um trago. Johnny, ele me disse chamar-se. Já ouvi isso, eu disse.

Ouvi-o novamente ao chegar em casa, mas não no tom que prefiro. Com náuseas devido a seus excessos, Exa se metera num estado de contrição que a levava aos extremos. Não podendo lançar-se de joelhos e pedir perdão, o que teria parecido o quê, soltou os cachorros em cima de mim.

"O que você fez ao gato? O que ele tem para se mandar com a barriga no chão ao menor ruído?...

— Como você é engraçada, eu não fiz nada, foi você quem fez tudo, foi você quem o seduziu, traiu, abandonou."

Nada a fazer, ela não ouve a voz da razão. A queridinha não estaria tão traumatizada se um cachorro daqueles que ela conhece não a houvesse atacado. Que tipo de cachorro foi que a atacou, a ela, com seus dois olhos de manteiga arroxeados à Anna Magnani?... (É a última coisa que eu queria ter dito. Teria gostado tanto de deixá-la em paz com seus problemas. Eu me propusera tanto isso. Não para lhe mostrar. Para me mostrar. Para ensinar-me a mim mesmo a viver. São tão mofinos e repugnantes esses atentados a berros. É um dever de barra-limpa, de limpeza numa palavra, de higiene elementar, abster-se.)

"Em que é que isso pode afetar você?... Pare de me contar lorotas, isso nem sequer lhe interessa!...

— Você tem razão. E até, confesso, você sempre tem razão... Isso encerra as discussões ou seria bonito demais?

— Seria fácil demais!..."

Todas as desculpas são boas, ela nada fez para o jantar. Fervi dois ovos, esborrachei-os entre duas torradas, não estou nem aí. Ela olhou um pouco a tevê, eu ia me meter por quê. Subiu para se deitar sem me olhar, de cara cheia amarrada. Em suma, tudo é por culpa minha, pior ainda do que se fosse eu quem tivesse passado a noite pagodeando. Conclusão?

Ela está com os olhos mais claros esta manhã, e a comissura um pouco menos insolente. Não vamos acabar um com o outro. Será para uma outra ocasião.

"Começamos novamente mal o ano, Johnny...

— Começamos mal, continuamos mal, acabamos mal. Temos seqüência nas idéias, beleza fatal..."

Está bom, o café. Isso ela não saberá. Não quero lhe dizer e ela não quer saber. Isso nada tem a ver, está completamente fora do assunto... Quando somos tão burros e tão mixas, teremos o direito de viver? Poderemos saber viver? Aprendemos em que livros, modelando-nos por quem? As vítimas ou os carrascos? Os duros, os moles, ou os imprecisos, que vão pelo olhômetro e que esbarram em tudo, sem jamais avançar?

A Too Much passa mais uma noite nada boa, tremendo, gelada pela febre. Já não pode engolir nada, nem água sequer. Não vai consultar o médico. Não se pode chamá-lo, isso não se faz mais, e ela não vai se deixar "desaninhar", expatriar por uma ambulância. Tem medo de morrer e quer morrer em sua cama. Ele lhe prepara uma canja de galinha e aletrias. Lipton em sachê, precisou a farmacêutica, um tanto feiticeira, e que falou de uma gastro. Mas quando se perde a cabeça e se fala com Deus, há outros meios. Walter usou do mais radical. Imolou-se. Prometeu, jurou "pelos olhos de T... que me olham", e que não diz quem é: de volta de uma cura, milagrosa ou não, renuncia a Bri.

"Experimente isto. Foi a senhora Buchti quem disse, você a conhece, você tem interesse em obedecer cegamente..."

Ela faz um esforço resignado. É bom, ela diz, com os cabelos colados na pele, a pele estirada sobre os ossos. Se ele não tivesse um coração de pedra, torrentes de lágrimas verteria ao invés de verter na filosofia.

"Se é bom, é bom sinal. Afinal..."
Ele não se farta de olhá-la, não pára de compensar-se por todas as vezes que não a viu. Ela tem ares de uma selvagem com sua trança, uma velha cigana. Ele lhe diz. Isso não vai melindrá-la. Ela sempre sonhou em ser uma selvagem, uma cigana, e é finalmente ouvida...
"Tão velha assim?...
— Mais velha se morre, mas não o aconselho a você... Os esportes violentos não são mais para sua idade."
Está melhor, tem-se a impressão. Engoliu tudo. Parece que o está retendo. Será que ele não se deixou empulhar? Que não comprometeu sua honra até a medula por uma indigestão?... Um coração de pedra... Ele mereceu que ela lho partisse ao meio. Que ele fosse aberto, como um olho.

"Quem é T...
— *Tony*. Acredito."
E minha amante-mestrezinha em letras me assegura não saber nada, com toda sua ciência, além do que acreditou decifrar.
Tudo igual na Choperia. Ela também nada tem a assinalar, senão que pensando bem achou com que denegrir a divina "Rimusina". Ela tem cabelo nas ventas.
"Mas leve como é, loiro de permeio, isso a gente só vê se for mal-intencionado, e não sei se dá um prato cheio..."
Loira também, ela deve ter algo do mesmo gênero.
"Eu jamais ousaria!... Sou condenada à feminidade totalmente nua, totalmente nula."
Ela perguntou a Julien se ele havia notado. Para sua grande surpresa, o assunto o deixou interessado. Ela sempre

manteve todos os seus pêlos, parece, e isso seria muito sexy... Ele está bem situado pra caralho para sabê-lo. Foi seu primeiro amante, te-la-á estimulado nesta via. Tem particularmente horror das sobrancelhas depiladas, uma mutilação zelosa que suporta por empatia. Ela ignora onde ele pode ter contraído tal fobia, dada a extrema juventude de suas amantes. Ela própria não tinha dezesseis anos...

"Mas li por outro lado que uma pilosidade sadia acresce a tribo-eletricidade do epitélio pavimentoso..."

(O efeito das carícias.) Ela está pasma: todo um pano de sua personalidade, talvez até mesmo um lado perverso, que ela ignorou, até nem suspeitou, e dos quais poderia ter-se aproveitado, safada como é...

Ela também notou o nome da farmacêutica, que me manda logo procurar na lista telefônica regional. Cruzamos os dedos, seria um primeiro elo direto com Walter. Mas o nome Buchti, do qual ela fez a mesma leitura, absolutamente não consta, sequer nas páginas amarelas... Se todos os nomes forem fictícios, jamais nos poderemos achar... E no entanto, ela entende de nomes! Sua mãe queria chamá-la *Isntshe*, pelo que a enfermeira dissera ao devolvê-la aos seus braços: "Pretty isn't she?" Seu pai músico teve a última palavra, Tocata-Fuga, mas se ela se houvesse tornado primeira bailarina, é este o nome que teria levado. Depois na escola trataram-na de Touch-and-Go, para galhofar, e isso a marcou, bastante para defini-la no seu entender: ela refletiu a imagem que aquele espelho lhe dava, passou a ser "toque e saia" de fato... Eu não acho?

"Você é completamente passiva, diacho...

— Isso fica bem para uma garota, não é? Não gosta?... Desde que Julien começou a me chamar de Toque, torno-me cada vez mais Toque e cada vez menos sua Toca... Mas o nome que prefiro é Meu Amor..."

E cachina sem parar em cima disso... Deu muita risada hoje e quando deu muita risada, e eu estou coberto desses estranhos beijos que sua boca soprou, estou simplesmente contente e contente por ter de pagá-lo um dia. Bem caro. O que vale.

Por ter ela mesma começado a mentir, a não dizer mais tudo em todo caso, Exa se deu conta subitamente, a menos que tenha sido enrolada nas idéias por Saia Basta, de que eu a tomo por uma cabeça-de-vento... Fiquei seis horas ausente, não lhe farei engolir que não tenho algum hidrante para regar ao longo do caminho, não lhe farei engolir que todo esse tempo, com esse tempo, caminhei...

"Deve-se não é ir a algum lugar. Eu pouso na Choperia. Ou num bar. E me rego. Sou eu o hidrante que rego."

E sopro-lhe uma boa baforada para fazê-la sentir como isso é verdade... Antes, era o tempo todo que passeio que bebia e o pouco tempo que bebo que passeava. Grande melhoria, acho. Toda em honra minha... Sem meu aval, ela desata o avental, vai deixar as frigideiras de mão. Mas eu não ligo não. E ela sabe. Sentiu-o amargamente cada vez que me fez isso. Desce então novamente, após ter puxado a descarga ao léu, e retorna às frigideiras. Mau fado, a mão que mordo me terá mais uma vez alimentado.

"Você me dá pena, puxa! Mas como é que você consegue se suportar?... Você não se sentiria aliviada de tempos em tempos jogando-se na água ao passar? Deixando um carro a atropelar?..."

Nada tampouco para restabelecer o contato... Ela não tem nada quebrado, espero, nada vital. Seria pena. Estávamos conseguindo, encontrando conforto um no outro. Fazíamos horrores de coisas com prazer. Como olhar-nos. É importante sentir-se bem no rosto do outro. O mais doloroso não é tanto que ela tenha puteado, se este é o caso, mas essa má consciência que não a larga, o bafio que ela espraia na atmosfera. Seus olhos se ausentam e ela parece não acabar mais de despertar, sair de seu pesadelo. Tem o corpo todo como que apagado, não vibrando mais às proximidades, nem mesmo aos lembretes táteis. Será que foi estuprada? Se deixou estuprar? Que não sabia mais o que estava fazendo e que eles deitaram e rolaram?... Nem ouso pensar, de tão atacado em minha própria pessoa, humilhado. Desonrado por tê-lo permitido. Por negligência.

"Escute, nada lhe peço, mas se algo não vai bem, estou ao alcance da voz, tenho orelhas grandes..."

Não, não está bom, expresso bonito demais, tocante demais, isso não vai tocá-la. E onde estou metendo o bedelho, será que tudo isso não é uma ficção, que não me divirto levando-me a mim mesmo na conversa?...

Passara da meia-noite, e eu fabulava ainda comigo sobre isso, comprazendo-me mais ou menos com a idéia de que seu estado requeria meus cuidados, minha compaixão, meu socorro, quando ela deu suas três batidas de Molière. Eram leves, esperei que se repetissem. Ela acendera a lamparina. Passou-me seu copo para encher. Não me deu lugar, não se encolheu quando me sentei na beira da cama.

"Amoleço, não durmo mais quando não lhe dei boa-noite... Boa noite!"

Foi seco e foi só. Demorei um pouco para me levantar, depois agarrei sua coxa através do piquê. Ela a retirou, oigatê. Como se lhe tivesse doído. Como se estivesse ferida. Como eu previra.

"Você está com um nervo irritado?... O nervo pudendo?..."
Para quem não sabe que tem realmente naquele canto um nervo com esse nome, isso não faz sentido algum, nem como gracejo de boa vontade, sobretudo nessas circunstâncias, mas quanto mais isso nada quer dizer tanto mais faz refletir, como se sabe, e ela imaginará, entre outras idéias que lhe derem na veneta, ter-se tornado vulnerável a um grosseiro personagem e um perfeito imbecil.

Eu estava acordado. Fui testemunha auditiva de seus preparativos. Apressava-se na ponta dos pés, cuidava, para não me perturbar. Ainda me custa acreditar. Não deixou nenhum bilhete no pote para compras, sequer uma listinha e grana... Aqui estarei quando ela voltar, não entrará numa casa vazia. Não se encontrará sozinha como uma cobaia esquecida por uma nave espacial. Mesmo que a gente só seja útil para isso, não é útil para nada...

As coisas se acomodam para a Too Much, sua temperatura caiu. Se ela fosse minimamente paranóica, perguntar-se-ia quem pode ter tentado envenená-la. Mas como jamais nutriu hostilidade para com ninguém e a gente julga os terceiros por si mesmo, não desconfia de ninguém, sua confiança é total. Para Walter, as coisas se complicam. Há o telefone que se excedeu, que toca para ele dia e noite. Ele poderia tirar o fone do gancho, não quer, faz questão de compartilhar os tormentos de Bri, e aqueles gritos tiritantes, abafados por uma almofada, exprimem também os seus, dão aos seus "dois corações que se dilaceram uma só voz, a mesma voz". Respondeu-lhe de início que lhe ligaria quando a Too Much passasse melhor, depois quando esta pôde levantar-se foi a ela que encarregou de transmitir sua mensagem, neutra ao máximo: ela não tinha mais que se preocupar, o perigo estava descartado, a gente se daria notícias. E pararam de atender. A Too Much não pediu explicações. Só quis saber como proceder.

"Não quer mais falar com ela?

— De que adianta?... Você está vendo que ela não entende nada."

Ele iniciou uma carta em que lhe diz que a ama, que a ama realmente, que a ama com amor, que é como nos livros um fogo que o devora, que não se apaga jamais, nem um momento, que isso não pode mais durar justamente, é por demais pungente. "O que eu queria me oferecer, o que está dentro de meus preços, mofino como sou, é um bocado de presa fácil. Deixei-me pegar!... Pegar para me desapegar. Para doer. Como está doendo..."

Ele não imagina que vai fazê-la engolir isso?... Não se sairia melhor com a verdade, mais inverossímil ainda para aquela louca cuja loucura, que o conquistou, só o faz encontrar sentido no prazer que ri de tudo o que não é ele, que o saqueia e o escarnece para mostrar sua força... Por mais bêbedo que estivesse e por mais que se prestasse a representar um papel odioso, já começa a ter saudade de quanto ela era tentadora e de quanto ele era tentado, tentações todas confundidas no fogo de seus olhos, quando ela lhe pediu para livrar-se da velha... "Eu me arrasto na lama por você, faça algo por mim, mostreme o que valho para você, afane-lhe a meia de lã e jogue-a do alto da ponte por mim, num saco de lixo..."

Se com este vento consigo subir o São Lourenço, abordarei o assunto com minha amante-mestre em letras. Soprando nas mãos fechadas em corneta sobre o rosto, a gente se aquece bastante para acionar os maxilares e não entrar em pânico, correr para se refugiar na primeira casa, cair nos braços vagos de uma megera aprisionada... A gente travaria uma relação. Ela me confessaria que todos os dias se arrancava de sua novela para à janela se postar e me olhar passar. Eu era tudo o que passava nesta outra tela.

Com Pope, não tem mais osso de repente. Não tem mais gelo. Ela me pergunta amavelmente como estou e da parte de Johnny me transmite um alô. Faço parte da pequena família deles atualmente. Não sei se não me incomoda encontrar-me do lado do poder, com além do mais uma irmãzinha que faz flutuar seus seios no meu nariz. Mas é como para tudo. A gente resiste e pifa. Ou se aclimata.

Julien está satisfeito, aproveitou bem as férias. Ela não está zangada, acabou, voltam para casa amanhã.

"Não sei o que o deixou tão feliz, não fui eu em todo caso."

Narro-lhe um pouco o pugilato em que me envolvi e seu resultado. Pope não pode mais recusar nada a você agora, ela diz, deve aproveitar. Ela passou uma parte da noite na vida de Kleist e está perturbada. Será de acreditar nessa história de que ele era impotente e de que foi isso que o levou a se matar com sua Henriqueta (a Henriqueta de seu amigo Vogel na verdade)?

"Eu é que sei?... Por que você me pergunta isso?...

— Porque seria besta demais. Quando se é Kleist, não se morre por uma joça defeituosa... Isso é bom para o comum, o bem comum, dos mortais."

Mataram-se porque não se pode ser um tão grande poeta e fazer amor igual um bicho-careta com uma Henriqueta. Joga-se com a linguagem, não em sua tubagem: com ela se faz a morte... É a opinião dela, que se depreendeu de uma longa discussão na qual não logrei saber o que Pope, que ela nomeou Lupu, por um estranho lapso, vinha fazer ali dentro. Ou um arranca-toco.

"Você brigou?... Isso realmente não lhe assenta.

— Você tem razão, não valho nada. Tenho muito medo: alguém pode estourar o crânio ao cair, desviar a coluna. Prefiro deixar que me quebrem a cara. Só sirvo para segurar, impedir que as pessoas se machuquem, pode perguntar a Julien...

— Ele não vai me dar ouvidos, Julien. Vai dormir ou estar com a cabeça no ar. Como há pouco, no mesmo lugar...

— Êh, você me deixa encucado, não me fala mais para que eu a entenda.

— O.k., vou tomar cuidado. Quer saber como eu era, de saiote escocês, no Mount Pleasant College? Eu fazia declarações de amor aos rapazes, este ou aquele, que espreitavam as maiores na volta da escada do baixo da rua, depois me safava. Pernas para que te quero, para não estar lá quando isso se alastrasse, como o famoso fogo no rosto em transe ao primeiro olhar de que falavam, e que eu não suspeitava fosse gosto em transa... Não tenho certeza se eu não me tapava as orelhas. Mas a melhor: você não sabe quem era finalista naquele momento...

— Ferramentina!..."

Ela acha graça. Pede que eu repita, não entendeu bem. Terebintina?... Ah ela não se contém mais... O mundo é pequeno, digo. Se continuar, não haverá mais lugar para todo o mundo, ela responde... Aí isso lhe volta à mente, ela quer falar com Pope, dar-lhe bom-dia, absolutamente. Isso vai tranqüilizá-la. Não vai mais imaginar que eu seja um dedo-duro ou um batedor da Gangue do Oeste.

Cedi. A interessada longamente hesitou, sem saber conforme que música não dançar, mas isso se ajeitou. Elas tagarelaram um minuto ou dois. Pelo que transpirou, rasgaram seda e foi minha Tarazinha quem arcou com o grosso da canseira, sovinamente gratificada com alguns sim, não, talvez, pode crer... É uma toupeira, ela me faz saber.

"Em que isso pode afetar você?

— Em nada. Mas é pena para você. Eu imaginava coisas... Se ela tivesse um certo tchã, a gente poderia ter-se acertado."

Divertimo-nos em seguida perdendo um bocado de tempo a combinar como reintegrá-la na posse do caderno original. Ela quer pagar um correio especial, sempre quer pagar, nem pensar. Finge não saber que senti sua falta e que vou precipitar-me ao pé da montanha tão logo ela me tenha posto a faca no peito. Espera eu me declarar, também nem pensar. Mas isso não é manipulador, não é malévolo nem uma migalha. Temos o mesmo sorriso treloso ao nos deixarmos.

"Ponha sua mão, malvado..."

Em seu coração, ela quer dizer, e que não há mais razão para oferecê-lo de outro modo. Outro jogo. Novo. Em memória da vez que eu a pus, ou melhor que ela a pôs comigo e que não era um coração que ela tinha, mas que tínhamos ambos... Isso me deixa um tanto encafifado. Ela sabe. Faz de propósito.

"O.k., saudações..."

Sou sempre eu quem tem a última palavra e esta é sempre o que digo, sempre da mesma maneira, para isso não mudar, permanecer sempre igualmente bom, para nenhum dos dois cometer o erro de imaginar que é melhor em outro lugar ou de outra maneira.

Ela apostara comigo que o nome de Pope não era o da mulher de Nero, morta por ele a pontapés na barriga, mas

Poppy: papoula, peçonha. Informou-se, ganhou. Mas isso não impedirá que eu prefira crer no sublime, no maravilhoso... Demorei-me no bar por algum tempo ainda, esperando não sei que resultado malogrado dessa "ruptura de gelo entre cabelhudas". Desemboquei no bulevar do Rio no mesmo momento em que o Volvo do doutor Amillo parava na interseção. Exa teria desejado ignorar-me, mas eu massageava minhas orelhas e, a acreditar nela, seu coração sangrou... O doutor Amillo deu marcha a ré e quando subi olhou-me entre as pernas. Deve ter vista curta. Daí achei-lhe ares de depravado e levei-o a participar da orgia que organizei na baia de Saia Basta na São Silvestre. Como estávamos bastante apertados no banco e ela se derreava sobre mim, evitando com toda a evidência, achava eu, qualquer contato físico com ele, vi nisso a prova de tudo o que eu imaginara.

"Simon, já falei dele a você, este é meu amigo Johnny."

Simon!... O misterioso número dois!... E eles têm o topete de se tratar por você.

"Amigo! Nada se deve exagerar. A gente não pode se olhar sem o pau quebrar. Ou outra coisa..."

Pus nisso toda a seriedade, todo o mau humor que pude. Ele não sabia mais onde lançar seu sorriso. Lançou-o entre suas próprias pernas. Ela o defendeu: ele ainda era jovenzinho, eu o fazia corar.

Que idade exatamente, perguntei quando nos descalçávamos na entrada, e minha própria pergunta me chocou, era a primeira vez que eu me achava velho em relação a um outro homem, era até a primeira vez que eu me tratava de homem, tendo-me considerado sempre um rapaz. Vinte e sete, ela me respondeu, direto, como se só conhecesse isso...

"A diferença não é tão grande. E não está nisso, meu Johnny... Ele é cheio de esperança, tem confiança, e você está completamente acovardado..."

Eu estava bem perto, vi que ela refletiu bastante antes de abrir a boca, dobrou a língua, não poderá pleitear crime passional.

"Bravo, acertou de chapa. Mas se trata de que?... É em represália a quê?... Por eu não ter estado aí para proteger você contra si, impedi-la de fazer um trapo de si?..."

Se pareço obcecado por sua São Silvestre, ela também está, pois me entende logo. Sem maiores informações salta-me ao rosto, onde é recebida com todas as atenções devidas à sua combatividade. Nunca damos bastante atenção aos nossos olhos. Só temos dois. O que ela busca, pois?... Então ainda não encontrou?... Então ainda não era isso?... Ela responde.

"Pode botar uma pedra em cima!... Mesmo que a gente se tenha estendido sob o primeiro cara-suja (para lhe dar satisfação, você parece fazer tanta questão), a gente se respeita ainda suficientemente para não se deixar tocar pelo último bunda-suja!..."

Não é um pedaço, é tudo que ela quer. É minha pele. Como dantes. Nos bons velhos tempos. Quando meu orgulho espezinhado acabava por nutrir rancores eternos. Eu ruminava parasitá-la até a morte. De cima de suas costas não mais desceria, sob o fardo a esmagaria.

"É minha mão em sua fuça que você quer? Pois não a terá!"

Deu para reconhecer a arenga. O processo está engatado, somos aspirados para a encenação treinada, automatizada, que nos tritura com um pouco mais força a cada tacada... Isso tem que passar ou quebrar. E eu não vou quebrar. Tampouco vou fugir com armas e bagagens. Depois de todo o suco que investi: tudo o que suei a golpes de martelo e que ela me fez babar com ataques de nervos, minha jaula, já não podem me enojar bastante para dela me expulsar. Se há uma justiça, e enquanto for eu a fazê-la haverá uma, estou aqui em minha casa.

"Você vai me pedir perdão. Sabe?...

— Vamos ver. Se você me convencer. Se dispuser dos meios. Se souber se exprimir. Se à sua inteligência e à sedução de seu discurso a gente não puder resistir. Se você não for todo braçudo e nada folhudo. Com f!... Você não sabe o que é porque não tem. Quando o fizeram, não os puseram em seu saco..."

Toda a vida, ela mandava amarrar, digo sem falha, com joaninhas nos mamilos, toda a tralha. Nunca é isso porque é isso que é isso. Uma vez que saia coroa, farei com que ela o cuspa... Entrementes, é ela quem sabe e sou eu, tenho surdamente a impressão, sempre, o ignorante que se deixa levar um passo adiante a cada ocasião.

Minha paisagem interior está mudada: posso pôr um rosto na buzinada das sete horas e um quarto, e acho-o assaz simpático uma vez caída a velha poeira agitada por perturbações nas quais só com a melhor má vontade pude fazê-la desempenhar um papel. Depois de me ter pego, me ter feito possuí-la, minha furiosa também se acalmou, e descobri por que seus passinhos apressados na ponta dos pés não me perturbam embora me despertem. Eles têm algo de terno. São o que ela conservou de terno e que não irrompe mais a não ser dessa maneira. Tanto que, em sua recusa em desculpar sua conduta, ela abriu o jogo. Passou-me a esse respeito um bilhetinho.

"Se você ainda não entendeu, se ainda não sentiu em meu corpo, acredite-me, era contra mim que eu estava enraivecida, foi a mim que quis magoar, e é a mim que não posso (é pedir-me demais) pedir perdão nem perdoar."

Quando o telefone despertou Walter, ele achou um grande buraco na cama. A Too Much se enchera de "ficar congelada". Sacudira a poeira dos pés, voltara a trabalhar. Não diz uma palavra sobre isso, sobre seu serviço. Mas construiu uma reputação: pode escolher suas casas e andar a seu preço. Ele o sabe porque atende às vezes às ligações, com missão de dizer não a esta dama ou tanto àqueloutra. Ela deve conhecer uma porrada de gente, e muitos dentre os que a consideram da família. Isso ela guarda para si. Não é orgulhosa. Talvez não tenha de quê... Se esse toque de telefone o largasse de mão, ele mesmo iria enfrentar uma longa jornada. Tinha aquela carta a terminar, aquele amor a matar, a apunhalar a canetaços, cada um dos quais o atingiria com a mesma força. No fim, teria sangue por toda a parte. Os olhos cheios. O rosto cheio...

Jamais contente
Sempre em movimento
Em avanço circular
De frente para trás
Para se recuperar
Ajuntar seus danos
Apagar seus traços
Salvar-se de sua justiça

O vento caiu. Está caminhável. Até agradável. Está aí o companheiro Simon com seu ar de estrear um limpa-neve.

Ele me saúda com uma mão por baixo outra por cima. Engraçada a expressão. Pois menos tem uma mão por baixo outra por cima do que as tem ambas erguidas para abanar. Mais adiante, numa caixa de correio: o nome do pequeno doutor Amillo. O outro Simon. Se é que não há três, o que não me surpreenderia. Depois vamos contornar a Ponta e encontrar-nos (não sabemos em que momento, há um antes, um depois, mas nenhum durante) do outro lado da ilha. Walter me desprende de mim cada vez mais: assim como ao lê-lo me ponho acima dele (sujeito, hipóstase), ponho-me atrás de mim ao caminhar e olho-me andar, como um idiota, ou dois idiotas, ou toda uma fila, um refletindo o outro automaticamente, como lagartas processionárias.

Há sempre no Steinberg uma dondoca ou duas que saíram de casa por andarem de mãos nas algibeiras, temos prazer em identificá-las, elas se reconhecem pelo calor de seus olhos, vieram olhar se iríamos olhá-las, puseram-se em perigo, e isso dá um frisson a seu charme, uma fragilidade de palpo em vibração. Não resistimos ao que não tem resistência, sentimo-nos puro elã, puro dom. Encontramos algumas caixas emocionantes também, mas dificilmente podemos atingi-las, estão do outro lado, na galera. Se você é de outra galera, o.k., tudo bem, ela o reconhecerá, você poderá de bordo a bordo falar galera, caso contrário, você parecerá, de seu alto, querer aproveitar-se do fato de ela estar com as mãos atadas. Não obstante, temos acesso ao rosto de Ani (como está alfinetado em seu seio).

"Como são lindas as suas cores..."

As faces vermelhas vermelhas, ela precisa. Retribuo-lhe o elogio apontando-lhe seus olhos, azuis azuis. Ela nada disse, mas não gostou de minha maneira de olhá-la. Pus algo

demais. Sou prevenido. A próxima vez, ela vai me mandar conhecer meu lugar...
Na Choperia, "a hora dos trabalhadores" passou. Almoçaram, e se mandaram. Só restam ainda os habituados. Minha equipe... Minha Tarazinha está com a voz de um mau dia, mas isso é tão musical, sempre, que se a gente não a conhecesse de cor não o sentiria.
"Saiu o gato e não dança o rato?
— Ele não saiu. Ainda não. Ficou em vez de ir enterrar-se num motel. Fiquei deitada com ele. Vai revirar-se a noite inteira. Bichinho..."
Uma expressão que ela terá afanado da Mãe Françoise, que a tinha sempre na boca, e de quem eu era por excelência o que ela significa. E eu não me surpreenderia se me tivesse tornado um verdadeiro bichinho para ser verdadeiramente seu bichinho... Bichinho você também!... Você jamais saberá quanto o amo, irá embora com essa chaga que lhe fiz e que terei deixado aumentar embora eu precisasse dizer uma só palavra para curá-la, mas ela me faria entrar em sua vida, me colocaria sob seu olhar, e eu não o poderia suportar, não neste estado...
"Amemo-nos, por piedade..."
É tão súbito que lhe pergunto por quê, como se eu só fosse decidir-me após haver estudado bem a questão.
"Porque tenho medo. Tenho medo de que não haja nada depois do amor. De que não haja mais vida depois do amor e a gente seja forçado a suportá-lo sem morrer, como um castigo eterno...
— A gente não se ama? A gente não faz só isso?
— Não deboche!... Não, você não está debochando. Você tem razão, é verdade, a gente só faz isso... E é mágico: não há

nada, nenhuma escrotidão e nenhuma safadeza, não há nenhum nada que não se possa mudar em amor um para com o outro..."

Voto pio?... Embora ela não se sirva sempre das grandes palavras em grandes circunstâncias, elas me inquietam. E o que é assaz especial também: ela não me pediu, desde sua volta, para ir vê-la. Como se nada mais servisse para nada. Por ora, se não sei o que não é irreparável.

"Estou estourada, vou voltar a me deitar. Não com ele, isso lhe é indiferente. No escritório. Na cama de você. O.k.?...

— O.k, até mais..."

Sempre há algo que desanda. Uma torneira que pinga. O forno do fogão que não somente queimou um fusível, mas torrou a tomada de conexão: um raio que espirrou atrás do quadro quase deixou Exa K.O. É preciso verificar. Nem sempre me dou um tempo. Voltei a vasculhar sob os escombros, onde eu desaninhara todos aqueles velhos Proust em papel que não dobra sem quebrar e que se pôs novamente a recender o bom cheiro da floresta de onde saiu. Pus a mão no *Tempo redescoberto* e salvei alguns livros de bolso, como lembrança. *A cabeça contra as paredes*. Belo título. A gente se reconhecia de imediato. Folheando uma enciclopédia Quillet, para achar bilhetes, de banco ou de amor, deparei com uma "île d'Elle". Na Vendéia. Cantão Chaillé-les-Marais. 1.479 habitantes.

Amillo me achou de seu agrado, parece... Notei bem isso... Engano, foi meu senso de humor que ele apreciou particularmente... Tudo correu bem na Ópera, não bacanalizaram pesado demais?... Não, estão montando *La Bohème*, e é a maior tranqüilidade. E eu, o que monto, *O hidrante*?... Está provado, é uma foliona, é a foliona mascarada. Deixei-lhe uma mancha roxa no pescoço, ela a camuflou com um lenço. Que pena, que desperdício sermos tão pouco feitos um para o outro. Não há o que ela chama um homem que seu temperamento não bajularia, não exaltaria, e é em cima de mim, para quem isso não resolve nada, não adianta nada, que ela teve de cair.

"As garotas em minha situação, quando voltam para casa, a mesa está posta e a comida no fogo."

Ela já não pode fazer tudo. Costureira, cozinheira, faxineira, mãe solteira, bailadeira... Suas más companhias também... O que não se tem de ouvir... Não dá para descascar uma batata. Dê no pé. Se quiser tornar-se útil, largue do meu pé. A última vez que passei o aspirador, ela levantou durante um mês minhas marcas nos plintos... Deu-se demais ontem, está se recuperando. Depois olha um pouco a tevê, soltando gritinhos nos mais variados tons. Ela é um público dos bons. Não se lhe pode tirar isso.

Para o caso de serem os meus sarcasmos sobre as orgias que tenham acabado por melindrá-la, deixei-lhe uma palavra de desculpas. Foi no meio da noite que isso me deu na veneta, levantei-me, acendi a luz, procurei um pedaço de papel, uma caneta.

"O que conta não é o que isso é, não é como isso se chama, é como isso funciona, e está funcionando, não teríamos feito todo esse caminho se não funcionasse..."

Aí me perguntei se esses jogos de palavras não eram tão insultantes quanto o que queriam corrigir. Se não era preferível não dizer nada se não se pudesse dizer eu a amo. Mas eu estava sonolento demais para me levantar de novo, deixei correr. Deixei perder. Como na Itália.

Nada no pote para compras. Nem na cesta de lixo, onde procurei minha declaração. Mas já não é de não ter posto bastante que me arrependo, é de ter posto demais. Prometo-lhe não sei que longo futuro. Um verdadeiro contrato conjugal. Isso me escapou nas entrelinhas.

Walter recomeçou dez vezes sua carta. Quando a lacrou, era meia-noite, a hora em que algo ao mesmo tempo começa e termina. Vestiu-se. Levou-a para ela. Engolfou-se passo a passo até o fundo do frio escuro e jogou-a na caixa de correio levantando o sinal, o pequeno braço com pavilhão vermelho, esgotado pelo peso de cada um de seus atos. Recarregou-se apertando-se com todo o seu comprimento contra a Too Much, era o que precisava, o pior estava por vir. Amanhã, Bri recomeçaria a tocar o telefone, e ele iria atender uma última vez, pedindo-lhe de viva voz para não ligar mais, ele lhe devia isso, essa crueldade...

"O que é essa papelaria?... Poesia?... Você perdeu o juízo? Não sabe mais falar francês?... Faça-me um desenho!...

— Deu tudo errado desde o início, minha Bri. Acabou."

Isso também não lhe diz nada, também é grego! O que está acontecendo? Será que ele vai lhe dizer? Será que vai lhe dar uma idéia ou vai deixá-la plantada ali, no meio do caminho, com tudo o que ela quebrou por ele atrás dela e nada diante dela?... Justamente, ele lhe responde, sua vida ainda não está estragada, mas amanhã teria sido tarde, eles se amavam muito mal, ter-se-iam arrastado para longe demais.

"Seja sensata, minha Bri. Eu a levava direto à catástrofe. Quanto a mim, não arriscava nada..."

Ela está atarantada. Ele lhe faz um sermão, ele, a ela, que ele se regalava tanto fosse um demônio, que a empurrava a todas as traições, todas as degradações, passando-lhe mel nos beiços, achando-a mais bela.

"Já não reconheço sequer sua voz, você levou uma pancada na cabeça?... Quem é que está me falando?... Eu, sou eu quem lhe fala, com Ernie rindo em sua capa, ele bem que me tinha avisado, ele aposta nisso, ah o que vou saborear!...

— Seja sensata, minha Bri. Reflita. Você vai ver, tenho razão...

— Você é paspalhão, vocês são todos paspalhões, é essa a razão!..."

Ele não respondeu, nada mais para despejar o bucho. Ela não agüentou mais o repuxo, desligou... Isso estava rodando depressa demais, ele se sentiu flutuar em suas botas, em violento perigo de derrapar. Sentiu necessidade de funcionar, de se lastrar entregando-se a uma ação que tivesse sentido, que fosse lógica. Havia "a fundação a reforçar". Para não deixar escapar o calor da casa. Pôs mãos à obra.

Pope recebe-me com os seios alojados num tricô. Houve uma pane e ficou cru... Isso lhe assenta, ela parece de repente uma menina de sua idade, de tão sadia, de tão asseada. Até me dá dois dedos de prosa. Tudo poderia ter congelado. Eles por pouco não deixaram de abrir. Ela me faz tocar seu braço para me mostrar que não está engrolando, que realmente está "arrepiada". Certo de que nenhum contato era possível entre nós, este me incomoda, e me perturba também, como um atentado. A Tarazinha apreciará. Isso é em cheio com ela, em cheio o gênero do qual ela me repreendeu por eu não lhe contar bastante.

Curioso, isso jamais se deu: ela não atende. Mais uma cerveja empino e não declino. Ela levanta o fone emitindo não sei que som que não é uma palavra, mal-e-mal um sinal de presença. Não consegue falar, não tem força, usa-a toda para evitar chorar. Depois se desmilingúi e eu fico transtornado, isso a consome e a agita como se nunca mais fosse parar.

"Para uma Tarazinha, como você está com a cachorra... Não desligue, não é lá tão bonito, mas prefiro ouvir isso a imaginar coisa ainda pior... Fique aí, fique comigo..."

Quanto mais eu falava, mais alto ela soluçava. Engoli a língua. Ela fez um heróico esforço para se controlar, assoou-se pra burro, depois pra outro, mas não deu em nada, recomeçou com o mesmo arrojo. Espere-me, lhe digo, estou indo para aí. Me dê uma hora, o que digo, um minuto. Volte para a cama, feche os olhos, que eu chego...

Tomei um táxi até em casa, deixei um bilhete para Exa que dizia mais ou menos a verdade, depois procurei rodar a tal velocidade que eu subiria a escada ao chegar. Lembrar-me-ia de todas as vezes que ela havia falado em se jogar, no que eu nada havia visto a não ser elãs líricos. Eu já não desejava outra ventura senão encontrá-la sã e salva.

Ela está. Ao que parece. Sob a claridade que ressalta entre as cortinas puxadas, suas pálpebras fremem. Embrulhada, dir-se-ia, em várias saídas-de-banho, enroscou-se em torno de sua caixa de kleenex. Não é para magoá-la mas, orgulhosa como é, ela se detestaria se se visse neste estado, rançosa e ranhosa. Patética.

"Está vendo, lhe obedeci, como uma boa Tarazinha...

— Promessa é dívida..."

E lanço-lhe de volta o caderno de Walter, que a deixa exultante: ela estava esquecendo quanto ele fazia falta, que foi seu abandono que criou o vazio onde se pôs a depressão... Ela só encontra para me dar "o coração de um outro", um que ela desenhou para Julien: enorme e ridículo, com um buraco de frecha sem a frecha... Ela não moeu os ossos...

"A gente não pode moer os ossos sozinha...
— A gente pode moer os ossos em companhia?... Isso se dá como?
— Isso não se dá mais. Não se despertam os mortos. É sacrilégio."

Dizendo qualquer coisa, pus o dedo em não sei o quê que lhe faz subir o fogo às faces...

"Recapitulemos, eu estava distraído...
— Vou lhe moer os ossos!..."

Isso a faz dar risada, ao mesmo tempo que seus olhos se enchem e duas lágrimas despencam. Não conheço o manual de uso, e não quero sobretudo referir-me ao que li ou que vi no cinema, e que me vem à memória. Sento-me na beira da cama, para ao mesmo tempo me aproximar e lhe virar discretamente as costas.

"Eu me desabotôo, hein?... Isso o encabula...
— Nunca vi minha irmãzinha nua, isso me impressiona...
— Um saco de ossos... Todos sacos de ossos... O que estamos fazendo todos nesses sacos de ossos... Quando é que a gente se muda daqui?"

A metáfora reconduz-me àquela madrugada. Lembro-me tão bem do brilho leitoso de seu corpo descoberto quanto de seus olhos bem abertos, que me olhavam ainda não achei como, e que não consigo suportar melhor quando os reanimo com sua dureza, sua frieza felina, feroz. Olhe-me, ela me diz, justamente. Olhe-me para que eu veja como você me acha.

"Espere, vou me buscar algo para beber. Não vou olhá-la dar a ossada em jejum, não conte com isso."

Mas ao mesmo tempo, jamais estive tão seguro de mim: ela não corre comigo risco algum, não lhe farão mal algum, e o amor que tenho por ela logo terá reposto tudo nos eixos, o remédio já está agindo, por si só, as palavras são supérfluas, boas apenas para se jogar bola, caçador, desviando-as de um uso e de um sentido que elas só têm para comandar os fracassados do amor... Sempre há tequila para mim no pequeno guarda-veneno: tomei-lhe gosto em Toronto, no bar em que me agaturraram, isso não me esquece. Ela surge atrás de mim, dá cotoveladas, vai me servir, prefere, eu sou um jansenista, um bárbaro, não sei, não quero saber tirar o melhor partido das coisas, gozá-las. Ela tem um gobelet especial, com um rebordo grosso, poroso, que retém o gosto do sal, e põe nele pedras de gelo para fazer tilintar suas notas no cristal... Mal inclinada para arrumar o frasco, não resiste à pancadinha atraída por seu sermão, e eu me vejo meio estatelado por cima dela ao reagir com demasiado afã para agarrá-la. Ela me dá um laço com um braço em torno do pescoço, para se reter, ou para me reter, não é certo, há pólvora no ar e faíscas entre os olhos, ninguém nos vê, a gente pode se maltratar quanto desejar.

"Você me fez ver estrelas..."

Ela diz isso como se quisesse ver mais. Há uma prega nova em seu sorriso, um nada escarninho, daninho. Passado o perigo, ficamos um pouco ali, deitados sobre a moqueta. Ela quer saber se eu também vi.

"Por que teria visto, eu?... Não bati com o crânio, eu. E mais, tenho cabeça dura, eu..."

Mas isso se trata, e disso eu cuido, sorvendo em meu copo com volúpia, com as costas escoradas no couro do canapé e os pés içados em cima da mesa de chá turco, para mostrar que apesar de tudo o que dizem aprecio a boa vida eu também. Tendo saído para se refrescar, ficar "de mãos limpas", volta em seguida, com os cabelos estirados, as mãos comprimidas sobre as têmporas, estarrecida, como se acabasse de pendurar nelas seu rosto e a custo ainda o segurasse. Olhe-me, me diz, ajoelhando-se a meus pés.

"Olhe, jamais mostrei isso a ninguém: sou eu..."

O que ela pode querer dizer?... Que não se acha catita sem um pouco de batom e de rímel?... Que faz disso uma doença?... Ela não é tão boboca assim... Em todo caso, não descubro nenhuma mudança. Sempre a vi e sempre a verei tal e qual, exatamente. Adorável numa palavra, que guardo para mim. Ela se vai como se veio. Humilhada, nada contente com tudo o que recebeu, decidida contudo a enfrentar-se direto nos olhos em seu espelho.

Ponho a girar o que ela deixou no prato: uma *Fantasia sobre um tema de Thomas Tallis*. Estranha escolha de palavras para um enterro. Jogar-se nisso por efeito da fossa é um caso de ambulância. Ela não tem Mozart, tão-somente românticos, e os mais tenebrosos. Gastou completamente os sulcos dos lieder em que Schumann cantou Clara menina, moça, mulher, mãe, e até morta, se bem que venha a morrer antes dela, a jogar-se, já não bastante bom para ela... Ela assoma, em roupinhas-brancas, que têm um quê de rosa que vai bem com sua fragilidade.

"Estou tentadora? Posso saber?... Será que um homem poderia ainda estar a fim disso?...

— Para quê?

— Seu trabalho!

— Quem isso?... Um açougueiro? Um reciclador? Um velho sátiro? Um veadinho? Um medalhão? Um trouxa?... De quem você está falando?

— Você cairia duro.

— O Esquilo Verde?"

Amigaço, não pestanejo, não demonstro nenhuma fraqueza... Ela volta para de onde vem, feito um pé-de-vento. Irrompe com os cabelos numa toalha. Aumenta o volume, enche meu copo, explode.

"Não venha com autoridade para cima de mim! Nem com ironia! Nem com psicologia! Não funda a cuca! Me ame! É tudo o que lhe peço!...

— Tudo bem, o prego entrou.

— Pois vejam quem ainda se mata fazendo-se de bambas de cinema! Por quê? Preciso disso, acha? Uma força, e bem macha, para garantir minha segurança?... No gênero, meu Esquilo é bem mais robusto. Um brutamontes. Um antigo lutador de catch. Do tempo de Bobo Brazil. De Yukon Éric, aquele a quem o inimigo jurado arrancara a orelha com os dentes e a cuspira para o público... Porque ele me conta uma porrada de histórias além do mais... Divertidas paca!... Divertidas paca!...

— Você vai continuar por muito tempo voltando a me apepinar assim a qualquer pretexto?...

— Porra, force-me a retornar para meu curral que nem uma porca!"

Aí ela dá a ordem a si mesma, para carregar bem nos r, como em nossa terra... Deixou a porta entreaberta. Passa por ela o nariz eventualmente para ver se ainda estou ali.

"Você não vai embora, vai?... Você não vai bancar seu bamba e não vai ir embora quando não houver mais tequila, vai?

— Vou ir embora quando tiver passado a hora. Como sempre."

O que é que você está fazendo, lhe grito em dado momento... Pena, ela me diz, eu me faço pena. É uma loucura, as galinhas, como elas se fazem pena.

Olhei-a comer suas aletrias zechuanesas. Era uma beleza. Elas corriam sozinhas entre os pauzinhos e deslizavam para dentro de sua boca. Mas cortava-me o apetite imaginar o jantar de Exa. Eu a via jogando a metade no lixo ao imaginar-me nas brincadeiras mais repugnantes, para pegar o maior nojo de mim. A Tarazinha me lança uma descarga de seus raios X.

"O que é que lhe estraga de novo seu prazer?.... Como você quer que isso não me faça odiá-la?... Que mal fez você para dar a ela o direito de deter e torturar você desse jeito?..."

Enquanto eu viver com ela, ela é livre para me tratar como quiser, e é esse o preço que consinto de bom grado pagar para praticar o mal, para que você seja o mal que pratico.

Ela tem um abacaxi para a sobremesa. Um verdadeiro. Todo eriçado, inteiriço. Passa-me uma espécie de facão, e vire-se. É o momento de bancar o homem, ela me diz. Não quis me ajudar, me dizer por onde começar, nada. Estraguei a metade descascando-o como uma batata, depois o golpeei a torto e a direito. Mas ela gargalhou e nós nos regalamos muito, mordendo em nosssas porções informes de modo a nos lambuzarmos ao máximo. Aí o telefone tocou. Ela atendeu com a alegria que entre os dentes lhe ficou, e caiu bem, era Julien.

"Mas sim tudo bem, não parece?..."

Fiz de tudo para não arrebitar as orelhas, mas ouvi as últimas palavras, secas e sem ternura: não era o momento, ela tinha alguém. E não disse quem. Mas não estava orgulhosa de seu lance.

"Eu o trabalhei um pouco... Ah tenho horror disso!... Você sabe, a gente nunca se desentendeu, se zangou, se xingou, nunca. A gente tinha acertado que a primeira vez seria a última..."

As nuvens cobriram seus olhos por demais celestes. Ainda que tenha cerrado os punhos, se tenha agarrado, não tinha estatura contra as forças de sua natureza. Um raio rasgou seu rosto e isso voltou a cair...

"Xingue-me, bata-me, não me deixe degringolar assim, faça alguma coisa!"

Como eu nada fazia, mandou-se para o quarto, onde não fui ter com ela antes que me chamasse, estimando que ela teria ficado comigo se não quisesse ser deixada em paz.

"Tudo bem, a fuga foi consertada?...

— Recoloquei o tampão, tudo bem, você não vai levar uma mijada..."

Enquanto ela pode dar risada, a coisa pode ser levada, e ela está sempre disposta a dar risada. É o que ela sempre tem que lhe incha um pouco a boca. Quando não é um soluço. Como há cinco minutos. Como daqui a cinco minutos.

"É verdade, essas histórias de mulheres que mijam na gente quando elas, e, e, e, estão em maré de rosas?..."

Estou escandalizado, intimo-a a abrir o jogo. Ela engole de través e por um cabelo não se engasga, mas não vai baixar a crista. Julien teria vivido uma experiência que tenderia a confirmar a coisa... Ela nunca conseguiu saber se aquela doninha era Lupu com todos os seus pêlos e tudo o que isso prenuncia de bestial...

"Não me diga que é esse o nó da tragédia... Se você caiu para tão baixo, para que lutar: a essa altura, nem se pode mas decair..."

Feito, reconheço-o, é ele, é esse olhar, de novo ela mo reserva, ela mo resserve. Quis sacudi-la, e como que me dei bem demais.

"Você não sabe até onde posso cair. Até onde posso descer se souber me haver. Você nem pode imaginar. Isso ultrapassa as capacidades de vocês, ele, você, todos quantos vocês são."

Ereta em seu assento, ela vai atacar, vai deitar tudo a perder, como por um triz não o fez, naquela madrugada. Pego seu rosto entre minhas mãos e a venero, até que já não seja muito tarde, já não faça muito frio, e o fogo de seus olhos já não me gele, nunca mais.

"Vocês me magoam!...

— É impossível. Não posso magoá-la. Não se canse, você jamais me fará acreditar isso.

— Quando vocês falam é sempre para sempre, mas nunca se sabe o que vocês vão fazer daqui a pouco..."

Não haverá então mais jeito de ela se dirigir somente a mim? Ou receia que eu não tenha compreendido bem o que não quero entender?

"Você sabe muito bem o que vou fazer daqui a pouco.

— Vai me magoar..."

É duro, mas tudo bem, tudo irá bem enquanto ao mesmo tempo ela me envolver em seus olhos de Tarazinha, mesmo que me mande enforcar com aqueles olhos, não lhe levarei a mal, nem uma migalha... Já que você vai embora, ela me diz, eu também não tenho mais nada a fuxicar aqui, vou me deitar, saia um pouco enquanto dou meu show, você não me encabularia, mas sabe lá se isso não vai precipitar sua saída... Está vendo, imagino cada vez que é a vez que você vai ficar, e tomo todas as precauções até o fim, contra toda esperança... Ela acaba de se vestir, quer me parecer, mas devo ter achado o tempo curto: são dez horas passadas. Ligo para Exa, o que nunca fiz em caso semelhante. Ainda que isso não desenraiveça o cachorro da cachorra dela, isso lhe desmancha-prazeres de um prato cheio.

"Ainda vou levar uma meia hora. Mas tudo bem, tudo está sob controle.

— Você apagou o fogo?..."

E chlaque. Como é delicado. O que é essa mentalidade? O que é, no fundo, que ela insinua? Que é o que ela teria feito em meu lugar, porque é só isso que lhe viria à cabeça, ela, porque é só isso que ela sabe fazer, ela, apegar-apagar, abafar?... Será que é sempre olhando-se que nossos juízes nos julgam?... Minha não-lá-grande-coisa, esta me reclama e quer saber sobre o que eu estava resmoneando. Sem explicação, cito por extenso, reproduzindo a prosódia, nosso diálogo idiota. Disso ela gosta, pede-me bis encolhendo-se para me fazer subir em seu vôo noturno.

"Embarque, iremos sem pressa..."

A poesia de Willie Lamothe, com o sotaque e tudo o mais, assenta-lhe admiravelmente bem. Ela repete cantando-me a estrofe que lhe ensinei. Depois isso se deteriora. Ela se põe em meus braços, toda e totalmente, sem pudor e sem pretexto nem pretexta.

"Abrace-me... Se for muito incestuoso, veremos, isso responderá à pergunta. Você já se perguntou?... Francamente?..."

Nunca se tocou nisso, só tínhamos que nos parabenizar, não vamos começar... Mas ela precisa demais se tranqüilizar, seu ego maltratado revigorar... É em todo caso o que penso com os meus botões, e deixo estar, sem chiar.

"Abrace-me até eu morrer, ou adormecer, e não ver a diferença... Você sente bem meu saco de ossos?... Sente como não tenho lá grande coisa por cima?... Como já é aqui?... Isso não o excita?"

Não meto o nariz e é o melhor que posso fazer por ela, que o sabe e que me abraça como desejaria ser abraçada.

"Pode-se saber se você está tão a fim quanto eu?

— Não, dou-lhe minha palavra.

— Não você não está a fim?...

— Não você não pode saber...

— Por que, se estamos tão a fim, não transamos dia e noite feito débeis?... Também não se pode saber?

— O que é que lhe deu para pechinchar, não somos podres de ricos de nada abater?

— Justamente, deixe eu me abater de tempos em tempos. Se eu não me tivesse abatido, jamais teria suspeitado de como seria se o mal estivesse feito, como se estaria bem no inferno. Abater... Como você sabe conversar!"

Não fala mais. Tampouco se mexe. Com sua bela mão pousada qual pássaro nas barras de minha jaula, parece ter encontrado o que desejava em minha escolha de palavra dúbia. Com que lixar-se para mim.

O telefone. Toca. É ele, ela me diz. Ele está preocupado. Deixemos terminar para ver se vai recomeçar... E o faz de fato, demoradamente, com sua bela mão que se crispa e que morde em meu pulôver. Ela não responde, consegue, mas não de coração. Ela jamais lhe deu bolo, jamais, mas é preciso, todos os seus instintos a forçam a se defender.

"Se você soubesse! Se soubesse o que ele me disse!... É horrível... Um nojo!

— Nem quero saber."

Ela enxuga mais duas lágrimas e recalcitra. Não queria dizê-lo, e correr o risco de estragar nossa amizade, que a comove, que ela admira, mas já que eu não quero saber vai me dizer. Deixe para lá, ora. Não, ela me diz, faço questão, a gente se diz tudo ou não vale a pena, e depois é uma verdadeira farsa, e fescenina, a gente vai rir de rolar. Ela retoma sua bela mão, para combiná-la com a outra e melhor me contar.

"Acabei de madrugada com um gosto violento, como pode acontecer, assim bobamente, e que a gente pensa que é insignificante, que vai passar, como outras indisposições... Ele dormia, ferrado. E em ótima forma..."

Ela cumpre a palavra empenhada, dá risada.

"E aquilo não me largava mais, e a idéia que me viera tampouco... Isso não se fazia... Até no melhor dos casos, se ele não se desse conta ou se acreditasse sonhar, eu não me perdoaria, a gente não se serve do homem de sua vida para fazer necessidades, isso não é um penico e o amor não é uma necessidade banal... E se isso fosse concertar tudo, restabelecer o contato, a corrente nutricional? Se tudo o que faltava fosse uma faísca daquilo que me queimava, que nos queimava a ambos, antes?... E eu me aproximava, me posicionava pouco a pouco, para ver, sabe, ensaiar as possibilidades. Um pé aqui, um joelho ali, mais uma audácia, e upa, todas as condições se encontraram reunidas... Aterrorizada, mas tanto mais emocionada, não pude resistir: eu o estuprava, imagine... Quis conter-me um pouco, não consegui. Toda a minha vergonha, e os arrepios que se infiltravam, que se reforçavam, isso era intolerável inexprimido, deixei-me levar, isso o fez despertar, ele o viu com péssimos olhos..."

Ela espanta ainda por um bom momento seus demônios com gargalhadas.

"Ele diz não se lembrar de nada. Teria sido durante seu sono que me maltratou, me rechaçou como um lixo e me tratou de doente... "Maldita doente!..." Saiu assim grosso. Isso vinha de tão longe, dava a impressão... Você acredita em sonâmbulos, não?

Sim. Como acredito nas auroras boreais e no amor que dura para sempre. Porque é porreta.

"Ele me ama como você, porra... De muito alto... Sem tocar carne... O grande amor abstinente unânime, porra... Vocês, os machos, a gente é a putinha de vocês ou a irmãzinha de vocês, e cada vez menor com a distância...

— O que você está inventando!... Você é nossa putinha *e* nossa irmãzinha. E uma linguazinha suja ainda de lambuja."

Isso cai bem. Ela se arranja em não ser mais anja... Prometi não ir embora antes de ela dormir, me lembra ela ao me ver procurar a hora. Ela gostaria, para me ensinar a me enfastiar em sua companhia, de brindar-se com uma assonia... Devolveu-me a fotocópia do caderno. "Para o que der e vier e até não", prendeu dentro a cópia de suas chaves, até a de seu cofre de segurança. Não preciso mais me anunciar nem nada. Estou em casa onde quer que me dê na veneta. Em seus dias e suas noites, em seu coração e seus bolsos, em seus quarenta e seis quilos tipo tábua de passar e seu apê sacada para a montanha. Não dá para lhe levar a mal. Ela tem um bom fundo. Ela não tem fundo.

Exa me aguarda na cozinha, enrolada ao clarão de uma vela e de uma lâmpada a óleo. A energia se foi, todos os canos vão estourar, não há como fazer fogo, a lareira está entupida, toda a fumaça baixa dentro da casa... Ela não abriu o alçapão?

"Abri a janela!...

— Devia abrir o alçapão." É só o que ela esperava armada até os dentes para me trincar.

"Devia abrir o alçapão e não abri o alçapão, *eu*?... O que mais não fiz e que não vão me fazer pagar, eu?... Quem é que

arrulha e se lamenta e não é por culpa minha, eu?... Quem é que não tem tanto fogo no rabo que eu não mereça pô-lo a congelar e pô-lo a moquear, eu?..."
Não faz questão de saber. Já saiu, foi se aquecer. "Nalgum lugar"... Não bem acabou de ligar a caranguejola e sair do pátio que encontrei o dodói. O forno de novo. A conexão que bricolei pegou fogo e todo o sistema se desconectou. Superreagiu. Bastava reengatá-lo, acionando a maçaneta. O que é um homem numa casa. Eu teria gostado de soltar foguetes, mas toda uma fumaceira se engarrafou em minha jaula e é de se perguntar se poderei dormir, ou se vou jamais despertar se consigo cochilar... Onde ela pensa que vai se largar? Certamente contatou um dos Simon de sua meia dúzia... Embora esteja excluído o pequeno Amillo, que vive feliz com sua mãe. Se ela não voltar, como vai se arranjar amanhã de manhã, organizar seus trens antes de sair para o serviço?... E em que estado?... São essas coisinhas, como as minhocas, que mais têm o dom de nos torturar.

Viver de amor. Viver de amar minha Tarazinha. Não fazer senão isso. Deixar que tudo pereça, se abisme no vazio que está se fazendo, exceto isso, que nele se expandirá infinitamente, o invadirá como um céu azul sem sol, iluminado do interior. É a coisa mais simples, basta pensar nisso, o tempo todo.
Tenho um sonho imóvel, em que durmo com ela num sono do qual sou ao mesmo tempo o teatro e o ator. Tão consciente num quanto noutro, experimento um cada vez maior prazer no interior de ambos, logo levados por seu contato à incandescência exata onde nasce uma pulsão, um pulso, um só em toda parte. É a mesma felicidade que na realidade,

mas total, imaterial. Nada nem ninguém o limitam ou o alteram, nem mesmo o tempo, que já não é contado, tampouco concebido. É uma vibração pura, que associo à tonalidade de um telefone que vai logo tocar. Toca de fato, e acaba por me despertar.

"Estou na casa de Simon... Um Simon que você não conhece... Que lhe apresentarei se você fizer questão, mas você não vai fazer questão..."

O sexto sentido está nos cornos: era de fato um Simon. Já sei quem sabe, vejo-o nas peças reunidas do puzzle. Era ele quem lhe adiantava o dinheiro de seus fins de mês, que ela sem dúvida não devolvia. Um antigo peso pesado da gangue da qual ela era a Mus. Implicado com o marido de Saia Basta no desenvolvimento da Vila da Enseada, espécie de marina fechada que se transforma no inverno em vila de pesca sob o gelo, e sobre a qual Exa, sem parecer aludir a ela, como amiga que quer nosso bem, me passava uma dica de tempos em tempos que revelava que ela tinha acesso a ela.

"Você não trabalha mais?... Não precisa mais, fumo a granel, grátis?..."

Ela está de feriado de Reis. Vai passar seu longo fim de semana com Simon para ver se pode dar certo, se ela poderia acostumar-se a ele... Cala-se, espera que eu estrile cuspindo-lhe uma salva daqueles sarcasmos com os quais sempre temos resolvido tudo. Mas não está mais fazendo fita (sinto-o em sua respiração que não me passa pela garganta), e eu não vou fazer fita solito...

"O que você estava contando?..."

— Nem abri o bico. Você é que estava falando...

— O gato não quer sair de debaixo do banquinho, ele se agarra, ele me arranhou. Ele não entende, ele não fez nada."

Não vejo a relação, que ela parece achar evidente, fundamental. Isso cria uma flutuação que se resolve, mas não realmente, após muitos tateios em que se compreende que Ingato a seguiu, que subiu no auto, o que jamais fizera como paranóico hipervigilante que é, e que a perturbou muito como "sinal"... Você sequer notou, ela me diz, como se isso enterrasse um último prego em meu caixão.

"Você não é mau, mas não dá a mínima. Não faria mal a uma mosca, mas uma mosca não se atrai com vinagre: você não me ama, pobre Johnny.

— Nunca jamais..."

Ela desliga. Não acha meu discurso à altura. O dela tampouco fatura. Não se contará com isso para levantar o moral. Tudo igual, vamos ver quem vai ficar se roendo mais, tocar o osso primeiro. Vamos rir de faceiro.

O que ela me escondeu é como fazer o café. Realizei a tarefa de qualquer jeito, e é qualquer coisa, para mais amargo. Já estou com os nervos tinindo, mas pouco se me dá, chegarei ao fundo (da cafeteira), deixarei ali minha pele se necessário, pelo que ela vale sob o sol rei do jângal, tocha das rapacidades triunfantes, eliminada qualquer concorrência... A Tarazinha tem razão: a decifração na fotocópia é desanimadora, na força da palavra. O papel não responde mais aos olhares insistentes, não é sensível ao tato, aos ataques, às carícias: não é vivo. Com esta roupa, Walter me dá a impressão de ter sido embalsamado e, se meto o nariz, esterilizado com água sanitária. Acho difícil pra caralho interessar-me, mas não tenho opção no estado em que me encontro, em que querem me pôr, e eu me obstino, e persevero, como na beberagem infeta que fervi, muito perturbadora como "sinal". Não se pode largar de mão, renunciar ao poder que se tem sobre si. Não se pode ceder o timão ao seu náufrago, quaisquer que sejam as suas intenções. Não se pode cedê-lo, ponto final. Não se tem o direito de não mais pertencer a si mesmo. É criminoso. É aprisionar-se.

Walter sabe o que não quer e Bri não o largará enquanto ele não disser por quê, por quê... Fanada por suas más noites, frigorificada malgrado o vison suntuoso do mantô, do gorro, ela veio cutucá-lo, e é isso que lhe grita batendo nas vidraças.

"Entre, maldita maluca!..."

Não! Ela não veio para se aquecer, não adianta, está morta!... Não está na cara, ele não está satisfeito?... Ela veio apenas para saber, antes de se enterrar como puder, por que ele lhe fez isso...

"Por que você me mata?... Não tem dó? Mesmo de uma velha quenga? Por que você não me ama mais?

— Onde é que você pegou isso, maldita maluca?... Eu jamais lhe disse isso!

— Você teve medo, maldito cagão! Você me escreveu isso!

— Lorota! Ponha os óculos!

— Se você é homem, não precisarei de óculos para vê-lo, você vai me dizer cara a cara que não sirvo mais, que você me bota fora!... Fale!... Fale!... Que eu reconheça pelo menos sua voz!..."

Ele a agarra na força de seu grito e a beija, e lho devora. Faz dele uma hóstia, um viático. Ela fica plantada ali, de mala e cuia...

"O que é que você me faz de novo?...

— Você não vai saber! Isso não a interessa, a poesia!... Mas acabou a partida, não quero mais nada com você, não quero mais vê-la, saia de minha vida!..."

Queremos saber mais. Mas acabou a página e a jornada. Será que ele foi para casa chamar um táxi? Chamar Ernie? Será que ela entendeu e que desabou sobre o último degrau da escadaria em seu esforço exagerado para lhe virar as costas de vez, ou que lhe cuspiu de volta seu beijo de condenada para ter peito, que foi embora por seus próprios meios para lhe mostrar bem que ele não lhos havia tirado todos?...

Nisso, toca. Estranha voz. Cantante. Um toque de sotaque de não sei onde. Manitoba? Acádia? Ela me diz que Exa lhe solicitara que voltasse a ligar hoje, para marcar um "appointement"... Ah sim, digo de qualquer jeito, a senhora é a recém-casada...

"Nem recém. Nem casada. Mas isso talvez se vá acertar..."

Ela me dá seu "nome de artista", Alice, e seu telefone, que prometo transmitir à Senhora Torrente. Conta comigo, é muito importante... Pergunto-me por um instante de que tipo de artista se pode tratar. Isso combinaria bem com uma quiromante... Tem todo o jeito. A autoridade e a fria ironia.

Ela não me fará embarcar. Irá sozinha para onde for arrastada. Inabalável, imutável, inamovível. Se ela ainda não o provou bastante, vão lhe comprovar: o que não é nada é irredutível. Juro-o ao longo de toda minha volta dela. Veremos com o passar do tempo. Não a suportei esses anos todos a leite de pato. Ela não terá o topete de me botar no olho da rua. De certo vai propor-me um acerto. Senão a gente se defenderá. Em juízo! Não se é forçado a sempre cair mal. Posso cair com uma boa juíza, ou com boas membras do júri... A Tarazinha estará servida, ela que sempre reclama que eu não mexerico bastante.

"Tá aí, ela tem um amante."

É a mesma coisa, ela me responde tintim por tintim, Julien tem uma amante.

Isso explica muitas coisas. Todas essas fossas que se abriam como que nenhures, que eu tomava por caprichos existenciais, trejeitos para conquistar mais amor... Ela desconfiava. Não duvida mais. Deu-se conta pelo odor. Ele já não tem o mesmo cheiro. Não cheira a mexilhão ou a tudo o que se pensa em tais casos, mas é de efeito igualmente ofensivo, que a afasta e a repele, que lho torna tão estranho como se ele jamais houvesse dormido em sua cama. É uma outra que ele tem na pele, e é o que se exala dele... Se ela fosse uma quenga e lhe empestasse o perfume, ela riria, se lixaria. Lhe levaria um pouco a mal por ele lhe ocultar, por não contar, não compartilhar, e só. Mas é um homem íntegro, que só tem uma maneira de amar, e isso lhe dá medo. Isso a aterroriza.

"Ele já me telefonou duas vezes desde esta manhã, não é normal. Mandou-me flores para me pedir perdão pela outra noite. Rosas. Brancas. Brancas!... Elas me congelam."

Ela não chora, em todo caso. Isso não é perfeito, mas é melhor desse jeito... É culpa sua, cara, ela me diz para me passar mel nos beiços. Se você continuar, faço-o deitar aos meus dois lados no meu túmulo. Ao lado esquerdo e ao lado direito. Mas se isso continuar, nem será necessário, isso se fará por si só, ninguém mais quererá saber nem de você nem de mim, padejarão nossos detritozinhos para um mesmo montinho.

"É estranho, quando saí, você dormia de punhos cerrados. Cerrados firme, quero dizer... Firme firme.

— Dormi com você o tempo todo: certa de reencontrá-lo ao emergir... Durmo assim quando meu irmãozinho me volta, sob uma forma ou outra. Agarro-me. Igual uma doente."
Não gosto da psicologia de suas profundezas. Parece que o que perdemos uma vez, somos condenados a perdê-lo sempre indefinidamente. Parece que os primeiros caminhos que abrimos, deles não saímos, ficamos dando voltas neles para nos encontrarmos. Como doentes... Resultado, eu como que calei minha própria voz. Não me ouvem mais.
"O que você está fazendo, metendo a colher?...
— Entre o prurido e a mulher?
— Ah sim? Pois bem... O.k., saudações!..."
É ela que me apronta desta vez... Viu o tamanho de meu lapso, apressou-se em desligar, para me deixar de nariz comprido... Demoro-me na Choperia. Leio os esportes no jornal. Os Flyers voltam à cidade, com Bobby Clark à testa, ele soltando foguetes, com a boca aberta até as orelhas, por ter todos os dentes da frente quebrados. Mas não receia nada. Com a maior cara-de-pau, o pequeno Henri vai tomar conta dele com seus cinco pés e seis polegares, com seus seis polegares sobretudo (a ponta de seu bastão)... Veremos. Amanhã à noite... Entrementes, eu empinaria mais duas ou três bocks, mas tenho de contar meus trocados. O pote para compras não se enche mais na mesma proporção.
Sim, não é mais possível. Sim, acabou. Mesmo que ela voltasse, mesmo que ela seja sexy, que tenha uma natureza, uma verdadeira, que inspira com o fervor um tremor, como a própria natureza, e que estabelece para valer o contato, que não se precisa mais procurar, o que faz com que eu jamais a tenha enganado, não há mais nada a fazer, ela caiu em cima de machado em punho. Mesmo que a casa esteja

vazia e todo esse vazio me penetre, me entre no corpo, mesmo que eu seja um e um demais, ela pode ficar onde está, não posso perdoar-lhe isso, essa machadada. Não fui eu que faltei à minha palavra, foi ela que jamais acreditou nela. Isso lhe fazia jeito. Autorizava-a a tratar-me como um porco, a não poder mais suportar tudo o que imaginava que eu lhe infligia de sordidezas, e sentir-se justificada por ir chafurdar num verdadeiro lodaçal na primeira oportunidade. Ela me fez um processo de intenções, de suas próprias intenções porcinas... É duro, mas ela me deu o exemplo, e assim é que isso é, a gente está salvo se tiver má-fé...

Estamos melhorando a olhos vistos. Moemos a metade menos de tudo e conseguimos que, se o café não faz tão bem quanto deveria por onde passa, não arranque nada ao passar. Só falta ainda dar-lhe gosto refinando a mistura. Vamos pôr a mão na massa... Todos os seus trens estão aqui, ela vai certamente acabar dando um ar de sua graça. Mas só nas últimas. Decidiu dar um grande golpe e, blindada em bloco por sua boa consciência, armada de tudo o que tem contra mim, não fraquejará enquanto não acreditar ter-me posto fora de combate.

Walter não está orgulhoso de si, nem triunfante, mas poderá olhar sua Too Much sem baixar os olhos: cumpriu e cumprirá sua promessa. Essa loucura não o salvou, ele não tem nenhuma ilusão. Mas se não tivesse feito tudo por ela, ainda que isso equivalha a um grande zero, se não lhe tivesse concedido isso, se tal covardia tivesse tido, mais não valeria do que se a tivesse perdido... Entrementes, vai pôr um pouco de ordem em seus papéis, ver se pode obter algum lucro, uma atividade, com que matar o tempo, com que matar Bri enfim. Ela tinha a palavra certa.

Prolonguei minha volta dela com um desvio brusco pela Vila da Enseada, a fim de localizar a caranguejola. Animado das melhores intenções, eu teria deixado o telefone da futura no pára-brisa. Ela contava tanto com meus favores.

Pope me pergunta se tudo vai bem. E não de qualquer jeito. Com um verdadeiro ponto de interrogação no meio da testa. Relação sem dúvida com minha última partida, precipitada.

"Ainda tenho todos os meus membros."

Quanto a ela, não se resfriou finalmente.

"A gente escapou por um triz."

Ela me agradece, por via das dúvidas... Não tenho nada com o peixe, mas foi de coração. Farei o mesmo na primeira ocasião... A gente vai acabar por não mais se largar. Minha Tarazinha concorda. Tem até uma teoria a respeito. Que não fará um boi voar, se isso a interessar.

"É fatal. A atração dos contrários.

— Você esquece que sou um homem manteúdo, que vivemos ambos de nossos encantos em diversos graus...."

Brincadeira à parte, desde que Pope fez amizade comigo, entendi a frieza de sua abordagem, sua ginga, seus dengues, seu discursinho treinado. Isso a faz entrar na pele de uma outra, e a profissão o exige. Renunciando à sua comédia, ela perdeu um cliente eventual. Não poderia meter-se a me mostrar o que seria seu traseiro ordinário sem se sentir completamente débil.

"Justamente, se ela não fosse tão perua, se fosse um pouco perversa, seria um caso para ela se regalar. Quando meu Esquilo me ofereceu uma baba-de-moça, papei-lha toda nas suas barbas e me enchi todas as medidas, para acomodar bem sua fixeta.

— Isso não se pode civilizar, uma perua?... Você mesma não era um tanto perua antes de se tornar tão perversa?..."

Conheço o animal dela, sei como bajulá-lo no sentido de suas plumas a fim de fazê-lo sentir que elas são pretas. Pois se a castidade é um vício em vez de uma virtude, e é o que seu discurso tende a demonstrar, a gente já não é uma vítima, a gente é um demônio, uma força.

Ela não se calou: disse-lhe que suas rosas a deixavam doente. Você tem razão, elas estão envenenadas, jogue-as fora. Ele fez com que ela as abolçasse na rampa do incinerador, em plena sessão. Era uma confissão. Ela aproveitou, como pôde. Por que você me esconde isso, eu me lixo, eu não me lixo que você o esconda, é até o que me estraga seu prazer, mas eu me lixo, não há mal nenhum, se não é sempre com a mesma, e que isso passe a ser também uma rotina, na qual você não teria avançado nada, mas talvez seja pedir-lhe um pouco demais, mas o que é que estou dizendo, não estou lhe pedindo nada, nem uma migalha, de jeito nenhum.

"Ele não respondeu. Respondeu que nem pensar que a gente não se ame com cada vez mais força, como sempre... Começa a jogar com o sentido das palavras. Isso o conhece. É seu ganha-pão.

— E você?..."

Ele lhe fez a mesma pergunta, no mesmo lugar.

"Eu, eu não posso passar-lhe a perna, o que amo é o amor, e a ginástica não é o meu forte. Você me conhece, isso é completamente cerebral. Mesmo quando me dá na veneta, é uma idéia que tenho. Posso ir longe demais jogando com isso, e ser pega em má postura, mas é inocente, era para ver como isso se tramaria em minha cabeça... Eu poderia esmagar tudo no ovo, com a ponta do dedo, mas seria repugnante. Por que se embostar até no imaginário?..."

Ela me fala como a ele, como se nos confundisse ainda, ou como se se divertisse em manusear essa confusão, e tudo o que ela acrescenta na mesma proporção de ambigüidade. A gente aparenta nada. Não se pode fazer outra coisa sem embarcar em canoa furada. "Está brincando...

— Você fala como Modigliani. Sabe disso?"

Não, e tampouco saberei, por ora, o que ela entende com isso. Ela reabriu o caderno, isso lhe lembra de pancada, e descobriu um índice extremamente interessante. Ou antes, descobriu-o examinando os ornamentos da capa. Mas não ousa adiantar-se, voltará a me falar, feitas as verificações... O fim de sua frase permanece em suspenso num silêncio em que espero passe um anjo, um sem kleenex de preferência.

"Por que você fica sozinho e me deixa sozinha? Exa vive trepando dia e noite, do que é novo gosta o povo, você certamente não lhe faria falta, não entendo. A gente treparia no telhado e acabaria explodindo embaixo de um limpa-neve. Eles veriam o que é ginástica..."

Justifico-me preteando minha situação: há um advogado mafioso no negócio, e devo jogar na defensiva, estou sem eira nem beira e não quero acabar com a bunda no purê de cálcio por deserção de domicílio conjugal... Ela não tem desses problemas. Uma fundação Soyersi deposita-lhe uma renda, e sua liberdade, sua autonomia, que ela deve à sua mãe, que lhe inculcou que jamais as alienasse, lhe são asseguradas até a morte. Assim, e fico sabendo, não quis viver com Julien a não ser ela pagando o aluguel, ela o alojando. Ele viu isso com péssimos olhos, isso estava fora de questão. Zangou-se e propôs, como enorme concessão, um fifty-fifty. Mas isso não se negociava:

sozinha ou acompanhada, ela viveria em casa, havia prometido e não era mais possível demovê-la de sua promessa. Ora, apraz-lhe contentar-se com pouco, uma refeição frugal, rápida, um livro em que pode passar dias se gostar, um pouco de música e sempre mais ou menos a mesma, uma gratificação para seu lutador de catch, sempre demasiado gorda para seu gosto de servi-la pelos seus belos olhos, trapos que cairão de moda antes de ela encontrar a oportunidade de vesti-los a não ser para me dar um show, e eis que acumulou economias que vão chucrutar em sua conta corrente..

"Você me devolveria... E não em espécie... O que será que *ele* diz disso?... Boca!... Manteúdo, sim, mas não por qualquer plebeu... *Ela* entendeu!..."

Por que pretende ela que eu seja mais burro que ela, impermeável, eu, ao que ela tão bem entendeu, ela?... Em todo caso, não receia, ninguém a faria pirar com a grana, ela. Ela não parece nada assim, mas é uma verdadeira fortaleza, um tanto volante eventualmente, mas inexpugnável... E sob o impacto de sua agitação, sua má energia, volta a debruçar-se sobre o caso de Pope. "Assobie para chamá-la." Ela vem, menos contrariada que a primeira vez, mas isso não entra em suas atribuições e o patrão não deve amar. Não espio, mas isso me parece complicado.

"Lorotei para ela que estamos atravessando momentos difíceis, que nosso amor se encontra periclitante, seria pedir-lhe demais que nos servisse de pombo-correio ocasionalmente?... Ela não conhecia a expressão. Expliquei, batendo várias vezes na mesma tecla, que eu necessitaria seu telefone particular. Ela entendeu, mas não sabe, não tem certeza, vai pensar..."

Pope a faz ter fantasmas. Em meu lugar. Embirrou em pegá-la para mim. Vai dar-lhe o golpe do pequeno passo numa série de pequenos passos que a levará até o último que ela saltará porque não será mais alto que os demais e porque não terá nenhuma razão para não saltá-lo como os demais...

Ela ri. Demais. Em todos os buracos entre as palavras. Isso faz deles como um bolão, mas é o mesmo, enorme, um abismo. O negócio é falar sem parar, mas ela não pode o tempo todo repetir que tem medo, que está morrendo de medo, tremendo feito um pardal que acaba de bater a toda velocidade num vitral.

"Não vá embora, espere, me dê ainda um minuto, uma hora, vou diverti-lo, vou encontrar com quê... *Sentimos nossa ferida reabrir-se, e nossas lágrimas se derramaram...* Anna de Noailles.

— Isso é muito... descritivo.

— Uma grande sublimadora!

— Ou uma pequena envenenadora..."

Ela me descobriu outras. Falou-me do *tu-mo*, a arte de se aquecer na neve. Praticada no século XI por ascetas em camisa de algodão, os Res-Pa, discípulos do mestre Milarepa... Ela acabou sendo a primeira a se cansar, o que é contra meus princípios. Tenho um sistema ultra-sensível para detectar o momento em que sua curva de contenção começa a flectir e não me permito transgredir o sinal, para deixá-la com apetite, por delicadeza e por prudência. Foi diferente hoje, porque ela precisava extenuar-se, mas absolutamente não diferente, porque eu era regido pela preocupação de me conformar a seu melhor desejo, aquele que miraculosamente me tomou por objeto.

Quando saí, Pope me pediu o nome de minha companheira, que lhe saíra da cabeça. Ela não dá sempre o mesmo, e eu não queria cometer uma gafe... Me saí tão mal quanto pude.

"Na região dela, isso é como para nós as alcunhas, só que eles as dão a si mesmos. Dão uma diferente para cada um, e que muda com os sentimentos deles... E aquele nome pertence a você. Você pode guardá-lo para si, como seu próprio nome, mas para melhor, porque se não o disser a ninguém ninguém o conhecerá. Ninguém no mundo. Jamais. Está vendo a idéia?..."

No que era que eu havia embarcado!... Ela nada disse, apenas engoliu de uma tragada, embasbacada. Um cliente assobiava, eu não a retive...

É de matar quando vou embora e ainda é dia claro. Tornando-me visível ele me revela a mim, me realiza, me concretiza, me precipita ao fundo da solução em que eu flutuava, em que me dissolvera, devolve-me ao meu peso, ao meu obstáculo insuperado, à minha anomalia. Sinto-me que nem Drácula. Eu mergulharia no primeiro esquife.

A Mus aproveitou minha ausência. Senti-a ao entrar, e verifiquei no pote para compras. Não deixou poesia, apenas um pouco de dinheiro. A soma que em dado momento, em sua sabedoria, estimou que eu valia por dia, sem relação com a partilha igual comportada por uma união de qualquer modo conjugal. Ela não sabe contar, não conta que o que torrei em nossa combustão a fogo lento é minha vida, que mais não se pode pagar, que isso me dá os mesmos direitos à propriedade de nossas ruínas. Dou uma olhadela em seus trens para ver o que ela veio buscar. Suas botas forradas, seu anoraque (para excursionar de moto-neve). Roupas-brancas (a gaveta está meio vazia, a gente nunca se sente bastante limpo no início do amor, e troca várias vezes por dia)... O que me mortifica, que poderia me enlouquecer, não é tanto o ato em si, como é chamado, ela é livre, ela faz o que lhe dá na telha. Mas eu também o sou, ela não pode fazer de mim o que lhe dá na telha, e é comigo, em minha íntima companhia, que ela se deu. O que ela expõe e estende sob esse repugnante pandilheiro é pela metade eu, deixei ali minha pele. O pretenso jardim do qual ela lhe faz as honras é meu inferno pessoal, comigo ainda dentro, que suava e babava para torná-lo habitável. É uma violação de domicílio... Isso eu disse. Expressei. Já não é mais a mesma coisa. A essas horas, é uma coisa boa feita. A essas horas, o pior "pastou" como diria Walter.

Olhei o jogo. Com minha Tarazinha na linha do telefone interior, tão presente no sentido figurado quanto no próprio, e tomando de cor notas a fim de relatá-lo a Julien, que não terá podido vê-lo em Toronto, onde participa de um seminário "noisvampegalos". Ela ficará emovida, como se fosse isso que lhe apertasse o coração, descrevendo-lhe cada gol de Guy Lafleur, um dos quais com um passe de Savard, o Senador, que não receou atrair para si o Martelo de Schultz, girando com a maior beleza para mandá-lo chutar o ar... Vi que não iria dormir num futuro próximo, retomei Proust desde o início. Após não sei quanto tempo perdido, esqueci onde o deixara. Reconheci a velha Françoise, que fala como na minha "parêntese". Como minha própria velha Françoise, que devia ter-se deitado rezando por mim. Em vão. Quer por não haver nenhum bom Deus, quer por haver vários e ela não se dirigir ao bom.

Sonhei que eu estava fazendo com ela. E que era isso. Eu lhe pusera uma coleira de cão, como vi numa revista, e não entendia que era eu o perverso, por lhe ter recusado tão pouco que era tanto para ela. Eu fazia todo o necessário para contê-la, por assim dizer... Pois embora o quisesse inconscientemente, fizesse todo o necessário para que isso se desarranjasse, imbuído da teoria de que não se pode viver com uma mulher pela qual não se está loucamente apaixonado, de que isso é uma traição, uma prostituição, eu como que não tenho mais senão este café para me agarrar, e a impressão que ele me dá de que ela saiu para trabalhar, de que nada mudou, de que isso não está indo melhor, mas está indo mal como sempre... Afinal de contas, oxalá que ela não volte, é a melhor solução. Para ela em todo caso. Dotada como é para o amor, ela só precisará se abaixar para encontrar a felicidade, por menos que tenha entendido, graças a mim, que é isso que é bom para o que ela tem. Não os ataques de nervos e os rangidos de dentes.

Walter já não sai a não ser para desnevar ou fazer de conta, devanear com o queixo em cima do cabo, lembrar de como, na época, todos os garotos reforçavam as casas até as janelas, e o prazer que ele sentia, quando a neve permitia formar bolas, em amassá-la bem com o reverso da pá. Isso se fazia ainda na minha zona, nos mesmos termos... Ele encontrou em sua caixa uma carta franqueada com três x. A própria Bri terá vindo colocá-la ali. O que não existe mais não tem olhos, ele não a lerá... À noite, ao espairecer, vai devolvê-la, intata. Vai jogá-la na outra caixa, erigida como um marco no fim de um mundo. Uma mulher tão de nada, tão fácil, ter-se convertido num fruto tão completamente proibido, um tão grande paraíso perdido!... Dá meia-volta procurando palavras para dar um sentido a essa peça que ele se pregou, tomar exatamente consciência dela. Nomeá-la de cabo a rabo, que nem um cão que se pode enxotar quando se sabe seu nome. Mas toda essa neve em que se perde seu olhar, ele poderia revirá-la com os pontapés que lhe assenta ao caminhar, e não desentocaria uma só.

Saí mais cedo, andei no gelo. É preciso chafurdar um pouco, por vezes até as coxas, transpondo os rolos, mas o vento os formou desentulhando impecáveis parquês, varreu-os e poliu-os, poderíamos neles nos mirar. Longe das casas, é bonito como um alhures, estamos sozinhos no mundo e encantados, avivados, apaixonados por respirar... Isso me lembrava, sob uma claridade ideal, o tempo em que passávamos, sem nos desviarmos, para tomar um aperitivo na Ponte da Noite. Tínhamos aberto uma senda, um rosário de pegadas que após as tempestades nos divertíamos em recriar, seguindo as sombras em cavados deixados por nossos traços apagados. Ela poupava nossos esforços quando voltávamos na escuridão após havermos bebido que nem gambás. Estávamos de coração ainda leve. Mergulhando nisso agora, ouço-a rir. Ao luar, certa vez, deitamo-nos na neve e por um fio não adormecemos procurando lá no alto nossa boa estrela...

Logo logo, na extremidade da Ponta, ao largo, um clarão de bruma inquietante reverberava em todas as direções, ao infinito, a brancura da neve. Podíamos desaparecer, e eu de bom grado desapareci, por um bom momento, quando tudo se ofuscou num nada total, como na maior espessura de trevas... Conto isso à Tarazinha, mas não demais, para não lhe impingir uma narrativa de viagem, apenas o suficiente para lhe explicar meu atraso.

"Você vai caminhar o dia inteiro se continuar assim. Tome cuidado, há um nome para isso.

— Bah, quanto mais loucos formos, mais caro lhes sairá.

— Se exagerarmos, vão cansar de pagar e vão nos queimar."

Thorazine shuffle se chama isso em gíria americana. Ela o deparou por acaso em suas pesquisas, que parecem dar razão ao seu faro e confirmar que Walter realmente fez a guerra, e como soldado americano. A capa do caderno comporta o nome (Exercise Book), a marca (McGill) e uma descrição sumária, onde consta o número de páginas e de *SECTIONS*. Nada lhe escapa e ela observou, através das fiorituras ornamentais, que Walter havia deliberadamente, com vários traços de lápis, transformado em "8" o segundo "S" dessa palavra.

"O que dá *section eight*, que quer dizer biruta."

Ela o sabia, mas vasculhou mais a fundo. E encontrou a origem da expressão, que designava inicialmente os G.I.s reformados por desordens mentais, sobretudo aquelas consecutivas de choques sofridos em combate...

Está orgulhosa de seu desempenho e eu mesmo estou impressionado paca. Isso é mínimo, não levará ninguém a lugar nenhum, mas o que ela deve ter desdobrado de ciência, inteligência e sensibilidade para produzi-lo, para não dizer criá-lo, como Deus, pois partiu de absolutamente nada, um pouco de pó...

Depois de seu número, ela perde um tanto o rebolado. Normal.

"Sempre igualmente corno?..."

Corno uma vez corno de vez, isso não se vai como a gripe, e você?... Antes *sedutta, abbandonata*. Como Cio-Cio-San, sabe?... É vago!... Nada belo demais para os marginais, ela me canta a melodia, com uma voz que quebra ao subir e que continua a ascensão com pontas de fio. Como se não fosse grave, como se nada mais fosse grave...

"Há tempo que sinto vir meu golpe de morte. Recebi-o no Norte. Quando ele me anunciou que queria falar com você.

Tenho que pedir a ele um conselho, ele disse... Pus-me a chorar e não pude mais parar, dia e noite... Ele entregou isso há pouquinho, para enterrar ainda mais o prego. Vai ligar para você, ele disse, ou vai lhe aparecer..."
Ela me escondeu isso. O que mais ela me esconde?
"Coisas que você não quer saber... Como quanto o amo... Como a que ponto... Como todas as boas razões que encontro em você para se apegar a mim, para remar, não me deixar engrolar... Como a guapice que isso me dá, mesmo quando acordo e você não dormiu comigo, mesmo quando o espero e você não vem... Paro ou desembucho tudo?..."
Guarde algo, por tudo o que eu tenho de guardar de minha parte que justamente não é mostrável. Como não vir ver você, ainda que tão ameaçada, tão frágil, porque estou demasiado atarefado com minha própria segurança, porque aquela furiosa me tem na mão, me dá medo, me vai empulhar, devo espiá-la se não quero acabar no trottoir, no mesmo que você talvez, forçado a lhe pedir asilo, e lhe infligir até a exasperação o espetáculo aflitivo de minha inépcia. Sou nulo. Você não sabe a que ponto, nem quer saber. E que sem você eu o seria com tão total absurdidade que seria tentado, com meu gênero de orgulho, a encontrar nisso meu absoluto. Ir nenhures tomar uma cerveja. Não querer saber de nada. Móvel sem móbil. Sem motor. Indestroçável.
"Sabe, preciso lhe confessar, o que lhe dou é tudo inventado por você. O resto é só um saco, útil apenas para carregá-lo..."
Repita um pouco isso, ela diz, que não acompanhou o fio de meu pensamento e que não se acha mais. Tarde demais, respondo, foi-se para de onde veio.
"Isso tem interesse!..."

Ela dá risada. É preciso tê-la ouvido, ter sido objeto da carícia que isso é, para saber até onde se pode ir para fazê-la dar risada...

Deixei-me ficar na Choperia, acabei comendo um bocado. Quando cheguei em casa, a caranga estava no pátio. Entrei qual grande senhor contrariado, quente de dar porrada se algum bizu se atravessasse em meu caminho. Foi o gato quem se lançou e fui eu quem por um triz não se estropiou. Ele está completamente desligado, não me reconhece mais, não se lembra mais que não vai com os meus cornos, roçava-se, lamentava-se, não me largava mais. Ela está ao telefone, para onde deve ter-se precipitado à minha chegada. Borrou-se toda ou faz de conta, para lisonjear o ego do bizu, acabar por enternecê-lo, ficar para sempre com ele. Ou ele já esperava no outro lado da linha, e ela lhe passou a palavra... A situação não está boa. Pode degenerar. Mas só depende de mim... Respirar. Controlar minha combustão. Engolir tudo isso, até o fundo, depois expeli-lo, como um escarro. Repetir a operação enquanto ela avança olhando-me como se uma derrotada estivesse de pé, como se eu estivesse acossado, pego na arapuca, e uma olhada no ateliê constata na realidade que ela não desligou...

"O que Bizu espera em seus buraquinhos? Que eu torça o pescoço a você? O que é esse fantoche?..."

Bati as portas, parece, e não me vi a mim, estou todo congestionado. Carmesim... É o sol!...

"Que sol? Já não há sol há muito tempo!...

— Primeira notícia. Desde quando?"

Ela me dá razão: dramatiza... Ela me dá razão: é bastante duro assim, não vamos nos comer assim, nos estreparemos... Onde é que ela foi buscar isso? Eu nunca disse isso!...

"Você tem razão, não sei mais o que estou dizendo, mas é o que penso... Nunca precisamos tanto um do outro..."
Antes que os soluços que ela contém se desatem, e desencadeiem um alerta, ela retorna, e repõe o fone no gancho. Volta como se fosse a mim que voltasse, mas vê que eu já vi o que é bom, isso não dá mais vista sobre mim, vou ficar plantado ali, parafusado ali, escareado, aplainado, nada mais que exceda ou que saia. Com as mãos no rosto, e frestas entre os dedos para ver aonde vai, ela sobe correndo para esvaziar-se em seu quarto.

A vida (a única que jamais terei) como que recomeçou. Ela me deixou uma longa lista e o café estava perfeito. Justo bastante quente, justo bastante forte. A montanha havia parido seu *ridiculus mus*: ouvi-a trotear miúdo, cochichar ao gato, puxar as portas na maciota. Para respeitar o repouso do nulo, é preciso ter moleza no fundo, uma boa grossura, e isso não falha nunca, isso me... O que é que ela quis dizer com "é duro"? Que ela vem refazer suas forças antes de me desferir outro golpe, e assim por diante até eu não me manter mais de pé?... Eu não vou ficar me roendo, não se detém o progresso...

Certo. Walter fez a guerra, como milhões de coitados. E outros canadenses preferiram as forças americanas, porque conheciam o cinema, porque queriam atuar em uma superprodução, não um complemento de programa, um troço de série B... E segundo a Tarazinha, a quem isso começa a apaixonar, ele se viu incorporado nos OSS (Overseas Servicemen), dos quais ficaria algo no acrônimo O.S.F., com o qual ele se designa... Que mais? E daí? Em tudo o que li até aqui, não há vestígio algum. Sem dúvida, eu me engano, e o fato de ele calar a respeito, de o ter eliminado de seu "relatório", é revelador, como tudo o que ele risca e rasura para se superar, sair do casulo em que nos encontramos mais ou menos todos amarrados...

Ele não voltou a "paquerar" (havia posto *gatear*, depois *engatar*) na Mansão ou em seus outros bebedouros. Talvez mais tarde, após o luto (mas já pensa nisso), ele retomará (havia posto *regarrará*, depois acrescentado um *a*) gosto. Passou novamente o dia a remexer (rasura ilegível) emborcando (*empinando*) canecas (*latinhas*, no bom falar, isso lhe escapou). Deu-se conta, beijando-as ainda ao fio das páginas, de que só beijou garotas de bar e de hotel. Das que zanzam à gandaia para que a gente tome conta delas. Preparou o jantar, para deixar a Too Much de queixo caído. Acendeu uma vela, para ver arder a chama eterna dele e dela. Voltou para espairecer até a boate de Bri. Ali nada encontrou e nada deixou. Mas vai dar certo. Um pé antes do outro. Não há nada que não possa andar com um pé antes do outro.

Saí uma boa hora mais cedo, para compensar, e novamente andei sobre as águas. A gente não dá mais a volta dela ladeando-a, aflorando-a, roçando suas bordas: a gente se fia ao comprido *sobre* ela, sobre a ilusão de ser carregado, e joga sobre essa pele imaterial, com os pés a se agitar nas brancuras lantejouladas, cinzas das noites em que se inflamaram sonhos inocentes e que terão sido congeladas pela irrupção da manhã que para lá as soprou.

Não sei bem a que isso corresponde, em sua escala de valores, mas Pope começou a me tratar por você, que tenho o dobro da idade dela.

"Falei a respeito com Johnny. Está o.k., porque é você..."
Ela me aflora insinuando em minha mão, igual um sachê de fumo, um papelzinho onde encontrarei seus dois telefones (serviço, residência), e isso a faz rescender tanto que não posso reprimir um suspiro por demais exclamativo. Ela o encara por cima do ombro. Como profissional.

"É meu novo óleo para o corpo. A gente põe muito, e se sente menos nua... Ela fala bem, sua companheira. Parece inteligente. Como se chama ainda?..."

Zombeteira além disso. Todas elas têm isso. Não têm opção. Se tomassem a idéia que temos delas a sério, todas iriam jogar-se no fim do cais, em filas cerradas, a passo de gansa. Ou de galinha. Ou de perua. Vejo minha mãe no meio, "porcalhona do lar", e que o reivindicava para no-lo fazer pagar. A relação não está clara, mas ela surgiu de chofre do fundo de minha memória, de onde eu me esforçara por enxotá-la, para sempre.

A Tarazinha está completamente boquiaberta por ter ganho a confiança de Pope, mas eu a previno, como já me preveniram: ela se colocou sob a proteção de Johnny, um indivíduo suspeito... Ela salta às conclusões. Um cáften! Um *pimp*! Ah lalá lalá lalá!... Isso a deixa ainda mais boquiaberta. Quanto à confusão de nomes em que lancei Pope, minha lábia desavergonhada, ela vê nisso o porquê de sua nova segurança comigo, suas familiaridades: meus grandes ares a ameaçavam e ela não achou neles mais que um farofento gafento de nada, pegou-me com um aperto de mão que a deixa no controle. E olhe lá...

"Como ela não receia mais ser faturada entre aspas, você pode faturá-la tranqüilo... Babando-se ou não... Já que devemos passar por um sacramento e que entre nós é preciso que assim seja a contento... Confesse ou me desabotôo..."

Confesso sob coação. Como advogado. Sem prejuízo das questões que poderão ser levantadas. E com a reserva mental de que tudo isso é mental. Poesia e companhia.

"Diga-lhe que serei Bibi para ela, que serei sua Bibi. E que ela pode da mesma forma ser quem quiser para mim... Depois você me conta!"

Também o seminário está fervendo, mas não no sentido correto. E ela preferirira não meter mais a colher nisso, nessa papa para gata: o coitado extravasou, isso lhe escapou, num grande elã de ternura de gata a tratou... Minha gata!...

"Para que ele a tenha na boca desse jeito, ela deve estar ao alcance... Mas é possível também que a tenha tido logo antes, ao telefone...

— Você não sabe, talvez fosse um nome que ele dava a você bem baixinho.

— Está brincando!... Mas eu não lhe contei essa história sobre Modigliani. Lá pelo fim de sua vida, completamente devastado, a tudo o que lhe diziam, respondia no mesmo tom: 'Está brincando!...' Esta tela é genial, mestre!... Está brincando!... Sua braguilha está aberta!... Está brincando!... O senhor vai morrer dentro de seis meses!... Está brincando!..."

Isso a faz casquinar, a ela. A mim não... Recobra-se levando para casa Walter, e "a edição Pléiade" do caderno, cuja preparação retomou. Dou-lhe a conhecer minhas dúvidas sobre o sentido de seus esforços de decodificação, sobre o interesse de desaninhar aqui e acolá alguma minhoca. Isso a provoca.

"Ora, ora, é evidente que se procure compreender. Há uma necessidade, uma paixão de compreender, e que se aplica a tudo, da pata da mosca aos braços das estrelas. Tudo o que escapa à nossa inteligência, ela o persegue até tê-lo captado, e ter encontrado no fundo outra coisa a perseguir... Isso é um nunca-acabar, um nunca-chegar, mas é da maior beleza esse enterro contínuo, a perder de vista, dos fracassados pelos fracassados, enquanto se passa a tocha, com a pena e o papelucho, para mais uma equaçãozinha, um poemeto também, porque o amor tampouco ninguém ainda o comprendeu, a gente se pergunta ainda como é feito, como se faz... E, mesmo que isso não convença a ninguém, nem mesmo a você, eu quero compreender o que me dizem quando me falam. Ou me escrevem. Gosto disso. Sou como que feita para isso..."

Justamente. Que Walter se tenha chamado Odilo Senfeição e que tenha sido G.I. não me ajuda a compreender o que ele conta. Antes, me prejudicaria, me força a sair para levá-lo em conta ao invés de ficar envolvido dentro como isso requer... Ela não responde. Está tiririca, meu convencimento acabou por exceder seu comprazimento... Não, ela havia saído para buscar o caderno. Lê para mim um extrato em que Walter, que fraqueja, recita à sua Too Much um poema, "Blue Heavens forever", que lhe agradece por tudo o que ela lhe deu, a começar por ela e aquelas outras mulheres que ele encontrou nela, por tudo o que ela fez por ele, para que ele fizesse o que lhe aprouvesse, para que desperdiçasse um presente tão precioso que só um Deus, senão uma Deusa, pode oferecê-lo a um homem: a liberdade... Ela junta as mãos que se estragaram por ele, e lhe reponde, como que rezando: "Não, a liberdade, foi você quem me deu."

"Sim, é bocó isso, e a liberdade de que ela fala não passa de uma palavra no ar quando não se sabe que ela o conheceu soldado, ou saindo meio ruim da bola de um hospital de soldados... Mas suspeito-a de ter sido sua enfermeira, era o

que as exaltadas se davam por sacerdócio naquela época... O que você está fazendo, metendo a mão?...
— Falou.
— Senti.
— Pois que lhe convém: o.k., passar bem!"

Dilacera um pouco deixar-se tão secamente, mas vale a pena, isso fica sensível de uma vez para outra. Funciona porque funciona: as emoções estão sob controle e eu mal desliguei, me dá novamente gana de ouvir a voz toda de pedrinhas atiradas n'água que antes de se depositar para nos fazer um leito nos desdobra nos círculos de seu eco, espalhando-nos até onde nos encontramos completamente perdidos, "vibração da membrana entre este mundo e o outro".

É verdade também que o tempo me urge. Uma grande encomenda a atender. Mercearia, açougue. Saio do supermercado com duas sacolas na ponta de cada braço, sem contar o que consegui socar em minha Air Italia.

"Você se faz de burro para ter pasto porra?... Eu não disse cinco quilos, disse algumas batatas. Onde quer que eu guarde tudo isso?"

Era o mesmo preço, e minha razão se rebelou... Por que não dez quilos então? Dez arrobas? Pode-se ficar milionário com as economias que se fazem comprando batatas a tonelada!... Ela me pega de supetão com seu ríspido tom. A Ópera a terá montado contra mim? Volta de lá com toda a corda, decidida a me enfrentar, a ir às vias de fato. Acato, mas não fora das cordas, onde todos os golpes são permitidos e eu estaria sozinho contra não sei quantos.

Desapareço. Ponho os fones e "sonho" um pouco de música, à maneira da Tarazinha. Tenho um montão de fitas cassete que ela gravou especialmente para mim, especialmente para isso. Sintonizado com a *Antarctica* de Vaughan Williams, encontro-me em cheio no meu elemento, um blizar de arrasar que me faz desejá-lo para uma próxima volta dela, e que eu atravessaria com todo o conforto, que nem um zumbi, como agora. Se pudesse, pediria que me tocassem o quarteto de Barber ao mesmo tempo, aquele que morre como um verão, que põe folhas mortas no fundo das poças e que chove ainda por cima. Depois disso, é feito o amor, desnecessário refazer... A seguir, de um parasita a outro, Ingato vem me anunciar que a refeição está servida.

"Você não levantaria o meminho por mim! Você nunca me deu nada que não me tenha feito pagar! Nunca na vida! Que para mim era perdida!..."

Ela se refreou até a sobremesa. Explode, vocifera, enumera em crescendo meus agravos. Malfeliz, ela assim quis, eu irei longe demais.

"Você jamais sequer me tocou com verdadeiro prazer. Com alegria!... Você não me ama!...

— Isso lhe faria jeito, hein?... Não morra, você se saiu bem, você me enojou até a medula com suas putarias, eu não poderia nunca mais tocá-la!... Nem sequer levantar o meminho por você!...

— O que você ainda está fazendo aqui?...

— O que acha? A mesma coisa que você!... O mesmo maldito negócio!... Estou vivendo!... Não tenho o direito porra?"

Eu estava preparado, treinado. No momento em que ela contava acabar comigo, eu a deito ao chão: era eu quem não queria mais nada com ela, e não seria eu quem daria o fora... Ela viu com quantos paus se faz uma canoa. Aterrorizada por se enganar a si também, por ter dado em falso um passo que não se emenda, recebeu minha manigância direto na barriga, e já não parece mais tão cachorra quanto eu a imaginava, sou eu que me dou a impressão de ser tão cachorro... Mas a guerra não está ganha, digo aos meus botões, ela achará um jeito de dar a volta por cima, com todos os seus aliados. Entrementes, terá sentido toda essa força que tenho em reserva, e que nunca usei, a não ser para amá-la tão pouco quanto ela diz... E isso a manterá na defensiva.

"A gente voltará a se falar quando as facas voarem menos baixo, meu Johnny.

— Como queira, minha corça com pé de bronze."

Não passei a mensagem de sua Bibi a Pope, nem dei seu próprio telefone, como penhor de lealdade. Não há pressa. Não vejo aonde ela vai com sua carroça. Se isso me excitasse, não digo, mas não me diz nada. Nem sequer me diz respeito. A não ser por pessoas interpostas. Em seu teatro. Em seu jogo desesperado, irrisório, para controlar Julien através de mim, proporcionar-lhe tudo o que ele quer, até uma outra mulher, que ele não iria procurar alhures, fora de seu planeta... Mas desconfio de tais explicações, embora ela própria as tenha assoprado como que sem querer. Prefiro pensar que isso é vício, no que tem de puro, de não-traficado, não-baralhado, explicação que ela aliás não renegaria.

Assim, penso em outra coisa que não o que nos ocupa. Exa também, tenho certeza. É forçoso. Não estamos nem um nem outro interessados em nos deixar imprensar. Mas de que serve embustear? Tornamo-nos tão mutuamente transparentes, não podemos mais nada nos ocultar. Ela pode projetar em mim sua voz interior e dar-me um quarto de hora, uma hora mais tarde, sem abrir boca, uma réplica ao que lhe zanzava na cuca. "Como se eu precisasse de você para me tocar, o quintal da corte está cheio, recusam gente para me tocar!"

Embora um silêncio hostil seja insuportável, a gente vai suportá-lo, cada qual de seu lado, ela substituindo um fecho eclair diante da televisão, eu ao alcance da mão, contentando-me em não fazer mais nenhum mal se não posso mais fazer nenhum bem. O telefone toca. Se é o bizu, não respondo mais por mim, arranco o fio. Parece que não. Tudo bem, ela diz, o.k., o.k., obrigada, até amanhã. Ela pôs toda a província a par, afinal? O alerta parece nacional.

Ela sobe, faz a maior zorra, deita-se... Terei passado através, vou respirar um pouco de ar depois de todo esse fogo. Ela bate no teto. Não tomo conhecimento. Na terceira vez três vezes, a coisa fica ridícula, lá vou eu. Ela me esperava no breu. Acende a luz, com o cabo de polícia na mão, um troço de guarda motorizado, chumbado.

"Diga-me algo com tato ou mato!..."

Desnecessário, torço-me de rir. Ela não compartilha meu prazer, que sua encenação desencadeou e que me sacode como uma tosse. Ataca, com virga-férrea, largando o cacete assim que o agarro, para ter uma mão a mais para me mandar no rosto e eu ter uma a menos para o impedir. Levo uma unhada em cheio no olho. Vejo estrelas ao meio-dia e não posso senão querer contá-las, ocupar-me com elas, fora de combate, completamente entregue a seus golpes, que não param de chover. Ela de nada quer saber. Vai ajustar as contas comigo esta noite.

"Vou lhe mostrar, eu, se você não pode mais me tocar! Vamos ver se você não as vai sujar, as mãos!..."

Ela acabou tendo razão. Não teve tudo o que queria, não a machuquei tanto quanto ela queria, não me tornei tão ignóbil quanto ela queria, mas fui forçado a me defender, e uma ponta de cotovelo perdido lhe luxou a fuça, o que lhe permitiu desatar em soluços. Mas isso não foi o pior. Roçamos o amor. Cheirava em pleno nariz. Uma faísca teria bastado.

"Você tem razão, fui eu que começou. Você tem razão, não tem toda a desrazão. Mas seria melhor, mesmo que seja tarde, se não houvesse nem desrazões nem razões."
É o recado de Exa, tal e qual, com o "começou" em lugar do "comecei" apropriado, mas não é realmente um erro: ela faz concordar o verbo com o pronome subentendido aposto, e tem o direito... E dou-lhe razão grátis, por ela, que se pôs a me dar razão sobre tudo para eu lhe dar todo o resto, com minha bênção para ser amarrada e levar mais porrada. Está na idade em que as mulheres ou desabrocham ou murcham. Ela optou... Entrementes, sou eu que tenho um olho meio tapado e guarnecido de um estranho sangue que não sai quando o enxugo. Mas na terra dos cegos quem tem um olho é rei.
O moral de Walter "desceu mais um degrau no escalão". Não tem mais fome, nem mais sede de uma cerveja. Sobrevive encontrando meios para aliviar a carga da Too Much. A canastra de roupa está cheia. Ele soca tudo num saco de lixo, o põe nas costas, não sabe se vai à lavanderia, se vai chegar até lá, mas veste-se, sai, põe-se a caminho. Uma buzinada. Volta-se. Ernie. Sob o boné de caracul combinando com a gola do sobretudo. Trajou-se para ir à caixa, impressionar seu gerente. Por um esfregão, um pano que ele viu enxugar o chão, como agüenta o rojão... Mas pouco se lhe dá, está com frio nas mãos, não vai se fazer de mártir também. Sobe.

"De onde você está saindo, véio, com seu saco? De um teádu?..."

Telhado, telhádu, teiádu, teádu... Walter subtrai-se à conversação, que se teria transformado em inquisição, jogando com essas elisões e a formação de outras contrações da linguagem familiar.

"Então, não posso mais contar com você para me livrar disso?... Estou bem servido!... Passar bem, véio, separe bem suas roupas brancas das coloridas!"

Ele não pusera os pés nesse tipo de bordel desde os States. Já abalado por se ter visto no espelho brandido por aquele bufão, aquele próximo, teve um cagaço, congelou, débil acabado de chofre diante da platéia de fofoqueiras das quais se tornava atração com seus cabelos por demais longos que se espalhavam. Uma baixinha compadeceu-se e o desenguiçou, o pilotou, ensinando-lhe o bê-á-bá. Ela lhe passou umas faixas antiestáticas e amaciante, troços sobre os quais ele jamais ouvira qualquer plá. Nem vinte anos. Mal uma mulher. E ela o tratava como criança. Ficava de olho nele. Ajudou-o a dobrar os lençóis. Percebia bem que ele nenhuma questão fazia, que ela o havia descomposto bastante, mas foi necessário, ele não conseguia.

Ainda por cima, a Too Much não apreciou lá tanto.

"Como, já não basta eu fazendo de empregada na família?... E por que me aperrear se tudo o que isso pode me pagar é um vira-lata igual aos que vadiam em todas as esquinas?..."

Para ela que jamais levantou a voz, era uma cena em regra... Tão alta quanto ele, ela o superava de repente, olhava-o de cima, isso o arrepiou. Ele tinha interesse em reagir.

"Você já não se contenta em lhes tirar a pele, precisa enterrá-las também?... Fazer-nos decair ao nível delas? Está começando a ceder? Os joelhos começam a dobrá-lo, como àqueles que tremem e se põem a orar? Para serem poupados?...

É só isso que você tem no corpo? Que você tem para me inspirar, a mim que o olhava andar para ver como caminhar ereto à beira do abismo?..."

Ela não disse nada disso, mas também não são palavras que ele lhe pôs na boca. Ouviu-as. Na rede delas... É cheio de bom senso isso, esse dever de se elevarem, se levantarem uns aos outros, não uns sobre os outros.

O que eu não entendia bastante e que fui buscar no gelo, contornando a Ponta ao largo, bastante longe por ter perdido de vista a torre do sinal, é que não há chiados, os sinais enviados ao homem em terra não estão baralhados, a comunicação é clara.

Na Choperia nenhum problema tampouco. Sob a superfície, nada se passa. Sempre a mesma coisa inerte, uma vaga hostilidade entre membros inúteis, entre "turistas" como diria Walter, e que convencionamos suportar em vez de nos encararmos, de nos devolvermos nossos retratos cuspidos e escarrados.

"Eu não o esperava mais, cara.

— É a volta de você que é cada vez mais longa. É como se eu pudesse, um dia desses, nunca mais voltar de você.

— É bacana, continue, fale-me de mim, diga-me tudo. No Mount-Pleasance, entre vizinhas, nos perguntávamos nossas qualidades e nossos defeitos, uma página cheia, em duas colunas. Era para mim que mais procuravam no dicionário. Eu achava para elas toda uma enfiada, mas elas para mim não encontravam nada."

Para dar-lhe o que me reclamou, conto-lhe um pouco meu cálido bate-boca com minha furiosa. Ela me interrompe

no meio. Não acha isso nada engraçado. Todo esse tempo que não passamos juntos, se ao menos ele não fosse tão mixamente desperdiçado!... Julien voltou de seu seminário. Ela se atirou em seus braços içando-se na ponta dos pés, para ser mais bem embalada, como sempre faz, mas ele cheirava tão forte que ela esteve a ponto de espirrar. Sem dúvida reconheceu o cheiro, mas não botou o dedo nele, não ousa. Não duvida mais, ele passou todo esse tempo com ela. Experimentou-a. Como um sem-vergonha. "Não tem nada a me dizer?...
— Amo você, amo você!..." E é só: ele nunca lhe disse tanto, mas nunca teve tão pouco a lhe dizer.

"Não é por mal. Nem sequer é realmente falso. Com toda a preocupação malsã que tem, ele me vê com uma coroa, acredita realmente que nunca me amou tanto. E isso só me dói um pouco mais..."

Mas é em sua integridade que ela se sente mais ameaçada, sua idéia de si, seu respeito de si, já não bárbaros, e, se ele não fizer jogo limpo, se continuar a papá-la como uma laranja para eliminá-la sem que isso sangre, sem se sujar, ela não terá opção, mandará trocar a fechadura e o número do telefone.

"Você me deixa de queixo caído. Tem forças ocultas...
— Tenho um amigo que não vejo mais, mas que me liga de tempos em tempos... Tenho meu Esquilo Verde. E respiro... Puraka, khumbaka, rechaka..."

Ela aprendeu quando era ratinho, e lhe faltava fôlego. Sempre me prometeu ensinar-me isso, e a fazer circular minha endorfina. Quando se sabe bem, e se precisa, pode-se passar dias inteiros só respirando, controlando o fogo que limpa, fazendo-o penetrar até o fundo, expelindo um pouco de veneno em cada expiração.

"Você me deixa de queixo caído. Continue. Vou me mirar neste espelho.

— Já é a segunda vez ou a terceira vez que deixo você de queixo caído, tudo bem, entendi, sou desqueixadora, o que é que eu tenho de resmungar, qual é o problema?..."

Confesso, exagerei nas cores, para lisonjeá-la, confortá-la. Ela realmente não me deixava desqueixelado, mas nisso, com licença, com sua rabugice, me deixou desqueixelado até a medula dos ossos.

"Ponha isso no seu devido lugar, não quero mais ver isso!"

Mas ela se chocou a si mesma, e o choque é salutar. Ela reage. Mais um golpe. Não o último.

"Tudo bem, tudo bem. Ponha sua mão... Não, no outro lado. Relocalizei você. Para a duração dos consertos. Desculpe o incômodo."

Tão graciosa e tão leve... Te bateram, pastora pastora, te bateram pastora, com o bordão... E é assim, nas asas de uma canção, como me vem por vezes a inspiração, que volto ao meu chão.

Exa me põe colírio no olho. Um antibiótico... De acordo com a *data de val.*, ele deve ter mofado, mas sempre se pode contar com uma margem de precaução, ela me explica. Quando lhe dá na veneta tratar-nos, é outra coisa, nada a pode segurar, somos forçados a deixá-la se contentar, por nossa conta e risco. Mas isso me assusta menos do que ir no doutor e ser passado inteiro numa máquina de cartões.

"Johnny, eu gostaria que a gente se falasse. Para se proteger... A gente tem um poder de vida ou de morte um sobre o outro...

— Você está se borrando?..."

É uma besteira, mas nossa cultura comum está por cima da carne-seca, o tiro saiu sozinho. E depois está bem assim, não dou bola, não preciso de tatuagens e de troços chumbados, não tenho medo de nada com meu anjo da guarda para me abrir o caminho, sequer tenho o direito de duvidar, isso o poderia desgostar... Exa havia tramado todo um roteiro e isso pôs abaixo sua encenação. Leva todo o tempo de preparar o jantar a se reafinar, para arrancar em outro tom.

"Você não quer mais me tocar? O.k.!... Era para lhe dar prazer, mas isso ligava... O que sobra?

— A manutenção. Os consertos comezinhos. Bem mais úteis. Mais eficazes. Quando se troca uma junta de torneira, isso dura... Aliás, de que você está falando? Uma relação a três? Uma semana aqui, um fim de semana na Vila. Você está se lixando para quem? Quero dizer: tente sair-se bem!..."

Não, ela faz sinal que não repetidas vezes, a gente não chegará a nada, o caso é desesperado, estou por demais imobilizado.

"Afinal de contas, eu suportei bem ser cornuda, por que não você?... Você passava no papo duas de enfiada, por que não eu?... Onde está o drama? Não entendo... Ou melhor, entendi finalmente, você me converteu, deveria estar contente...

— Fale quando abre a boca!

— Sim é por culpa sua, sim foi você quem me jogou nos braços dele. Não arrependida não estou, não ele não me forçou. Mas não vou viver com ele. Nem com ninguém. Nunca mais. Meu empreguinho, meu gato, paz!..."

Pela maneira como o gato é inserido na enumeração, pela forte inflexão que ela pôs nisso e pelo olhar birrento que lhe lançou, os elementos caem no lugar e minha luz brilhou. Eles se desentenderam por causa do gato! Este se lamentava dia e noite e Bizu mijou fora do penico. É eu ou o gato!... É o gato!... Ela não hesitou um hiato... Resultado, ela já não sabe a quantas anda. E foi o que eu lhe disse.

"A gente voltará à vaca-fria quando você souber o que quer."

Ela não bateu com seu cassetete, nem nada nem ninguém, e eu passei uma boa noite. Dormi a toda velocidade: a jornada fora dura, eu estava com pressa para reiniciar.

Ela pôs as chaves do auto no pote para compras. Uma revolução sem explicação. Nada a criticar. Nada de sonso nisso, certamente. Uma espécie de afago. É sempre pela manhã que isso lhe dá. Não se pode criticar ninguém por tentar se resgatar. A menos que ela tenha estimado, após todas as pressões que exerceu, que um piparote me mandaria para o espaço com meu olho embaralhado, e que não se ouviria mais falar de mim. Mas, mesmo que apesar dos cuidados dela minha vista tenha melhorado, não tenho para onde ir. Com Julien retido até domingo na cidade, não tenho sobretudo vontade de ir me meter numa abelheira. Minha presença não resolveria nada. Malgrado seus melhores sentimentos, meu bedelho em seus pequenos negócios (e ignorar até onde) deve começar a irritá-lo. Ele vibra com a força e a intimidade de minhas relações com sua Toque, nas quais jamais meteu a colher, ainda que participe plenamente delas, fazendo como se ela me falasse sempre em sua presença, em seu nome, mas levaria a mal se em caso de conflito aberto nos voltássemos juntos contra ele, e sabe, conhecendo meu velho fundo de rebelião, de hostilidade, que eu o deixaria na mão sem hesitar, sem o escutar, sem considerar que ele tivesse a mínima escusa.

Quando a Too Much voltou, Walter dormitava perto do fogão, com seus papéis, um monte dos quais amarrotados, espalhados em torno da cadeira em que se havia embalado, como um aposentado. À noite, quando ele retomou o trabalho, ela não agüentou mais vê-lo alongar o rosto. Botou-o no olho da rua, jogando-lhe seu (velho blusão forrado tipo) "aviador", no qual lhe pusera (o dinheiro de) "sua diária".

"Você vai voltar quando a si se assemelhar!"

Ele freqüentara irregularmente, em outros tempos de crise, quando não desejava encontrar certas pessoas, o bar de valdevinos que o táxi lhe aconselhava como recanto tranqüilo. Foi alapar-se no fundo do salão, veio servi-lo uma garota cujo sorriso, um tantinho gozador, um tantinho conspirador, lhe dizia algo. Foi ela quem o relocalizou.

"O senhor é o senhor da lavanderia, a gente vai fazer de conta que não se conhece..."

Ela não pode confraternizar, é a lei. Quando volta, ele a perscruta a fundo, reencontra-a através da máscara de olhos deteriorados, de lábios inflamados. Já não é a baixinha das faixas antiestáticas, mas é ela sim. Cada consumação dá direito a uma ficha da qual ela põe uma gêmea em sua bolsa franjada, portada a boldrié, e dança uma vez por hora diante do cliente do número sorteado. Ele ficou até a meia-noite, empilhando fichas. Nenhum de seus números saiu. Nem o 13, que ela lhe assegurara para deixá-lo seguro ser na Rússia um número sortudo, todos os jogadores de hóquei o portavam... Não que ele fizesse questão. Ele estava num daqueles estados em que se desfruta bem melhor de toda a sorte que não se tem. Ela dançou duas vezes na mesa vizinha, e para a mesma besta quadrada. Ele já não se atrevia a olhar quando ela começava a se pelar, a se tocar. Ela iria emocioná-lo, ele iria enternecer-se diante desse monturo, e teria de recomeçar tudo o que havia durado bastante. Ele encontrara bateladas como ela, igualmente viçosas, igualmente vidradas por se estragarem. Elas só queriam era arder, atirar-se nos braços do primeiro fogoso, como ele nos últimos que se abrissem... Mas ele já não era o mesmo homem, e o seria ainda menos quando Bri tivesse acabado de passar através dele quebrando tudo, tinha que ser, ele lhe devia uma pilhagem... Não tardava, eles se reconheciam logo. Havia o tipo que não o possuía, que o procurava e jamais o encontraria. Depois havia eles, o tipo que o possuía, que o dava e o tomava para si... Depois não houve mais senão um velho traste que se toma, com suas conquistas a cavalo, por Napoleão em Santa Helena. Santa Helena! Ele vai chamá-la Santa Helena. Não mais funerais com caixas de correio à maneira de esquifes. Não mais ares árticos expiatórios. Ele passaria a noite em vigília em Santa Helena. Ela não seria alguma garota, mas algum lugar, algum exílio. Ele lhe perguntou seus dias e prometeu voltar. "O senhor nem sequer me olhou." Ela é boa observadora, ela observou... Curioso, essa maneira que ela teve de abordá-lo. Esse ar de cumplicidade. Esse calor. Imediato... Ah como ela o fez dormir de touca! Com ar de quem nem a toca, fê-lo queimar toda a sua grana. Ele volta para casa a pé, em plena miragem através da renda, de toda a farfalhice caída do céu e que ele faz ranger sob seus passos. Depois dele o deserto.

Nevava também hoje ao meio-dia. Isso enchia os bulevares. Não me arrisquei no gelo, não se enxergava um palmo diante do nariz. Pope me aguardava com olhos que brilhavam, tanto que olhei atrás de mim para me certificar de que era mesmo a mim que se dirigiam. Ela tinha uma surpresa para mim. Com grande pompa, a garrafa no balde e o guardanapo em torno da garrafa, serve-me o champanhe, lascando-me duas beijocas, uma em cada face. Da parte de Bibi... Está nervosa porque passou muito trabalho e porque estava se mijando (já não tem papas na língua) de medo de que tudo fosse por água abaixo por causa da tempestade. É minha festa, parece. Está brincando!... Trouxe até, isso faz parte do programa das comemorações, uma taça para brindar. Encho-a apesar de ela me dizer que está fazendo regime e que não tem nada no estômago. Eu mesmo não tenho nele senão meu café, e algumas taças que seco em homenagem a seus esforços para molhar o bico me fazem completamente derrapar.

Acabei sozinho diante do jukebox tocando as Supremes (*Bad Girl*, *Baby Love*), que se puseram a me fazer dançar a contragosto enquanto ela se eclipsara atrás do cenário onde parece que o patrão dela dirige um comércio ilícito ou dois, o que me fazia dançar também, quando a vida é bela, é bela toda ela... Pope encontrou-se num upa diante do balcão, com a bandeja, e pelo olho divertido que lançava sobre minha agitação convidei-a a vir ter comigo. Ela recusou (só um pequeno meneio de cabeça, um meio, o tipo ida sem volta, que não marca nenhuma hesitação). Acompanhou-me antes à distância, balançando um ombro, um quadril, e como que refreando uma adesão ao ritmo, uma penetração de todo o corpo que surpreendiam, que faziam imaginar uma chama mal controlada sob a afetação deliberada.

A Tarazinha está encantada com a partida que pregou, a mim que não tinha motivo algum para esperar nada, a Pope que não viu em que precisamente ela a fazia consentir ao lhe mandar debitar, entre outras coisas, em seu número de American Express, dois pequenos carinhos...

"Eu gostaria que todas as mulheres o amassem."

Como se eu não houvesse entendido bem, como se isso absolutamente não tivesse sobre mim o efeito que deveria, ela repete.

"Não acharia gostoso que todas as mulheres o amassem, como eu?"

Agora sim, entendi, enfim acredito: ela quer dizer como Julien. E que fosse ela, por amor, para desdobrar em toda sua extensão seu amor, que as fizesse a todas amá-lo. Mas pensa numa particularmente. Faço-me de desentendido. De qualquer forma, isso está acima de mim.

"Todas as mulheres como você. Nem uma a mais."

Ela protesta, ela não é uma tão fofinha gatinha, flagrou-se tratando com grosseria seu Esquilo, que por sua vez havia encontrado para ela mangostões, uma tão frágil laranja com gosto de framboesa que não sobrevive mais que algumas horas nestas paragens, e que, aliás, desejaria "embriagar-se em seu sapatinho", se ela desencantou bem o que ele lhe cantou, pois também canta.

"Você tem um sapatinho, você?

— Por que todas as outras e não eu?"

Ela lhe encomendara, bem especificado, tofu sem agentes de conservação. Ele mais uma vez se fiou no comerciante. Ela lhe esfregou no nariz, com todas as letras: *sulfato de cálcio*. E no entanto, ele havia prestado bem atenção, havia lido tudo e não havia visto "agentes de conservação". O que é que ele pensava, que eles iam pacholear, anunciar estarem dispostos a nos envenenar? Ele era ainda tão ingênuo? Na sua idade, após todos os golpes que havia levado, nada então *ali dentro* havia entrado?...

"Não tenho culpa, eu estava com gana demais, ele me dá gana demais..."

De ser cruel, entende ela. Julien foi buscar ingressos para o jogo, a gente joga contra os Bruins, que vão nos fazer engolir as muretas, entre dois lances de Bobby Orr, se ele ainda se mantém de pé sobre seu infeliz joelho, embora este não o incomode quando ele voa... Ela se sente por vezes disposta a todas as composições, a considerar que, se há um bicho-de-sete-cabeças, eles poderiam talvez, pegando-o na mão, encontrar senão uma solução pelo menos uma aproximação... Ela o cozinhou mais um pouco para ver.

"Ele me jurou nada haver mudado *entre nós*. Alhures, ele não diz. A arte do negociador. Jamais uma palavra supérflua. Sobretudo quando a coisa avança sozinha: verifiquei, vou aceitar, o processo foi desencadeado. Depois ele encarará. Entrementes, dele já não me desenlaço, estou sempre pendurado, até mesmo ao dormir, em seu maldito braço!..."

Não se sabe o que mais a diverte: todas essas cabalas ou a impossibilidade de evitá-las apesar de sua facilidade em desvendá-las. Ela se analisa, se julga, se torna ciumenta, possessiva, se resguarda, não vai coagir e atormentar como conhece tantas... Não quer saber desses horrores nazis nela, antes de descer tão baixo vai se jogar pela janela.

"Não fique roendo osso. Você não tem defeito. Não há dicionário bastante grosso. Você Tarazinha é algo perfeito...

— Um verdadeiro eco! Foi exatamente o que ele me respondeu em outras palavras... Vocês são tão carinhosos, a gente não sabe mais como enfocá-los. Enforcá-los!... Ele me toca quando passa, e quando a gente se cruza me abraça, me toma o rosto mano a mano, como se me colhesse, olhe só que graça, ele me diz, isso não é humano... Perguntei a

Poppy, desaforadamente, feito um negociante de cavalos, se ela era bonita... Ela hesita, pergunta-se como encará-lo. Nem sempre, ela disse, quando sinto gosto. "Você poderia, mas custaria mais caro?..." Boca!... Será que fui clara demais ou apenas o bastante para lhe plantar a idéia no contador?... Como você a acha? Você nunca me disse afinal de contas...

— Não a acho. Ela tem pernas, tem seios, é de obrigação, é seu ganha-pão..."

A gente ficou badalando assim por duas horas. Ela não se derreteu. Nem uma vez. Sustentou o toco o tempo todo. Frágil e leve. Como um cristal de neve. Ou como vários. Quando saí, a tempestade havia terminado, sua onda de palavras se havia universalmente congelado num profundo silêncio... As contrabolas foram retardadas. Exa desembarcou ao rés da crise, asfixiada pelo monólogo ininterrupto de Amillo, que não suporta os buracos na conversa, e quanto menos interesse a gente manifesta mais ele põe em nos interessar. Ele lhe contou todos os seus abacaxis com os seus patrões, e, na base da escala como ele está, como tem, como tem, é só o que tem, patrões. Enquanto eu desentulhava o pátio, ela encomendou fried chicken. Fui obrigado a ir buscá-lo eu mesmo no Grego, que não tem mais entregador. Nem existe mais Grego, apenas a Grega, o Grego teve um ataque. Não era cardíaco, trabalhava dia e noite, mal teve vez para contrair duas ou três palavras de francês. Foi pelo menos o que me contou o felizardo que esperava uma pizza atrás de mim. Tenho horror do frango alimentado com serragem de madeira. Mas é a Mãe dos Três Simon quem paga e acha uma delícia. Ela bota o olho em minha metade regalando-se desde já com tudo o que vou deixar. Aí, bruscamente, ela me faz outro balanço.

"Como pode você lanchar com toda essa cerveja em decomposição no corpo? Mas tudo bem, e você pode me soprar isso no rosto, e empestar a casa com seus charutos. A gente não se acostuma, mas tudo bem, eu terei sem dúvida feito você suportar outro tanto. O que jamais pude tolerar, que não posso lhe perdoar, é ela. Não se pode amar isso, essa serpente, sempre a nos roçar para ver se não poderia nos enterrar suas presas nalgum lugar, e não me desprezar como ela me despreza."

Desembuche.

"Não mas você não a viu?... Ela arrastava a asa para você nas barbas de Julien, nem conto as minhas: ela podia assistir ao hóquei tranqüila, sentada aos pés de você, com a cabeça entre os seus joelhos, eu não era da Santíssima Trindade, eu não era nada!... Você nem sequer viu o que salta aos olhos de um qualquer: é tudo em fosquinhas, com nada por baixo, nem é bom para transar. Por que você acha que ele procura tanto desfazer-se dela, o divino Julien?... Fazendo-se de inocente, deixando-se apanhar no jogo se preciso, ela imaginava deixá-lo apreensivo!... Ele fingia de morto. Havia por quê. Ele morrera de rir... Não obstante, eu não perdia a confiança. Eu não pensava: é com isso que ele vai me passar a perna, essa pata no canapé, com os ossinhos já todos saindo para o primeiro faminto engasgar. Eu pensava: sou eu que me engano, ele não pode ser tão badano..."

Não há nada a responder. Ela está determinada. Tem razão, ou vai, ou racha. Não me defenderei de jeito nunhum. É uma questão de leis, e isso equivaleria a passar por um julgamento perante um tribunal regido pelas suas... Um dia talvez ela venha a compreender. É ela que nunca me amou. Realmente amou. Amou de olhos fechados. Com mãos que buscam, como duas asas que houvessem perdido seu pássaro... Como lhe tenho ressentimento e como isso me torna nojento. Como estou magoado por ela me ter assim desfigurado. Quando a conheci, eu era daqueles que só buscavam não fazer mal a uma mosquinha, à mais mesquinha, acolhê-la e reconciliá-la, dignificar sua mesquinhez. Ela estava tão bêbeda entre meus braços, tão grosseira ao manifestar seus desejos, que senti desdém, mas não me deixei esmorecer em meu gosto de cumulá-la de atenções ao invés de humilhá-la, aviltá-la, ao que ela se prestava por demais, embora já não conseguisse ver a diferença. Eu estava contente por ter encontrado alguém tão insignificante quanto eu, e provar-lhe que os nulos são os eleitos, os herdeiros designados, que eles estão destinados, com toda a necessidade que sentem dele, o lugar que lhe dão pelo vazio, à posse do bem, aquela que a gente sente de oferecê-lo a si, o que nossos melhores (nossos inspirados, nossos luminosos) encontraram de melhor em seu caminho, e que estava jogado por aí...

Palavra de honra, estou perorando! Faço uma encenação para mim mesmo... Má consciência. Todos temos uma: somos todos condenados à morte, portanto todos criminosos. A gente reconhece a sua na dos outros e não toca nela, não bota o dedo nela, isso não se faz entre pequenos seres humanos... E é isso, eu a quem ela não perdoa, que eu não lhe perdôo.

Assim sendo, ela subiu para se deitar. Com o telefone. O que deve ter sido cuspido de sujeiras lá dentro. No sentido próprio e no figurado. O hóquei teria posto vida demais no cemitério, não olhei. Caí nas pereiras em flor do lado de Guermantes, e adormeci com Raquel-quando-do-Senhor. "A vida adormecida na juventude e no amor tornara-se cada vez mais um sonho..."

O café me esperava, impecável, imperturbável. Ela tinha engraxado minhas botas. Não por vício, mas porque a mortifica ter eu tão pouco cuidado com elas. Elas lhe "custaram os olhos da cara e parecem sair de uma lixeira". Mas não encontrei nada no pote, onde não me emendo de procurar. A lista, e só. Mostarda em pó. Limões. Sabão para a louça. Saco de areia sanitária. Um pequeno (três vezes sublinhado)... É com nossos hábitos que estamos realmente casados. Enquanto eles persistem, e não falta nada para perpetuá-los, podemos estripar-nos, não há problema.

Walter volta a pensar no barzinho, na baixinha. Tem na boca ainda o gosto que ela dava a tudo o que ele bebia e que só pode ser o gosto dela, que ele toma pelo gosto que ela tem. É quente e fresco. Um fruto ainda não aberto, com todo o sol ainda dentro... O miolo no interior do pão quando a gente sente o cheiro dele assando... Ele se surpreende novamente sonhando, depois simplesmente se surpreende. Correu bastante às arrecuas, perseguido por umbigos ainda não secos para pendurar seu cordão. A ruptura com Bri o tocou, e foi seu despertador que ela tocou, ele jura. Ele tem todo o seu discurso a virar, orientar no sentido de sua viagem com a Too Much. Se não o fizer, não vai mais alcançá-la, ver-se-á acantoado atrás mais uma vez que será a última. Não a terá acompanhado até o fim. Não terá arrostado o fogo com o mesmo rosto que ela. Não terá saltado com o mesmo pé que ela. Tê-la-á deixado tombar sozinha no campo de honra.

Devolvo-o como o li. Não verei bem do que se trata antes que a Tarazinha, dentro em pouco, me tenha falado desta página, estudada à luz de uma leitura completa. Os dois se teriam entendido para morrerem juntos, e se esposarem assim no fim em vez de no início. Por esse "contrato de casamento", serão sem dó nem piedade, pois têm a mesma alma, e o primeiro que manifestar, ao colocar o anel no dedo, que o tempo chegou, será liberado pelo outro, no momento julgado oportuno, sem uma lágrima, uma palavra mais alta que a outra.

"Blue Heavens forever!..." A gente se fia nisso como numa bela jura de amor, quão lisa e quão dura. Não uma amante-mestrezinha em letras. Ela raspou e achou que cada qual, bem provável, tem "céu azul" guardado nalgum lugar e que é nesse "céu azul" que eles se engolfarão, expressão que designa desde a guerra um euforizante que os psiquiatras à moda freudiana usavam para desrecalcar suas vítimas.

"E se fosse apenas um romance..."

Do alto de sua cátedra, ela vai me assegurar que não.

Caiu em quantidade demasiada. Iria até acima dos joelhos. É o fim da picada. Andar dá com os burros sobre a água. Isso me deixa puto da vida. Quando passei, Simon Maré estava tão absorto em seus trabalhos de desentulho que me ignorou completamente. Achincalhei-o, aquele desaforado. Pedi-lhe plás sobre o que Exa me aprontava por trás, o que ela me aplicava.

"Vocês e seus problemas!..."

Ele estava de saco cheio. Amargo, como se fosse a ele que ela aplicasse o golpe. Isso é manjado: sabemos como isso rola quando se vem atirar em nossos braços para chorar, como é escorregadiço quando está todo molhado.

Ainda por cima, nada de Pope. De folga. Estará doente?... Não de morrer, me responde "Helenn", como está marcado em sua pequena touca tipo arrumadeira, combinada com o aventalzinho cujos cordões se verá quando ela se virar que não cobririam mais nada se um falso movimento os rompesse. Francamente impertinente, interpelo-a.

"Ninguém nunca a chamou de Santa Helena por acaso? Um velho soldado? Napoleão?..."

Distraído por sua cordoalha, eu não notara seus olhos, verdes, ardentes, e que me dardejam. A gente se pergunta um pouco por quê. Se é porque a gente caiu de jeito ou caiu de cabeça.

"É de sua parentela?..."

O tom de seu alô prova tudo para minha Tarazinha. Depois, ela o sustenta, o melhor que pode, como um ritmo. Ele não é exceção, vivo e vibrante. O gênero isso se escangalha ao máximo de todos os lados é maravilhoso. As coisas não foram nada bem no Fórum: Mackenzie fez Henri sair de seus patins com suas caretas e Bucyk enfiou três em vantagem numérica. Isso continuou na rua Sainte Catherine, onde eles se comprimiram num engarrafamento. Julien tornou-se violento. Batia na buzina, desafiava os demais imbecis, estava buzina. Tudo isso era a vida deles, que já não ia a lugar nenhum. Ela correu até o fim de suas pernas e tomou um táxi. Ele voltou para casa no meio da noite, ela não o esperava mais. Ele a abraçou, forte demais, para que lhe doesse tanto quanto a ele doía. Ela não suportou o cheiro, penetrante. Foi dormir na americanca. Eles nunca haviam tido quartos separados.

"Garoto, chegamos a este ponto..."

Julien de pancada. Para quando, lhe pergunto. Não sabe, vai me telefonar ou não, assim que tiver um minuto. Devolvo-a a você, ele me diz, cuide bem dela, ela é muito figurante hoje.

"Ele dá a impressão de que bebeu.

— Não tomou nada. Você acha que ele está mudado, é?... De vento em popa com Poppy?..."

Ela está encantada que ela tenha um dodói, poderá ligar-lhe para lhe pedir notícias suas, e "reatar laços". Transmito-lhe minha sensação, há pouco, de me encontrar em presença de Santa Helena (que poderia ter demonizado seu apelido) e transportado vivo ao caderno. Sua voz salta. Ela quer detalhes, uma descrição completa. Isso tinha de acontecer, era forçoso, Walter não podia ter perambulado por todos aqueles cantos sem deixar vestígios. A gente voltará ao assunto. Aí está Julien andando em volta dela igual um cachorro que demanda a porta e que acharia ruim ser tão cachorro. Que ele volte, ela está se lixando, onde é que ele foi buscar aquela cara?

"Ele espera que eu o leve pela mão, é isso que espera?... Que o diga!... Quem me dera. Não há nada que eu não faria por ele. Mas já não lhe presto para nada, nem mesmo para segurar a vela!..."

Ela foi embora com isso, lançado a alta voz, ao alcance de suas orelhas. Se ele não entendeu, não está bêbedo na verdade, está surdo... Ela não me deu tudo, nem me fez pôr a mão, mania que me passou a ser por isso tão cara que me irritava. Receio que isso venha a me faltar, que eu não tenha bastante até a jornada terminar. Demoro-me ainda um pouco, mas tornei francamente Helenn hostil, e a paranóia começa a subir com os pequenos sachês que circulam nas mesas animadas por um dia de pagamento. Não é melhor fora. Não está frio, mas o ar é pesado, carregado de umidade, como se fosse rolar não se sabe o que de ruim, que se procura...

Encontrando-me eu já acantoado atrás de um alfarrábio do qual o pouco que ela sabe a faz duvidar de minhas inclinações,

Exa lança-me um olhar que na verdade não anuncia nada de bom do alto dos saltos que a troturaram o dia todo, mas que lhe conferem uma bela perna e a elevam um pouco mais acima das companheiras... Ela se encontrou. O que ela ignorava estar lhe faltando esse tempo todo é a jângal. Isso lhe senta bem também, esta saia. Justo bastante alta e bastante justa para tudo oferecer e tudo tolher. É o que lhe digo. Para contrariar seu humor. Para me dar uma lição, ela me esfrega no nariz o botão de frustração que lhe cresceu no queixo.

"Falei com Simon. Você vai ter notícias dele..."

Como já não há senão um Simon para ela, ela dá um salto. Depois fareja uma armadilha e se recompõe.

"O que você quiser saber, pergunte-me.

— Justamente, estou esperando visita no fim de semana. Se você fosse organizada, eu a receberia aqui..."

Isso não é mole, mas ela engole. Dará um jeito. Será que Ingato pode ficar, será que vai ser mais bem tratado?... Ela me faz saber que é só isso que ela quer saber. Mas não tem ânimo para cozinhar, e na mesa me bota um turnedô à sola de bota.

"Você vai ficar me caceteando por muito tempo assim?"

De cacete, no sentido de golpes de arco, sobre os nervos. Suponho. Onde é que ela achou isso? Ele já lhe põe troços na boca então? Faço-lhe saber, caceteando seu bife com minha faca, que não lhe direi o que penso...

"Isso mesmo, feche a boca quando comer minha bóia."

Está brincando!... De novo... Mas não se pode mais ir tão longe quanto no tempo em que isso terminava na caminha, onde a gente podia se entredevorar. Então a gente pára, abruptamente. Ainda que... Ela segue a mesma corrente de pensamento, vejo-o pelo que faz cintilar seus olhos, como quando ria às gargalhadas, algo molhado que o bater dos cílios não consegue varrer. Com tudo o que nos liga, o pior ainda mais forte que o melhor, algumas palavras poderiam tudo acomodar, dir-se-ia. A gente as tem na ponta da língua, dir-se-ia, e não as vai encontrar. Hein, minha furiosa?

Não esperei o sinal, arrisquei, subi para lhe dar boa-noite. Tudo se deu bem. Ela me virou de bordo, mas me chamou de volta. Para me desfiar sua lição sobre Ingato e seu relógio biológico. Depois bruscamente: "A caranguejola, você pode pegar. Isso não me custa, me desembaraça. Chega de sucata. Uma Kawa 750 ou nada." É uma moto. Fétida. Grande ruim. Não estou vendo. Está no bolo de tudo o que me escapa. Sonhei com ela. A noite inteira. Ela descia, vinha ter comigo, ardente. Fazia-me o troço da Tarazinha a Julien. Eu acordava e ela tropeçava ao sair de banda. Caindo de joelhos, o rosto contra o chão, tendia-me seus punhos por trás. Para que eu a amarrasse. Para que não a deixasse ir embora.

Deixou uma pequena valise entre as duas portas. Uma sacola. Não deixou para amanhã o que pode fazer hoje, como se diz. Vai pegá-la sem dúvida ao voltar do bat, não me pôs a par de suas combinações. Muita dificuldade para me concentrar em Walter. Para avivar meu interesse, vou direto a "Santa Helena", já localizada por antecipação. Ele engraxou as botas e vestiu uma calça preta que ressaltava sua estatura esguia. Alisou e empomadou os cabelos para se dar aquele ar que a Too Much estima aristocrático. Tinha de ganhar. Pediu novamente o 13, e quando este saiu, às onze horas, no salão abarrotado, ele estava pronto. A baixinha tinha algo a lhe mostrar, mas não era sua ferida, era sua classe. Ele lhe tomou as mãos e inclinou-se sobre elas para convidá-la a dançar com ele esse *Harlem Nocturne* que anunciava seu número. Os caras já assobiavam, apupavam, iam desencadear um estrupício, mas ela anuiu, e graciosamente respondeu quando ele mudou o ritmo para fazê-la valsear. Quando o dono, que não estava para brincadeira, lhe deu um baile lembrando ser proibido tocar, e ele a apertou contra si em vez de largá-la, ela se abandonou a ele, se embezerrou com ele, sem se desinchar, até ele se julgar satisfeito, no último momento, por não fazer questão de ser posto no olho da rua, mas decidido a fazer "prestar ao fedelho que disso se encarregasse as honras devidas à (sua) dignidade de O.S.F...."

O cálcio sujou tudo. Falem-me de um caminho branco. Falem-me de uma viagem branca entre duas ribanceiras brancas.

Na Choperia, sempre as mesmas caras, e é o que elas mesmas se dizem ao me verem trazer de volta a minha. Folheei o jornal da casa. Nada encontrei nele. Nada haviam deixado nele.

"Alô!...

— Sim, sim, já que você diz. Mas pode provar-me isso?"

Sim, garanta-me que não estou sonhando, que você não é uma idéia que eu tive aquele tempo todo, uma luzinha fóssil, um último clarão lançado por um mundo extinto?...

"Eu também quero vê-lo para crê-lo. Cale-se e venha me ver para que eu o creia. A gente vai se esconder na escada. Vai congelar..."

Ela me corta um pouco o coração, eu lhe corto um pouco o seu. Isso dói, mas tudo isso é bom.

"Não posso. Isso não se concerta."

Sou como um pássaro no galho. E que se agarra... Ela não entende isso. Não vê que temos nosso ninho lá, que nas folhas tudo escrito está. Que não estaremos mais apegados a nada se isso se despegar. Ela não saberá mais onde me encontrar, também não terá mais onde pousar. Perder-se-á ela também buscando tudo o que ali colocamos e nos esgotaremos não sabendo mais para onde voltar... Mas não se trata disso com todas as revelações que ela me reserva.

"Você teve faro. Walter está vivo, é vizinho seu, na outra ilha. Ninguém mais o vê porque ele se recupera mal de uma fratura no maxilar, que contraiu batendo-se por Santa Helena, como você vai ler no fim do caderno."

E essa Santa Helena, que ficou sendo a consolação de seu Napoleão, que o visita e que revira seus cafifes de garota má com ele, não é senão uma na verdade com minha Helenn. É por Pope, que é sua "bitch" (sua melhor), que ela ficou sabendo disso, e de outros detalhes, embora tenha evitado irritá-la puxando-a pela língua. O par O.S.F.-S.F.A. é bem conhecido nos arredores, sob os nomes de Sef e Sweet. A Too Much é uma bem forte e ainda bem bela pessoa desgastada pelos trabalhos domésticos nos quais conquistou a melhor reputação. Impõe respeito, saúdam-na como a uma dama. Não entendem o que a leva a se estourar por esse "velho snoro" (do ídiche *shnoerer*, zangão, parasita embelecador, precisa ela). Espalharam que é uma espécie de irmão um tanto tocado pela guerra e que ela tomou sobre si, por grandeza de alma... Se ela fosse *casar* e se procurasse uma costureira, não faltaria mais nada...

"Ela se dizia velha, com um estranho sotaque. Faz questão de vestir-se com Exa, e em grande segredo, acho, pois me deu um nome de artista...

— Você está me levando na conversa!..."

Minha súbita intuição a ganha. Ela sente estar comigo roçando um outro planeta, um outro mundo, em que eles nos aparecem, ela transfigurada por seu véu nupcial, toda rejuvenescida, e ambos deitados em seu leito, adormecendo juntos, uma derradeira vez, a que vale... Isso nos faz meter a viola no saco. Isso nos mantém por um longo momento em total ressonância e radiância às avessas.

"Viu como você é dotado, como eles têm razão para acreditar em você, como você deu no vinte também para S.F.A?... Sweet, sweet fuck, sweet fuck all... É uma loucura tudo o que tem ali dentro..."

Ela se obstina em decodificar *O.S.F.*, sempre seguindo a pista Overseas Servicemen. Ainda que esta seja falsa, é preciso partir de uma hipótese, ter uma ferramenta para vasculhar, desenterrar coisas. Se Walter fazia parte das forças de desembarque, e para que mais um reles mercenário poderia ter servido, ele não foi enviado para o Pacífico, pois teria sido repatriado e tratado na costa oeste... Resultado, ela partiu cedo esta manhã para McGill a fim de compulsar lembranças de desembarque, na Sicília, na Normandia... Isso faz com que ela saia de casa. Da prisão. É de ver Julien andar de um lado para outro feito um leão, esta é a expressão...

"Estou pregada, e no entanto, você cara, olhe um pouco o efeito que você tem feito em mim. Os golpes sujos, o amargo ressaibo transformam-se em batimentos de coração por você, em guloseimas e bombons para amimá-lo. Todo o fogo que cuspo é soprado para manter você quente... Mas não faço o serviço a domicílio..."

Ela me diz, soprando no aparelho, para me mostrar por derrisão o que isso dá à distância.

Seria uma loucura ir para lá, e não irei, o que é fazer uma bem pior, receio. Sinto-me derrapar, como sua voz, que se recupera logo ao passo que eu não conseguirei, decidi.

Desde que ele a tratou de doente, ela se censura, não tem mais daqueles sonhos em que se abandonava por vezes até o prazer, na realidade malsão. Ela já não se permite mais do que um filme de violência e de horror. Ah ele não falhou, saqueou toda a sua paisagem interior, da qual era o astro, e é ele, tão cruel, bastante para a estreitar nos braços em que uma outra acaba de flautear dela, quem a trata de doente, ela casta, desde então não ousa confessar-se quando, de medo que com isso sua feminidade se atrofie, sua flor murcha. Ela não está frustrada, não é de acreditar. Não obstante, está se lixando. A idéia lhe agrada sim com todo esse gosto que ela inspira, mas a idéia que lhe agrada acima de tudo é a idéia de estar se lixando. De não pertencer nem a isso nem a nada, mas a si só. Digo-lhe claramente: "Isso vai acabar lhe saindo por todos os poros.

— Estou me lixando! Você passará um esfregão... Você vai me responder o.k. saudações, não faça isso, não é interessante, espere, espere-me, ame-me ainda um bocadinho, não me sinto a salvo de não sei que perigo... A droga? A prostituição? A anorexia? A dispepsia?... Não seja mofino e malvado, tenha ainda medo por mim um bocadinho..."

O que ela dá é tão pleno, tão vivo, que a vejo, diante de mim, em tela gigante, sentada no chão e com os joelhos levantados sob o queixo, acaçapada em torno do aparelho numa contração que estira sobre as costas a seda de sua roupa, tipo quimono. Ela fez um sinal para Julien, que está dissecando os dossiês, e que lhe traz um copo d'água.

"Diga-lhe que minha corça saiu para o fim de semana. Estou sozinho em meu bordel, e o espero.

— Não a mim?... Por que ele? Por que não eu?... Não entendo... Não não, tudo bem, entendo, entendo, vá se foder."

Ponho a mão, já que ela faz questão, mas isso não arrisca nada, não a agarro, impossível agarrar, aquela que se atinge arma uma segunda, uma terceira, logo prestes a pintar. Com todos os corações que ela tem, estou tranqüilo, não a vão faturar.

Deixai-me atravessar uma torrente sobre as rochas
Abandonar aos saltos esta coisa por aqueloutra...

Sentam-lhe bem todos os seus Saint-Denys Garneau... Reencontro-a na Samuel Bronfman Library, onde não porei jamais os pés. Abrigou-se num canto, *Baa-Baa Black Sheep* nas mãos, que lhe recomendaram por sua gíria do tempo da guerra. Pôs os óculos. Puxa, ela me escondeu que não via nada, e eu não vi nada nisso. É verdade que ela nunca me leu nada. Tudo o que me disse, sabia-o de cor... Mas ela não perde nada, a sopa cai no mel, penso com os meus botões, durante o caminho, encarregado das provisões que Exa me mandou fazer para nada me faltar até ela voltar... Maneira de falar. Ela até pôs *charutos*, com um ponto de interrogação. Todas essas maneiras que elas têm de nos pegar, mesmo quando não estão mais apegadas a nós! É de casquinar...

Autorizo-me a vasculhar em seus papéis, sua agenda telefônica. Em busca, aparentemente, do nome dado pela futura, que encontro e que é "Alice" sim... Sweet Alice? Isso nada prova, a não ser que nos deleitamos, nos deixamos mais uma vez levar por nossa imaginação, e de qualquer modo de nada me adiantaria dar um telefonema que o confirmasse, então continuo a folhear, às avessas, até topar com um número da *V*(ila) *da E*(nseada), *cnfcl.* Anotado no início de dezembro. Puxa, é aquele dia, o dia daquela madrugada. Bem, mas não vou botar fogo e me fazer engaiolar, dar-lhes razão sabotando essa aparência de liberdade de movimento que me deixaram. Estou mais apegado à pele minha do que à sua: nenhuma comparação, sobretudo desde o que ela faz dela. Mas nunca se sabe, com todos os dejetos que um bom braseiro eliminaria, se eu me atirasse nele...

O serão se passa mal a contemplar o telefone, sentir que a Tarazinha está dentro, que a ponta de meu dedo a faria surgir. É um milagre, e este não falha jamais. Porque deixamos crescer a necessidade, subir a energia que a produz... Como isso vai ser demorado, mas como vai ser abençoado, como vai vir nos buscar, como seria ruim deixá-lo estragar... Está tocando!

Exa. Que quer de imediato, se ouço bem, notícias de seu gato. Fala com recato. Será o Terceiro Reich, ora pombas? Depois craque, como se a gente lhe tivesse apertado um botão, vai ao ataque.

"Johnny, chega de balançar. A gente é duas pessoas adultas, a gente pode se falar francamente. A gente não estava em negócios, ninguém se deve nada. Não lhe peço nada. Lhe dou o auto. E lhe dou um mês..."

Espero para ver. Será mesmo com ela que estou falando? Com ela só?

"Você vai precisar de tutu? Tem uma idéia? O que pretende fazer?

— Enquanto espero as pinças de desencarceramento?... Não sei, nem vou me perguntar, não contem com isso, todos quantos vocês forem..."

A gente sempre está em negócios. Tudo tem seu preço. Se ela entendia dar-me meu mês, era só pagar por meus serviços, e inscrever-me no seguro-desemprego. "É meu Sansão, é sua paixão, ele segura as paredes!" Pouco importa, teriam caído em cima dela se eu não houvesse visto. Sem contar tudo o que a teria adentrado se eu não houvesse atravancado o caminho. Ela teria acabado no esgoto. Seu ex era um escroto. Ela já tinha um pé no trottoir... Estes são os maus pensamentos que tenho para me embalar, dar voltas na cama. Ela me tem. Eu sou tido. Não me possuo mais. É no que dá quando a gente se dá.

O eterno retorno. Isso quer terminar como começou. Em minha masmorra, em Toronto. Meu espaço está reduzido a nada, não posso mais me mover, nem mais alongar uma perna, um braço sem tocar o duro, e que este me remeta a mim obstáculo imediato, intransponível. Peito. Descoberto. Não se deixar calcar. Ricochetear como uma bola quando se é lançado contra a mureta. Como Henri, o Pocket Rocket. Por quê? Por nada! Completamente gratuitamente. Por mau espírito. Por vantagem nenhuma, gratificação nenhuma. Porque a gente não é uma puta. Porque a gente é um pião, e não se pode manter na ponta sem girar. Porque ninguém me vai apanhar se me deixo tombar. Porque tudo o que é abandonado se suja.

É a dança da sobrevida. Quem salta um passo perde o compasso, é expulso de sua própria música. O café. Depois a toalete e quase nenhum desjejum, para permanecer vazio, aberto, para que o ar puro nos suba à cabeça, e ela nos pregue peças. Depois Walter. Sua caixa de correio estava abarrotada de fotos. Ele está submerso nelas, que se plantaram, se deitaram, rolaram na neve. São todas dela. Tirou-as com uma polaróide diante de seu armário de vidro. No verso de cada uma, pôs a hora. 9:25, sai do banho. 10:15, maquiou-se. 13:45, está vestida para sair. A maior parte, em que ela parece nua, foram tiradas no escuro com um flash insuficiente. Na última, em vez da hora, pôs a palavra FIM. Bri. B.A.Bri. Ele não se enganou. Jamais se arrependerá de tê-la amado.

Depois passo a passo, e jamais darei bastantes pois cada um possui você ao devolver-me o desejo de possuí-la, vou traçar mais um círculo em torno de você do qual não poderá escapar. Fechei cada um sob o signo de Barrabás. Barrabás como na Paixão.

Nada de Pope. Sua bitch Helenn, que ela substitui por sua vez quando ela se desregra... Ela fixa novamente os olhos no meu rosto, causando nele todos os estragos que pode, para me prevenir, que eu não vá imaginar que o que lhe andaram rosnando por trás das costas me dá qualquer direito a uma simpatia que não lhe inspiro... Eu o projeto e ela mo devolve?... Paranóia?... Não me surpreenderia. Doença dos ratos, sempre caçados, ameaçados. Quando minha mãe se foi, sem se despedir de mim, meu pai encontrou uma namoradinha, uma gorda na verdade, que decidiu que era ela quem estava na casa dela e não eu em minha casa. Minha linha de vida estava traçada. É em todo caso o que havíamos encontrado, Julien e eu, que passávamos nossos recreios a nos psicanalisar. O que não deixava de descorçoá-lo quanto à sua própria sorte, pois, de acordo com essa ciência em que nos tornáramos especialistas, ele se via "condenado", no que era idolatrado por sua mãe, a agradar, a conquistar, sempre ganhar, sempre triunfar. Ele quase me invejava. Ele era o bezerro de ouro, o bezerro no superlativo, e eu a ovelha negra, o rebelde, The Wild One, reencarnado com botões de acne... Jamais serei capaz de me explicar por que ele sempre, como se diz, me trouxe no coração. E se a gente não entendesse isso? Se estivesse fora de nosso alcance?... Em vez de minhas três cervejas usuais, Helenn me descarrega meia dúzia. Eu havia adivinhado afinal de contas. Ela não me liga a mínima.

"Você, quem é?..."

Fiz ver que ela me pedia a hora, e que eu não tinha relógio... Para satisfação de uma Tarazinha ulcerada, que comenta sem papas na língua.

"Elas são especializadas, as mariposas. No caríssimo e seletíssimo... Eu lhe contava que a doença, um câncer, terminal, me impedia de me dar, será que ela não poderia, e isso era urgente, tomar-se um pouco por mim, desempenhar meu papel em nossa noite de núpcias?... Ela soltou a língua: elas são uma dúzia e só andam a duas, de acordo com a cor do cabelo: uma morena e uma loira, ou uma ruiva... A menos que me enrolem por minha vez. Que me tenham visto vir e tenham decidido explorar-me a fundo..."

Ótimo. Isso resolve a questão. Ao que parece... Por outro lado, ela está feliz por ter posto uma bela de uma pulga atrás da orelha de Pope, que lhe perguntava a que se devia todo o seu interesse por Walter: "Lhe direi quando souber que é realmente ele o único a saber o que O.S.F. quer dizer." Ela não terá avançado nada, receio, e que sejam planos para que eu leve uma bastonada de beisebol na cara do degas. Não se sabe bem com quem se está lidando no bar O Cais... Essa mentalidade lhe causa inveja. Um dia ela virá surpreender-me ali. Com um aventalzinho que basta levantar um nada para mostrar tudo o que se tem. Como isso lhe levanta o moral e vejo Helenn decidir-se a ir à vida, descrevo-lhe a ação. O negócio dela é dobrar-se no nariz do cliente e depois, no momento de se revelar, ou logo após, ocultar-se jogando com as correias. Ela o faz cinco ou seis vezes, sem olhar, sem bisbilhotar, como um exercício de alongamento. Pope é mais hábil: ela o faz como se não soubesse como, como se fosse forçada, como se nos aproveitássemos de sua humilhação, como se devêssemos ter vergonha na cara... E isso não tem sobre mim qualquer efeito?... Com efeito!... Tenho um coração duro, ela acha. E isso a faz novamente dar risada, mas não tem nada a ver, não tem quase nunca nada a ver. Ela dá risada porque está contente e porque lhe dá vontade de dar risada o fato de estar contente, e não está especialmente contente, não está contente porque a contentaram, mas porque não a impediram de estar contente, porque é de sua natureza estar contente. Se ninguém a magoasse, seríamos sempre abeberados por sua boca um tanto inchada como se ela esperasse termos sede para explodir. Por isso a felicito. Bem outro é o seu veredicto.

"Uma boca para rir é uma boca para nada... Mas é bastante bom para mim se é bastante bom para você, que sempre sabe o que quero melhor do que eu, que sabe dar-me desejo sem o estragar, que sabe realmente me amimar..."

Ela não vai inventar também de se lixar para mim? Parece que não. Ela continua, faz estardalhaço em todo o quintal da corte. Eu sou o cara de sua vida!

"Está brincando!... É um testamento? Você sente sua última hora chegar?..."

Supersticiosa até a raiz do cabelo, chega a sentir calafrios nas costas: "É pôr mau-olhado isso, sabe? Você pôs mau-olhado em mim ali, sabe?" E ela não vai bater no pau! Que isso me sirva de lição! Se morrer, morrerá dizendo que a matei, que finalmente tomei a decisão... No mesmo instante, algum arrogante se impacienta: "Como é, vai largá-la?" Mal acabei de abrir a cortina e Julien me cai nos braços, desprendendo um calor que lhe desconheço. Ela tem razão: não sei o que sinto, mas isso se sente. A menos que eu só "realize" o que ela me contou. Entre outras loucuras que fazíamos arrancando-nos o fone, pergunto-me com ela como vou dar conta dele, ele não parece estar em seu estado normal. Quer saber o que ela me responde de tão cômico.

"Ele se pôs a suingar, ela diz. Ao lado de suas sapatrancas..."

Ele olha Helenn com insistência, preocupado com sua impressão sobre ela. Isso tampouco se lhe assemelha. Nem sua gordíssima gorjeta. O que ele tem bem que desconfio, mas eu não sabia que isso o dominava a tal ponto. Sente estar tresvariando, descolando da realidade... Diz-me isso numa carta que havia começado e que me faz ler após ter em vão procurado outras palavras em seu copo.

"Amo uma outra. É duro. Em todos os sentidos da palavra. O pior é que com a outra a gente se torna um outro permanecendo o mesmo, aquele que ama a mesma, temendo que ela reflita nossa verdadeira identidade, que só ela responda por ela, e perdê-la ao perdê-la. A gente se arranca de uma, se arranca de outra, elas se arrancam ao mesmo tempo, alternadamente. O mal em todos os sentidos da palavra... Ajeite-me isso, sim?..."

Não é simples, ele confessa, mas ele simplificou, é ainda mais complicado... Digo-lhe, com um certo prazer, o que ele quer ouvir.

"É asqueroso. Não mais complicado que isso."

Isso o alivia. Ele sacode mais um pouco minha carcaça, descontrai-se, vamos tomar um trago tranquilo, admirando a

paisagem... Depois veremos, isso talvez se tenha ajeitado por si só... Vê-se que ele não entrou muitas vezes nesse tipo de boate pela maneira como não sabe como olhar Helenn.
"*Hen*, isso leva um n, por que dois n?
— Porque nunca estou cheia.
— Puxa, a gente tem algo em comum.
Pouco interessada no interesse que ele tem por seu caso, ela já se foi. Bela igreja, ele me diz. Sabe os horários de visita?
"Desde quando você se interessa pelas igrejas?
— Quando se é piedoso, não é o melhor lugar para praticar suas devoções?
— Ora bolas, que história é essa? Você está conversando?..."
A verdade é que Toque está sempre com dançarinas eróticas na boca. Até contatou agências e fez valer sua formação, suas disposições. De brincadeira. E porque continua, como se nada fosse, a juntar coisas para lhe contar... Fez uma arte daquilo que passara a ser uma necessidade, com todo o tempo que deviam passar ao telefone. Até estudou e desenvolveu teorias sobre a palavra, a faculdade verdadeiramente superior da espécie, senão a mais rica em conexões nervosas, equipada para lhe proporcionar suas maiores satisfações. Eles se entendiam tão bem a esse respeito que ele fez disso sua profissão. O amor, o poder, é pela palavra que se obtém tudo o que conta. Que é que coroa os chefes de Estado e os demais bons ou maus donos do mundo? Discursos. E é sempre o seu, de qualquer forma, sempre sua voz nele, que continuará a governar sua vida.
"Brilhante. Você não vai acreditar. Ela tem o dom de deitar luz sobre tudo. Se algo me escapa, minha operação mental mais bem-sucedida é colocar-me em seu lugar, em sua maquinazinha de capiscar...

— Nisso ela não foi tão bem-sucedida, parece.

— Sim, mas eu não é a mesma coisa, eu sou ingrato..."

Ele me deita um longo olhar, estendido como uma tábua de salvação, a um afogado. Ou de um afogado a outro. É penetrante, os olhos de alguém de sua família, e profundo, todas as espécies de outros olhos confundem neles suas semelhanças e seus sinais, seus apelos. Ele tem os olhos da Mãe Françoise. Um tanto exorbitados. Um tanto demasiadamente vivos. De uma sensibilidade que tem o brilho da dureza... Não se chegará a nada com Helenn, ela não nos deixa absolutamente interessar-nos por seu caso. Melhor ir lanchar. Não quero levá-lo na Grega. Terei talvez de me haver com ela, e vou passar por um gângster ao volante do BMW, que está sob minha responsabilidade. Ele consumiu demais para o teste. Eu também, mas o que tenho eu a perder?

Vejo-o de longe. Vejo-o de costas silhuetar-se no halo dos faróis. Meio que invade meu lado do caminho, e não vai se afastar com as buzinadas, nem mesmo se virar. Desacelero. E ele me aparece... Cabeça descoberta apesar do gelo, tem os cabelos jogados para trás e transbordando em torno do colarinho forrado de um blusão puído, o "aviador" do caderno. É alto, ereto, demais: seu andar é contraído, por uma minerva dir-se-ia. Na manga, à americana, porta uma série de letras. Ofuscado pelo choque, não se consegue ler. Nem é preciso, sabe-se o que querem dizer. O.S.F.

"É ele!... Era ele!..."

Para Julien, que observou tudo bem friamente, isso não cola. De jeito nenhum. Era um homem ainda jovem. Quarentão. E o que ele tinha no braço se assemelhava mais a escudos de hóquei. Dava antes a impressão de ser um treinador tirado de uma estória de costumes e que se atirou à bebida, que o fazia caminhar tão rijo. E Walter teria tido lume no olho, nos teria olhado bem no rosto... Isso não me impressiona. Nada se pode medir, como verdade, pelas energias que gravaram em meu cérebro esse trem de imagens.

"E o que é que você conhece de nosso Walter?"

Tudo. Ela lhe conta tudo, de cabo a rabo. Ele me diz, mas supõe que eu saiba, que ela até empreendeu a esse respeito uma monografia de doutorado, na qual entende definir o "objeto literário", descobrir e analisar suas propriedades... Ela me disse isso, mas não é o que ela me disse...

No Batelão do Canal, ele me toma o cardápio das mãos. Pede para mim o que há de melhor. Um chateau. (Um chateaubriand sem briand, como entre iniciados.) Da mesma forma para o vinho. Outro chateau. Está satisfeito que minha sentença com Exa tenha sido purgada. Já que se deve comemorar, é isso que se vai comemorar. O que é então que me dava gana com essa doente? As palmas do martírio?

"Sabe que tive de repelir suas propostas?...

— Ela certamente estava biritada. Ou pirada. Em todo caso não era ela mesma.

— Sabe o que ela fez de você?

— Ela me matou, mas depois não tive do que me queixar, ela me atirou ao álcool e eu me conservei bem. Só me resta ainda desembaraçar-me do corpo. Ela tem bom coração, vai me dar uma mão com seu frappé-bord. Mas o Senhor é meu pastor nada me pode faltar..."

Ele gosta. A Tarazinha é igual. Ficam jucundas que as ataquemos e façamos delas gatas e sapatas, que pulemos em cima delas que só cachorros loucos com nossas patas imundas.

"O que conta fazer, fazemos de conta que acertamos as contas com ela?...

— Quem isso?...

— Quem você quiser. Tudo o que você quiser. Entende? Tudo o que você quiser. Tenho mais do que preciso, mas de que adianta se isso não pode servir, nem mesmo a você?... Você nunca me pediu nada, preferiria congelar numa fossa, sei, mas sou eu quem lhe peço: tenha necessidade de mim, diga-me o que lhe daria prazer enfim, e deixe que lho ofereça... Quer Toque?..."

A mesma tábua de salvação. Não estendida desta vez. Abaixada para me desentocar. Sinto que tenho toda minha roupa arrancada do lombo. Ele sabe, perfeitamente, como tenho medo de ficar ressentido, medo de tê-lo traído e de tê-lo querido.

"Quer pajeá-la por mim?... Pode fazer isso por mim?... Ou vai deixar que ela fique se corroendo enquanto o espera na escada?..."

— Você vai calar a boca?"

Minha máquina está sobrecarregada, já não pode processar tudo. Não vou mais escutar, enquanto não tiver compreendido sua linguagem, ou compreendido que ele não está brincando, que esta é sua verdade, nua e crua, como ele sempre a disse. Ele manda vir outro chateau. Neuf-du-Pape. Pede-me para chocarmos nossos copos: prometera-me uma viagem, uma verdadeira, vai honrar a palavra, a mim só me resta ser honrado. Não vai voltar à cidade, não teria aliás por quê. Toque saiu para uma pagodeira com sua associação de amigos de ratinhos, tem programa para a noite. Vamos pegar uma caixa de 24 de passagem, depois vamos nos emborrachar tranqüilamente, desesperando-nos de quando em quando, para sentir amor.

Tocava quando entramos. Atendo, desligam. Um controlezinho? Julien dá uma volta pela casa. Para se reconhecer. Há muito tempo, jogávamos cartas a quatro em torno da mesa onde nos vamos instalar com nossas munições, frente a frente. Ele acende um charuto comigo, para fazer como eu, não fuma mais, há "horas". Tão logo erguidos, dois canecos são emborcados, depois logo reenchidos. Começa a me dar prazer vê-lo. A gente se sorri, fixamente. Dois perfeitos débeis.

"Você quer Lupu? Prefeririria Lupu?"

Ele retira a foto. Da carteira. Uma loira. Uma tetéia. Como chovem tantas no outro mundo. Armada até os dentes. Rebentando de rir. De mim.

"Você a escolheu num catálogo?

— Nada disso. Não é uma criatura de sonho, algo que a gente se imagina. Ela tem seios, um cu de verdade, não de brinquedo. Quer me fazer filhotes.

— O que quer dizer isso?

— Que filhos você quer que uma criança tenha? De onde isso lhe sairia? Pela boca? Como um poema?... Em que estado?... Piedade pelos filhos criados pela metade..."

Ele me mete no bolo. Curto-circuitando correntes em fios desencapados, vem buscar no fundo de mim o filho do qual ninguém teve piedade e do qual ele já me predisse que eu mesmo lhe criaria um inferno procurando reconquistar sua mãe através de todas as megeras que ma lembrassem.

"Ela é ainda pior que você. Numa cama, é uma criança de oito anos. Impossível dar-lhe prazer. Assim que alguém a excita, ela entra em pânico, sempre tem medo de se abandonar, largar tudo... Quando meu ânimo pifou e nada mais se passou, ela deixou de lado, nada havia solicitado, a gente se amaria um pouco mais, como deveria, que bom seria... Eu a perdi, claro. Completamente... Mas com seu irmãozinho pego pela mão, ela não terá medo não. Você está bem posicionado

para sabê-lo... Você está simplesmente bem posicionado. Ela lhe fez um trono..."
Ele me agarra os braços através das garrafas, procurando ao menos transformar a tábua de salvação em passarela, em pontes de Vênus.
"Ela não é o que preciso, mas é o que tenho de melhor... Ajeite-me isso, sim? Que eu a guarde. Que seja você quem para mim a guarde. Que ninguém a enxovalhe..."
Ouvindo-o, receio bem mais por ele. É o que lhe digo. Isso lhe dá um certo frio na espinha. Leva-o a tratar de reacender o charuto.
"Que é que você quer, rapaz? As duas?...
— Pensando bem, feita como ela é, eu a mandaria tirar as minhas lixeiras, a sua Lupu. Acredita que poderia me arranjar isso?..."
Isso não irá por si só, ele me responde, após reflexão. Não há por que se torcer. A gente se torce igual. Sentíamos falta disso. Um clarão de faróis é lançado no pátio. Batem-se portões, malham-se os degraus da escadaria. Enquanto improviso uma faxina, Julien se arruma e vai abrir. A polícia, não sei por que penso na polícia, não fiz nada, sou inocente, não tenho absolutamente nada a me argüir...
"Helenn. Com uma companheira. Não sei o que elas querem com ele. Tenho para mim que é coisa boa..."
Vou ter com elas na entrada, onde o gato se insinuou entre as patas. De jeans e blusão de esqui, sem qualquer maquiagem, parecem colegiais, e não duvido mais de repente ser verdade que elas "juntam" para pagar aulas. Pope me anuncia, pespegando-me uma piscadela, que elas têm um "escore de bom bongo", como se lhes desse freqüentemente na veneta vir fumar após a faina. Elas me fazem beijocas levantando a pata

e tudo o mais, para bem se lançarem e assim continuarem. Pedem que lhes seja apresentado *Jeff* (como em "Mutt and Jeff"), que veio ajudá-las a se desembaraçar das roupas, tirar as botas e calçar meias de lã variegadas desemparelhadas.

"Olho vivo, garotas, ele tem mão de ferro..."

É verdade que ele é do tipo "vil metal", elas acham, nem uma migalha impressionadas. Ele acha nelas um leve tom de bom-tom também, depois mete o nariz no pequeno lote de erva delas, como conhecedor que não é, quanto eu saiba.

"Tenho coisa melhor do que isso em minhas calotas..."

Elas desbundam... Foi uma chacota. Bem fracota, acham.

"Sim, mas eu soube que caça por aqui passa."

Embora ele continue se perguntando, quando saio a esbravejar atrás do gato e ele vem comigo e vê que o táxi delas as espera: "É o quê, isso? A abundância?" Deito-lhe um pouco de poeira nos olhos: "Não, são as vacas magras, pegam duas para fazer uma."

Enquanto encho os canecos, elas se afainam enrolando baseados, cochichando-se coisas na orelha, para aperrear, assegurar um controle cerrado. Julien vai a mil, e essa sua maneira de expelir a fumaça como se fosse tabaco delicia a cumplicidade delas.

"Vocês parece que se amam muito. Se puxássemos as cortinas, vocês nos dariam um showzinho?"

Elas vão discutir o lance num canto, animadamente. Voltam segurando-se pela mão, parecendo concordar com os mais crassos caprichos.

"O.k., mas vocês começam primeiro..."

Pegaram-nos direitinho. Estão encantadas e tomam a peito aporrinhar-nos com isso, impelindo-nos a nos darmos um xoxo, só um xoxo, arregaçando as calças para nos mostrar as maravilhas de nossas panturrilhas. Põem nisso uma alegre vivacidade que aquece de imediato a atmosfera.

Puseram os Stones a todo o volume, arredaram os móveis, dançamos. Fazemos o possível, o que lhes proporciona ventura, com travessura, e temos o prazer, religioso, de vê-las flamejar: elas têm o diabo no couro.

Sentíamos falta de ar, abrimos. Elas começam a levantar ao mesmo tempo que nós a declinar. Caímos no chão, de barriga para cima. Para nos reanimar, elas enrolam mais uma erva. Fazem-me o serviço a domicílio. Sob a mesa, onde me fui refugiar. Elas se estendem, uma de cada lado, a salvo da corrente de ar. A gente se manda a fumaça nos olhos, nos buracos do nariz, tudo é hilário, de dar barrigadas. Julien se entedia a sós, oferece-nos uma cerveja, que nos derrama através do baseado sobressalente. Ele a acha bem boa. Elas, bem fracota. Investem sobre ele com vozeios, depois em direção à pia, onde desnudam desbragadamente os seios, e estão se enxugando ainda quando alguém futrica na porta. Mais visita. Depressa, a tranca. Pois se não é o motorista, que não agüenta mais, congelado ou asfixiado, sei quem é, eles têm as chaves.

Estavam passando por acaso... Baforadas de calor jorravam das janelas, com as cortinas, o pandemônio de bordel, os gritos de morte... Exa não teme por mim, mas por Ingato, que não se recuperaria e a quem ela vem libertar. Não acredita que isso já esteja feito, que ele já tenha abalado. O bizu tampouco, que começa a cornetear.

"Abra isso, meu cafajeste! Abra ou arrombo!..."

Durante toda a noitada, sem saber replicar, Julien suportou ataques à sua virilidade por demais triunfante. Tem finalmente por que vir às mãos. Eu ia agir, ele me repele, disso ele vai tratar... É abrir e enfrentar, sem hesitar, malgrado todo o peso que ele não tem.

"Sou eu seu cafajeste. Qual é seu problema?

— O que é que você pensa, meu cafajeste?

— Desinfete de minha frente ou sou eu quem o vai arrombar.

— Ah é? Desça. Lhe dou um minuto."

Descemos todos. Já estou de saco cheio com Exa. E de orelhas cheias. Ela vai tocar os tiras atrás de mim, e quantas coisas mais. Mas não ouço, presa de ansiedades por haver tramado o que acaba de repente nessa safadeza, em que são sacrificados meus elos com ela, tão sólidos ainda, tão vitais, presa do horror por ver massacrarem Julien, meu irmão, atraído a uma arapuca, não há acaso, pelas maquinações de meu orgulho doente. Solto-me e lanço-me entre os dois, que se medem ainda. Deixe-o para mim, ele é meu, este rolo é comigo!... Mas ele o quer, ele o quer, precisa dele!... Isso faz o bizu dar risada: "Cada um por sua vez!..." Aí ele ataca enfim, como Julien esperava. Contra um elance que ele desvia, atraca-se com ele para lhe tirar o impacto, depois baixa a ripa no corpo, com golpes baixos redobrados, como o vi fazer no hóquei. Se o outro se dobra antes de sufocá-lo, se larga a presa um segundo, desanca-lhe murros no queixo, de baixo para cima... Pronto, estalou e as mulheres gritaram. O bizu escorrega e torce um punho ao se receber em cima. Exa precipita-se em seu socorro e dá um basta no combate cuspindo-me seu desprezo. Sem peso. Respiro. Bem pior poderia ter sido. Julien estava enfurecido. Punha nisso todo o seu ímpeto quebrado. Ali poderia ter finado.

"Ei rapazes, era o quê, isso aí?"

As garotas fazem a maior gozação, elas andam pelo taxímetro, como o motorista delas para o qual também se lixam.

Brincam de se boxear tratando-se de cafajestes e cumulando-nos de ruídos de beijinhos, como a dois veadinhos, porque pincelo as esfoladuras de Julien nas junturas. Entre outra cerveja e outro baseado, para me esbodegar, subo o andar e dou uma olhada clandestina em minha furiosa. Ela é mandada lamber sabão por seu bizu, que sangra e a quem sua solicitude causa irritação: "Tem nada aí!..." Depois lá está ela de novo que escorregou ao comprido para debaixo do táxi, onde localizou seu gato, que ela extrai na marra. Sabe onde está seu bem. Tudo está ali.

 Julien sonha com sua Lupu e toda a sua lanugem diante da tevê, que ele ligou, onde só se vê nevar. Será isso o amor? Será que isso é de fato sério? Ele, que se acha tão cabreiro, pareceria bem mais cabreiro, acho, abocanhando essas garotas já tão deliciosas estiradas no meu divã, que se desopilam com nossas caras enquanto cochilam. Seus seios parecem tão bem-comportados enterrados sob os tricôs, escamoteados, a gente pensa que são verdadeiros que elas puseram para nos dar prazer, tão sensíveis ao toque que são tocantes... A menos que a Tarazinha tenha conchavado tudo, até o menor detalhe, sem olhar à despesa. Faço sinal a Helenn que tenho a ver com ela. Ela sacode Pope que sai feito mosca-morta fechando atrás de si a porta.

 "Do que é que você gosta?"

 Ela quer dizer o que quero que ela me faça.

 "As histórias... Conte-me uma história. Fale-me do velho..."

 Ela entendeu de imediato o brete. Reflete. Vai, ou não vai, contar-me qualquer coisa. Tem opção e é malina.

 "Dele não resta nada mais. Quase nada mais. Arrasta-se. Espera sua hora, com os olhos revirados para ir ver alhures se ficou por lá... É como um pai para você, é isso?... Ou isso faz parte da história?...

— Na minha história, ele tinha largado Bri, estava começando alguma coisa com você...

— Que coisa? Ele nunca diz a mesma coisa. Fabula. Desvaira.

— Ele não vinha vê-la dançar no bar O Cais...?"

Vinha amargar-se por ela. Tinha coração sensível e isso o deixava com ele na mão por ela. Chegou a quebrar a cara por ela, quase a quebrar a cabeça. Queria morrer por ela, mas seu "corpo" estava tomado, tinha-o penhorado à sua velha. Mas fora frouxo uma vez e podia trair novamente, se ela fizesse um esforçozinho...

"Por que morrer?... Você o fazia sofrer?..."

Uma noite em que ele bulia nos sentimentos dela dessa maneira, ela se saturou. Apesar de seu estado, de seu grilhão, apesar do pudor entre eles, da repugnância filial, ela se oferece a ele, ele fracassa, despeita-se com ela, de morte. Arranca-lhe o anel que a fazia trazer ao pescoço, que lhe dera como sua alma ao diabo, e o passa ao seu próprio dedo.

Ela não se dá conta. Ou embrulha um conto.

"Pelo jeito, você pulha, como se contasse uma história.

— Não foi o que você me pediu?... Para abrir meu coração, são outros quinhentos."

Façamos jogo limpo, a gente vai ver. Tiro minha fotocópia do caderno, ponho-a nos seus joelhos, resumindo-lhe as peripécias. Ela se instala em cima para se enrolar mais um.

"Conheço, ele me leu pedaços. Por pouco não o herdei. Ele tinha vindo apanhar-me de táxi para me fazer suas últimas despedidas, pois são sempre suas últimas despedidas... Eu não quis saber. Ele podia ficar com eles, seus presentes, o que o eximiria de retomá-los... Virou cobra, baixou o vidro, jogou-o no cenário... Rodamos a noite inteira. Ouvindo clicar o velocímetro em suas últimas milhas, pois são sempre suas últimas milhas...

— Isso sai sempre tão caro para ele, você abrir o coração?

— Não é ele quem paga. É ela. Ele, por sua vez, pagou na guerra. Não deve mais nada. Segundo ela. E quando ela, por sua vez, diz algo, ele o pensa.

— Você fuma feito uma chaminé."

Ele também. Tomou gosto com ela. Isso o faz falar, se relaxar, bem que estava precisando. Mas tem sempre seu pesadelo que lhe volta. De pancada, em pleno dia, pá, isso o sacode, como uma bofetada. A caguira que lhe deu. O cagaço em outras palavras. *"What have we got here, Overseas Forces or Old Shitfaces?..."* Eles desembarcaram primeiro, com Tony. Tony seu melhor. Tony the Turtle, ele o chamara. Como é possível que ele corresse tão depressa em Sorrento, como é possível que ele corresse na frente com suas patinhas, e ele atrás?... Como é possível que tenha sido ele quem foi ceifado quando isso se pôs a cuspir?... Ele o deixou cair!... Tombar cheio de buracos em seu lugar!... Depois ele recomeça a berrar, a estertorar. Ele cavou rios em seu rosto de tanto chorar por Tony...

Old Shitface. Velho cagão?... Curioso. Sempre acreditei que o sentido da expressão fosse bêbedo de cair, beberrão crasso... Mas para um soldado de 43 isso dava quase no mesmo, em tudo o que há de mais asqueroso.

"Tudo bem?... Isso o excita?..."

Ela tem veleidades de ganhar honestamente sua grana. Eu as reprimo. Ela vai ver se Pope acabou... Julien cedeu-lhe a poltrona inclinando-a para lhe fazer uma cama melhor. Dormem de punhos cerrados, ele sobre um coxim, no chão. Ela não vai perturbá-los. Batendo nas vidraças, preocupa-se finalmente com o táxi, que despede.

"Onde me meto?"

O divã não se converte, mas o encosto se rebaixa. O problema é encontrar a pequena alavanca. A dois sem dúvida conseguiremos.

"Fico com minhas roupas de baixo?

— O que quer que eu faça com elas?..."

Deve-se fazê-la pagar um pouco por seus pequenos sarcasmos. Ela fica sentada na beirada, com suas veleidades que a retomam, expressas por uma comichão nas costas, onde não consegue se coçar. Eu poderia salvar a honra de Lavaltrie, mas sou bem pouco tentado. Ao primeiro sinal de boa vontade, sinto, ela vai abrir sua sacolinha, que não a deixou, e apresentar-me uma seleção de impermeáveis. Sem contar que ela se estrompou pelas necessidades do ofício e que isso me inspira tanto, digamos, quanto um jardim asfaltado como estacionamento. Em última instância, ao diabo seu precioso sono, ela quer ir me buscar Pope, que é mais meiga (mais *smooth*, ela diz). De uma vez por todas, lhe digo, isso não é sangria desatada.

"Você tem algum problema?..."

Em que isso pode afetá-la?... A ela, em nada. Mas conhece uma que parece bem interessada... E me lança um olhar de gato escondido com o rabo de fora...

"A gente vai parecer finórias, não aconteceu nada. A menos que a gente se acerte com você... A gente vai pôr quanto você quiser... Não se pode desapontá-la muito, ela queria com tanto afinco... Que isso se fizesse e que a gente a fizesse entrar nos detalhes...

— O que ela quer saber, você acha?
— Se você a ama realmente... Com todos os meios que tem..."
Nada mais a retinha por aqui. Ela caiu ferrada no sono.

Quando Pope veio despertar sua bitch de mansinho, e elas chamaram de volta o táxi e partiram, imaculadas (como se diz, infinitamente cafonamente), eu ainda não dormia, procurava juntar meus cacos, que voavam em todas as direções, que não sabiam mais onde se jogar com todas essas paredes que se levantavam ao mesmo tempo, que me bloqueavam até as mínimas tocas: os olhos de uma garçonete onde eu não seria mais reconhecido com minha máscara arrancada, um canto num bar onde eu me havia eliminado, como um objeto consumido, um dado processado... Elas se iam bem no mau momento. Eu deixara meu estado segundo embaralhar a identidade de um corpo em que meu pé ao se perder descobrira uma praia cuja extensão se propagava ainda quando compreendi que esse movimento a carregava, que a mão que eu levava a ela não captaria nem reteria seu calor, que era tarde demais, que não haveria outra vez...

Acordei com Julien, quando ele puxou o cobertor para si. Todos os radiadores funcionam exceto o meu: ele tem uma coisa como se diz. Mas não faço o mínimo caso. Tomo-o como ele é. Azar dele.

"É só isso que você faz com elas, um bate-papo?..."

Vamos regalar-nos. Fazemos ovos com bacon. Mal se levantou, foi ter com sua Lupu na cama. Tapei as orelhas.

"Droga, sexo, rock'n'roll!... Uma orgia!... *É' n' acredit!...*"

Ele deixou o telefone ligado, para fazê-la cheirar o bom café, as boas torradas, e fazê-la gozar de nossa companhia, ainda que eu tenha recusado "dar-lhe uma palavrinha". Só tenho as de baixo calão, mandei-lhe dizer, o que teve a fortuna de diverti-la.

"Assim que ele me afana todas as minhas conquistas."

Eles já têm sua própria maneira, marota como o diabo, de se despedir. Faça-me beicinho, ele lhe diz. Lhe faço forte forte, ela lhe responde. Será que ela lhe faz realmente beicinho na outra ponta? Será que chega até lá? Felizes como parecem, isso não me espantaria.

Cada vez mais fracotas, suas chacotas, na certa... Todo o tempo que eles se empanturravam com elas por toda parte, eu a imaginava, a pobre criança de oito anos, ameaçada, expulsada, forçada como um passarinho demasiado pequeninho a levantar vôo do alto de sua sacada... Que é que você está inventando, a gente não tinha combinado que se esperaria?

"Vocês são nojentos..."

(Morrinhas é a palavra que eu procurava. Dois verdadeiros morrinhas. Que sapam e que solapam.) Ele concorda. À sua maneira.

"Justamente. Não é fácil. A gente se dá as mãos..."

Antes de sair, pelas onze horas, a hora delas, ele telefona para casa. Não atendem.

"Os ratinhos passaram a noite em branco, dá a impressão.

— Isso não o preocupa?

— Por quê? Ela não está em boas mãos?..."

As minhas, ele quer dizer, que ele me toma e aperta: "A gente conta estar por cima, não por baixo!..." Como no colégio. Mesmo que ele já não acredite nada disso... Mesmo que eu esteja morto para ele... Mas é preciso amá-las assim mesmo, isso lhes dá tanto prazer, deixa seus olhos tão luminosos.

Ponho um pouco de ordem ligando a cada quarto de hora. Ela também não me atende. Depois ponho fim a tais transgressões: para que o milagre opere, deve-se atravessar toda a cerimônia. Primeiramente uma "Remessa" de Walter para Santa Helena, onde não entendo tudo, não por ser demasiado destrambelhada, mas por ser poesia de verdade, que está acima de mim, como deve ser. Nem parece rimar com as propostas da interessada.

Napoleão morreu
mas isso ainda não basta
vai morrer novamente
nisso ele tomou gosto
e vai recomeçar
todas as santas vezes
que não tiver contado
a putinha que ela é
saltando-lhe ao pescoço
para o beijar

É o início. É depois que isso se complica. Ela vai depená-lo, e a Too Much através dele, como ele merece, e concorda como velho catingante suplicante que ela fez dele, inválido, impotente, condenado à coragem que ainda lhe ia faltar.

Dou minha volta a contragosto. Isso não me tenta. Só estugo o passo para me encontrar o mais depressa possível instalado na Choperia, com meu chope, com minhas notícias de segunda mão, com ela... Mal sentei, me assobiam na caixa. Um trotista.

"É você Air Italia?... Uma mensagem para você. Uma mulher!"

Um número. Recheado de seis que me dão uma estranha impressão. Mas não é nem seis em um nem um em seis, é um por vez. Uma voz de homem que embora não tenha nada na boca parece saboreá-lo. Classe. Ele não entende. Pede que eu repita. Por favor?...

"Não há nenhuma Tortazinha aqui."

Não tenho tempo para festejar. O fone é retomado, trocado de mãos. Já reconheço seu sopro, ofegante.

"Sim, há uma Tortazinha aqui. Há uma Tortazinha aqui, uma lá, uma onde for preciso para você. E você pode fazer gato e sapato de mim, até mesmo nada dela se é só isso que quer. Nada poderá mudar isso. Nada nem ninguém... Está ouvindo?"

Ela se pôs a ciciar. Para se camuflar. Ou me camuflar. Ou para que isso me acaricie, para que sua própria crueldade me acaricie.

"Não consigo lhe falar. Isso vem tão de repente, tão potente, estou completamente azaranzada, pegue-me pela mão, segure-me bem... E reze por mim, dê graças comigo, é só o que lhe digo!..."

Junto meus bichinhos. Meu bichinho. Eu obstáculo abolido. Que ela abolia. Não tenho mais nada a fazer aqui, nem mesmo aqui.

Desfaço o que fiz de minha volta percorrendo-a ao avesso. Conheço bem os abrolhos em que encontrei o caderno, sempre os saudei ao passar. Lanço-lhes com todo o elã do braço minha fotocópia. Não é realmente isso, mas é sempre isso.

Buzinava. Não arredei o pé, depois isso me irritou e continuei a andar. Quis arremeter sobre mim e perdeu o controle evitando-me no último momento. Um carrão preto derrapava de través e mergulhava com o nariz na valeta. O Buick da noite passada.

"Eu queria matá-lo!... Sabe?..."

Exa grita, prenhe de outros gritos que ela se retém de soltar e que a sacodem toda.

"Matar-me a mim?... Desde quando a gente mata aqueles que a gente ama?...

— Você?... Você?... Amar você?..."

Esgoelando tão alto quanto ela, aproximo-me a fim de me apoiar no pára-choque, e tentar tirá-la de lá.

"Eu a amo, sim!..."

Ela sabia que era cascata. Virou a cabeça e esperou que eu desaparecesse com meu rosto de duas caras e minhas figuras de estilo.

"Caia fora daqui! Vou me virar sozinha!"

Nenhuma confiança mais.

Não me enganei. Meu mau pressentimento foi bom.

Como ela não estava acompanhada no baile dos ratinhos, apresentaram-lhe este cavalheiro. Garrido demais, sexy demais para não ser caro demais, ele lhe deu a impressão de um gigolô, e no estado em que a punha o papel que eu representava em seu cinema perverso, ele logo se assimilou ao desejo de Pope que ela tinha de minha parte, em meu lugar. Ela se emocionara cada vez mais com a idéia de fazê-lo ao mesmo tempo que eu, com quem quer que fosse. Decidiu que seria com ele. Ele é músico. Pianista. Cresceu na península de Sorrento. Era pirralho quando os G.I.s desembarcaram em 43. Conheceu os canadenses da companhia C, ítalos na maioria. Tratavam-se entre si de Old Shitface, e era visível que com isso se haviam empanturrado... O destino atingia minha Tarazinha em cheio na cara, mas isso não é o pior. Ele iria atingi-la em cheio no coração. Ela lhe dava uma noite em seu hotel, e ele foi buscar tudo, tomou tudo. Ela não o conhecia e ele sabia tudo dela. Ela acredita amá-lo, acredita com todas as suas forças. E com todas as minhas também, deve ser, é uma questão de vida ou de morte. Se ela não me tiver na linha como sempre me teve, até no momento em que ele lha fazia perder, em que e, e, ele a possuía fazendo ir pelos ares todas as suas referências, ela estará no mato sem cachorro, não terá mais nome, nem alma, estará desconectada, vai me ligar de Filadélfia, onde o vai encontrar em turnê... Sua voz treme um pouco. Menos por ela que por mim, quero crer... Mas nada teme. Ela ficaria tão feliz que isso me deixasse feliz, é tanto o pouco que falta à sua felicidade, o cúmulo que têm as medidas realmente cheias, não se lhe pode recusar isso, seria demasiado mofino e repugnante, a gente suportaria ainda menos estragar sua felicidade do que não lha ter dado.

"Abençoe-me, cara.

— Com uma águinha de barrela quem sabe?

— Até com seu cuspe, se quiser... Você jamais me beijou. Beije-me."

O que isso quer dizer ainda?

A gente achou como vai driblar essa. Facilmente... A gente fez facilmente a caranga pegar e subiu facilmente à vila, à Rosa de Prata. O cartaz ainda estava pendurado, oferecendo emprego. Foi pegá-lo e como que jogá-lo fora nas barbas da Grega, assaz orgulhosa de sua pessoa.

"Eu sou o seu homem.

— Momentinho!..."

Uma megera, ao que parece.

FIM

POSFÁCIO
O passe de mágica
Michel Peterson

De sob as filifolhas e as belas filhas do Brasil tenho a perspectiva do Quebec? Pergunta de poeta..., a qual implica uma leitura que ponha as palavras à prova da goela (Flaubert *dixit*). Talvez seja até, quem sabe?, *caminhando* que se deve ler *Baixo calão*, um texto com andamentos rimbaldianos, como sugere o poeta quebequense Renaud Longchamps..., Sócrates e Jean-Jacques unir-se-ão a nós. E aí, a outra metade da humanidade?

Mergulhemos, pois! Eis o nono romance de um escritor que faz parte dos clássicos quebequenses e que possui em sua província, como na França, a estatura de um mito. Por quê? Será porque ele é ensinado tanto em nível pré-universitário quanto na universidade? Será pelo tamanho e pela língua da obra que compreende, além de seus romances, importantes peças de teatro, dois roteiros de filmes, sem contar as letras engajadas de canções de Robert Charlebois, cantor-farol da geração dos anos 1970? Não! Ou antes, em parte, em pequeníssima parte, em minúscula parte...

O mito vem de alhures... e encarna bem um dos aspectos mais perturbadores da história social e política do Quebec. Com efeito, que povo disse não à sua independência política???

Há aí uma espécie de incrível silêncio, de *black-out* memorial, de inquietante expectativa, estranho esquecimento das possibilidades da crioulidade norte-americana. Um medo também, um medo absoluto que se encarna hoje organicamente numa das mais baixas taxas de natalidade do mundo, um número anual estarrecedor de abortos e de suicídios entre jovens e idosos. Um medo paralisante: no Quebec, toneladas de belas garotas e de lindos garotos não se encontram porque há ali como um Estado impossível, uma impossibilidade da passagem ao ato, de endossamento do que é dito, que resulta num escolho inaudito quando chega o tempo de colocar a necessidade da masculinidade para que o vivente e o simbólico existam e forneçam as condições de uma sociedade. Verifica-se então um abismar-se numa estadunidização propriamente estupeficante, numa não-procriação que confina com o suicídio coletivo. Belo quadro de uma bela província.

No entanto, nas canções que escreve para Charlebois, Ducharme berra sem cessar a urgência de mudar a vida, de *mexer* a realidade. Não adianta a um povo ter sido conquistado, de nada serve deixar roncar o motor da exploração e soçobrar na esquizofrenia. É preciso engajar-se, partir para cá, modificar a mandada do político, sonhar, agir, sair enfim da insônia, recusar a queda e a mordaça. É por isso que a escritura de Ducharme está longe de apregoar, como se pôde escrever *ad nauseam*, "uma utópica regressão ao mundo da infância" e um malogro generalizado. A meu ver, ela joga antes com as primeiras idades da vida, a fim de tirar delas o vigor revolucionário, e isso sem jamais negar a pulsão de morte que nos habita. Não há somente desespero e morrer no autor de *Baixo calão*; há primeiramente e antes de mais nada, mas perceptíveis no nível das raízes fervilhantes, dos rizomas trêfegos, um universo seminal, uma língua vesicular, uma semiologia espermática e especular. Algo bem adulto, ora! Uma obra, ao encontro de e de encontro a tudo! Uma seqüência de atos poéticos, que aumentam o mundo.

Volvamos por agora ao choque inicial, ao infantasmamento do fantasma. Em 1966, vem à luz em Paris, na coleção branca das edições Gallimard, *L'avalée des avalés*, defendido por Raymond Queneau, Jean-Marie Le Clézio e Armand Salacrou. Pierre Tisseyre, do Círculo do Livro da França, acabava de recusar *L'Océantume* (romance que será publicado em 1968[1]), porque o manuscrito era ilegível, sobrecarregado de rasuras. Como seria infantil apupar o editor caprichoso..., ainda mais que estamos diante de uma obra que justamente as privilegia, essas crianças..., e que, brincadeira à parte — aqui, quase em aparte —, o charme de Ducharme, rei da Coisa, consiste justamente em forçar a língua, suas zonas e camadas de sombra. Uma vez questionada a recusa, constata-se que ela encerra uma parte maldita, oculta, uma dimensão visionária e quiçá até um apelo, um gesto em direção do umbigo da obra tal como ela se desdobra a partir daí. Por que se procede justamente em *Baixo calão* à leitura de um manuscrito ilegível, como se este parecesse escrito em uma outra língua, encalhada, desaparecida? Resposta ao editor? Está brincando! Impossível para mim não lembrar aqui, quase em aparte, o livro recentemente tecido pelo artista húngaro Simon Hantaï — outro *desaparecente* que não se expõe mais desde o início dos anos 1980 — com Jacques Derrida e Jean-Luc Nancy, e do qual sobreimponho aqui a *Baixo calão* o título: *La con-*

---

[1]. Ver a bibliografia das obras de Ducharme no fim desta apresentação.

naissance des textes. Lecture d'un manuscrit — Correspondances (Paris: Galilée, 2001). Para mim, as mãos deles — Ducharme, Hantaï, Derrida, Nancy e *tutti quanti*... — se tocam para diferirem num imenso palimpsesto, cósmico, cujas provas, colecionadas, formariam uma ampla cadeia humana de blocos mágicos. *Baixo calão, ou o conhecimento dos sexos.*

Volta ao legível. Dirigindo-me aos leitores brasileiros, sinto-me de qualquer forma obrigado a dizer duas palavras sobre o francês de Ducharme, para que se ouça sua língua através do português.

Pergunta: O que carregam então esses *gros mots* ("palavras de baixo calão"), de que figuram eles o hímen inconsumido? *Gros, grosse* [gro, gros], adj. adv. e s. — 1080; lat. imp. *grossus.* Isso tem evidentemente algo a ver com o tamanho do livro, o qual indica um lugar de desenterramento, e mesmo de reciclagem. Vasculhemos e engrossemos o grão: Littré "precisa" que *grossus* se encontra na latinidade inferior. E, além da circunferência, o volume, a grandeza relativa, a inchação, a espessura, a força, a quantidade, o açougue, algo da ordem da gravidade, da produção, da reprodução, da sexualidade, do cu, se apresenta sem cessar através da *grosseur* [grandeza/tamanho/grossura] deste texto de *mots* [palavras]. Basta pôr os óculos e ler. Um escritor se encerra grávido de suas palavras. Tem sexo neste romance? Sim, senhora, e a gente não se encafifa!

Em francês, *gros mots* são sobretudo blasfêmias, grosserias, licenciosidades, e até obscenidades. De pegar com uma pinça, de juntar como velhas meias sujas. Uma língua impura urde-se aqui, elíptica, jogo de passa-anel em que os personagens, pelo sistema generalizado de doação que preexiste às suas relações, elaboram, por vezes a contragosto, um espaço metonímico que serve de quadro para a complexa e progressiva articulação de um elo metafórico. Ver-se-á a língua correr múltiplas vezes, suntuosa, tortuosa, gozosa. Sem me deter neste ponto doloroso e delicado, mas riquíssimo de elos, direi simplesmente — isso será dito! — que essa língua, mesmo e sobretudo quando ela toma os idiomatismos ao pé da letra — constitui o lugar de uma guerrilha contra tudo aquilo que não chega a encarar a libertação como uma saída. Ao ler Ducharme, parece-me por vezes estar ouvindo Lobão, esse mesmo pessimismo individual e social levado a um nível de incandescência que iça à altura de espanto, de fascinação, todas as miragens da vida.

Se Réjean Ducharme fornece um mito tão potente ao fetichismo do naufrágio, isso é, no meu entender, porque o Quebec esqueceu o desejo, recalcou a desterritorialização da língua. Vários morreram disso, ou soçobraram, da letra. Leio aí um sintoma da forclusão quebequense da soberania hoje silenciada pela geração que com ela se deleitava. Pois reina neste país incerto um tal interdito sobre o prazer que o texto e sua letra não parecem chegar a encontrar o domínio do desejo que eles poderiam ordenar, abrindo assim ao mesmo tempo a possibilidade de limitar o gozo sem proscrever o desejo. *Baixo calão*, nessa perspectiva, mais que qualquer outro romance de Ducharme, questiona de maneira radical a lei quebequense.

Será então realmente de surpreender que ele mantenha um mutismo irônico, ou severo, ou irresponsável aos olhos da História, de acordo com as interpretações, já que não concedeu nos últimos cerca de quarenta anos senão algumas raras entrevistas? Talvez me achem um tanto simplório, mas penso que essa atitude demonstra uma sabedoria desejável numa época em que a ausência de ideais quebequenses vem redobrar a ditadura da mídia, da qual participa de maneira muitas vezes complacente e narcísica mais de um literato. Se ele coloca, como é certo, um canal crítico entre o homem e o mundo — *brechtiano*, arriscaria eu dizer —, o silêncio de Ducharme só é temível para os críticos e a galera.

Ducharme é fértil! Sinta e permaneça atento aos ritmos das palavras que logo surgirão. Você experimentará assim a que ponto, como a maioria dos personagens de Ducharme, Johnny, o narrador de *Baixo calão*, é particularmente atento ao menor movimento de seu pensamento e daqueles com os quais ele se abisma na friúra de uma existência que só aparentemente está perdida, pois as palavras, se não salvam, fazem existir, senão a totalidade do ser, pelo menos algo dele, de sua atualidade, de sua temporalidade na linguagem. Da verdade. Se ele está sozinho, está sozinho apenas pela relação que as palavras o obrigam a tecer com os outros: "Será que somos todos iguais, que podemos tão mal nos suportar, que só esperamos uma oportunidade para nos jogar. Dentro de algum outro se possível? Será que a salvação é o outro, como não dizia o outro?" (p. 54). Impossível viver sem se comunicar, viver apesar de ser isso necessário a qualquer preço. As quatro paredes do autismo não passam aqui de um fantasma portador de esperanças enganosas. Na verdade, especula-se muito em Ducharme, especula-se como se imagina, como se imagina que o mundo poderia ser. Não há apenas recusa: através do sofrimento, não se acaba nunca de construir o elo, de regular as relações com os outros, com o Outro.

Quanto mais se avança em *Baixo calão*, mais nos perguntamos: o que querem os personagens, querem-se eles ou não se querem? Tradução: de onde vêm os filhos e seus duplos? Há o narrador, o denominado Johnny, desejado por Exa Torrent, um rio de mulher. Há também a Tarazinha, mestre em letras, e um tanto puta nas beiradas, que deseja algo, dentro do qual ele. Acontece que essa Tarazinha, verdadeira "obra de arte", é a esposa do irmão adotivo de Johnny, Julien, seu duplo. E acontece que Johnny tem relações, como se diz, com a esposa desse duplo. E que ele não desdenha a pequena Pope, charmosa dançarina *topless*.

Johnny e Exa? A Tarazinha e Julien? Sim, um quarteto humano, demasiadamente humano. No entanto, nada será jamais fixo, nenhuma relação, nenhuma sensação, nenhuma emoção será *estabelecida* para valer. Os termos não cessarão de se permutar, reforçando uma dinâmica manifestamente sadomasoquista. Como não ouvir, incrustado no cerne desses amores irônicos e mórbidos, no nome de Johnny (Réjean...), o eco da marota canção de Boris Vian ("*Fais-moi mal, Johnny*") e o título de uma das célebres peças — *Irei cuspir nos vossos túmulos* — do autor francês, que é, alhures, deformado por Ducharme pelo viés de uma tatuagem: *Make U S*pite on my stone. Ora, pois, cuspa ou morra, dá no mesmo.

Ducharme domina indubitavelmente os processos literários: *mises-en-abîme*, citações, plágios, cópias, gravações, alusões, pastichos, rodeios, vôos, mistificações, ironia, autoironia, paródia, autoparódia, criptografia, onomatopéias sintáticas, elipses, aliterações, e assim por diante. Alegremente mobilizada, a função poética encontra com que gozar até o absurdo na noite do Lobão. Puro Beckett!

Quem se lançasse num quadro clínico dos personagens de *Baixo calão* — bem como do conjunto dos personagens que povoam o universo ducharmiano — dar-se-ia conta sem tardar de que cada qual responde a um conjunto de signos que permite estabelecer bastante facilmente diagnósticos de depressão ou de melancolia, ver-se-ia desenharem-se figuras de histéricos, de obsessivos, de paranóicos, e sei eu lá o que mais? Ah sim, um clima de incesto generalizado, que se repercute em perigosos conflitos de casais e uma rivalidade letal entre os indivíduos, agônica até. Em suma, a eterna dialética amor/ódio que sobe, sobe, sobe para, repentinamente, um homem ouvir na noite a força do olhar: "Sozinha minha, o teu gesto que desaba / Grita quase lágrima, rima quase lágrima / Esquece os teus olhos em mim / Sem tentar dizer." De que adianta teorizar, traçar os mais eruditos quadrados semióticos, detectar a metalógica dos discursos encastrados, observar os intertextos mais sutis ou acossar os parentescos espirituais. Procurou-se até, mui inabilmente e invocando presunçosamente fundamento em Nietzsche, extrair uma moral da obra de Ducharme, o que deu margem a gravíssimos mal-entendidos. Ora, *Baixo calão* é antes de mais nada um romance tecido bem perto da vida, um romance de emoções, orgonômico, como se a mão escritural arrancasse os signos das próprias fibras da energia vital da existência.

Refúgio dos seres vítimas das feridas do tempo, pois do amor-paixão ao amor-posse, todos os jogos de máscara se revelam, se confiam, como se o pano do teatro, véu do sexo, não acabasse mais de abrir a topografia dos abismos. Johnny, por sua vez, retoma a leitura de Proust, a *Busca* do mestre francês das catedrais de pedras marinhas que duplica como que em côncavo a sua própria. ["Nem sempre me dou um tempo. Voltei a vasculhar sob os escombros, onde eu desaninhara todos aqueles velhos Proust em papel que não dobra sem quebrar e que se pôs novamente a recender o bom cheiro da floresta de onde saiu. Pus a mão no *Tempo redescoberto* e salvei alguns Livros de Bolso, como lembrança."] Saberá ele que o paratexto do romance, quando de sua publicação, em 1999, não deixará pairar a mínima dúvida quanto às suas orientações? Quer se trate da tira-anúncio da edição francesa, de conotação claramente sexual — "um besouro sobre um cardo" —, quer da "dança da morte" que o une a Pope no texto da quarta capa, Proust será claríssimamente convocado. No próprio momento em que, já no início do romance, Johnny encontra o manuscrito de Walter, está ali o besouro, cujo apetite lhe nutre o olhar. E eis, algumas páginas adiante, o evocador inseto gozando na prateleira vazia de sua biblioteca (p. 35). Melhor ainda, não é ele que, no fim do texto, *define* Walter? Saído diretamente de *Sodoma e Gomorra*, o besouro, com seu corpo pesado e veloso, sobredetermina com toda certeza o jogo entre o desejo e a morte que se infiltra em cada linha de *Baixo calão*. Perpétuo balé, inevitáveis romagens, passagens... Walter, Johnny, Julien, Bri, Exa, a Tarazinha, Pope, Helenn, Lupu... Do manuscrito reencontrado do mar morto, a assinatura de Alter, cujo nome jamais será pronunciado. O pudor encarnado: ele rubrica *your O.S.F.* e se dirige à sua *dear S.F.A., Sweet Fuck-All*. Realmente too much!

A pluralidade dos personagens não é, pois, apenas interior, estes não se assemelham apenas a bonecas russas. Ela se desdobra também nas ostentações de superfícies, na resistência de rizomas, falhas na rocha da identidade humana. Cada personagem de Ducharme é na realidade sempre já vários, o que certos diretores de teatro compreenderam intuitivamente melhor do que a maioria dos críticos. Cada texto de Ducharme comporta essa dimensão caleidoscópica em que tudo é retomado. Para ele, o texto é tudo o que existe, e o mundo é determinado pela totalidade dos fatos, totalidade que determina o que acontece e também tudo o que não acontece. Um personagem não é uma coisa ou um ser de papel, ele é um significante, um fato, e por isso ele é sempre pelo menos dois, quanto mais não fosse porque ele se empenha em decifrar um manuscrito que macaqueia seu corpo ou em ler um dos grandes textos da literatura ocidental ou da literatura quebequense. Nesses acontecimentos de leitura, bem como em qualquer outro acontecimento que se lerá em *Baixo calão*, sentir-se-á menos uma espécie de dissolução do sentido ou de náusea sartriana do que a dissolução do mundo em fatos, do que seu esvaziamento topológico, sendo aquilo que acontece, o fato, o significante, a existência de estados de coisas. Tudo é, por conseguinte, cuidadosamente encenado por Johnny. Silêncio, rodando! Calem o bico! Há coisas das quais não se pode falar, façamo-las então. Por exemplo, o amor. E a falta que ele requer indubitavelmente. Sim, se a gente falar, será assumindo que a palavra diz algo, o distanciamento, a divisão, que vale a pena falar. Silêncio, bosta! A gente brinca de rodar aqui! Eis os quatro personagens em busca de personagens, isto é, de fatos. O autor, por sua vez, se foi queimar uma bagana esperando Godot. Pois ninguém se engana, ou pouco: nossos Estragon e nossos Vladimir nos preveniram: basta trocar os chapéus de cabeça e brincar de ser o outro para se tornar o outro de si, seu próprio alter ego, como se a gente duplicasse o estádio do espelho.

Em outras palavras, nessa seqüência de intensos desdobramentos, o desespero só se dá na ironia de si próprio, e os personagens servem de alguma forma de instrumentos para o distanciamento, o qual faz explodir violentamente o visco do trágico. Já que não se acredita, já que não se acredita em nada — nunca se sabe... — o perigo aqui não é cair no escândalo do pecado e da fé que lhe corresponde. A Kierkegaard, que identificava duas formas de desespero, a recusa de ser si próprio e a vontade de ser si, Ducharme, sem responder como budista, recusa a solução do Don Juan dinamarquês: não é orientando-se para si mesmo que o eu atravessa sua transparência para reencontrar sua potência de vontade. Pelo contrário, essa direção só fornece ao sofrimento mutilações, pois o ego anda ainda às voltas com as identificações que o aniquilam. Não! É preciso *desengajar*-se, *descolar*-se de si, fazer-se ao largo, navegar, não se acorrentar às amuradas, a fim de se preservar dos fogos do amor e do gregarismo político. De que serviria colmatar as brechas da família, do coletivo, do indivíduo, quando é por elas que se efetua a travessia?

Deve-se partir do fato de que em Ducharme, como em Lacan, não há relação sexual. Será então que se assiste em *Baixo calão* à conclusão de uma aposta de antemão perdida, à impossibilidade de uma verdadeira relação com o outro, de alma para alma, sobre um fundo de incredulidade e de sofrimento? A ilusão do amor? Não, não. Entre o desejo e o amor, inscreve-se a clivagem do sujeito, divisão de partida, de partição. Daí a possibilidade de ler *Baixo calão* como um texto de dialética socrática, a qual consiste, como mostrou Lacan em seu *Seminário* consagrado à *transferência*, "em interrogar o significante sobre a coerência do significante." Reescritura do *Banquete*? É aqui que a Tarazinha assume um lugar semelhante ao de Diotimo em Platão. Do amor, a gente se pergunta o que falta para que ele exerça sua atração, favoreça o apelo.

Do amor, pela série das transformações que ele implica, eis-nos conduzidos ao belo, desprendendo-se este do ter para abrir o ser, e mais, o ser mortal. Ao tocar a morte, porque a tuteia, o belo dá à luz uma perspectiva sem limite. Metonímia do desejo. Será por isso que, como a pequena e frágil Emily Dickinson em sua aldeia de Amherst, a Tarazinha parece intocável, mantendo-se a flutuar acima dos destroços, no topo das espeluncas? Ei-la, essa cara Pequena, recitando Emily para demonstrar que não são necessários palavrões para dizer grandes coisas: "*I kept it in my hand I never put it down I did not dare to eat or sleep for fear it would ge gone.*" *Fear...* Tradução livre de Walter: "Pouca coisa a faturar enfim..." (p. 68). Claro! A Pequena Emily, lembrando a "pantera branca de olhos de azul" de *L'avalée des avalés*, parece preservar-se da vida, manter-se como ermita no nível de um amor casto e sublime, "Sem tocar carne... O grande amor abstinente unânime..." (p. 222). Uma verdadeira Florence Nightingale... É nisso que isso dá, é isso que isso é. Shake your body! Pelo jogo do significante aparece a língua de fogo.

Desde *L'avalée des avalés*, Ducharme já inventava uma língua: o bereniciano. Não, a vida não decepcionou. Esmagados nas salas de tortura do amor, nossos nervos políticos cultivam a reencarnação do desejo. Agitam-se doravante outras línguas, angélicos mênstruos, na associação prática do sangue com o lótus. Agora é o ilhéu, nova língua desdobrada em *Baixo calão*, língua que imanta as marés, velas a velar outros velames: "Evidentemente. É o próprio das verdades não se mostrarem jamais inteiras. Para dizer tudo, as verdades são sólidos de uma opacidade bastante pérfida. Elas nem sequer têm, ao que parece, aquela propriedade que somos capazes de realizar nos sólidos, a transparência, elas não nos mostram ao mesmo tempo suas arestas anteriores e posteriores. Deve-se dar a volta delas, e até, diria, a volta do passe de mágica." Lacan. De qual ela é dada a volta? De qual nãotoda? O fantasma *volta* sempre, arrastando suas cadeias na água das palavras. Teria Ducharme sido encantado pela cega voz de uma sereia? O ilhéu gera Ilhá, uma língua que acaba de chegar, acidental, avoada, do sul d'alíngua. Pois ilhéu a língua toda parte, perto e desperto. Sopra o encanto de ilhéu: deixo babar o desejo, com alíngua vida delivro.

[*Tradução de Ignacio Antonio Neis*].

OBRAS DE RÉJEAN DUCHARME

- *L'avalée des avalés,* romance. Paris: Gallimard, 1966. Col. Folio, 1982.
- *Le nez qui voque,* romance. Paris: Gallimard, 1967.
- *L'océantume,* romance. Paris: Gallimard, 1968.
- *La fille de Christophe Colomb,* romance. Paris: Gallimard, 1969.
- *L'hiver de force,* romance. Paris: Gallimard, 1973.
- *Les enfantômes,* romance. Paris: Gallimard, 1976.
- *Ines pérée et inat tendue,* teatro. Montreal, Leméac, 1976.
- *Les bons débarras,* roteiro do filme de Francis Mankiewicz, 1980.
- *Les beaux souvenirs,* roteiro do filme de Francis Mankiewicz, 1981.
- *HA ha!,* teatro. Paris, Gallimard, 1982.
- *Dévadé,* romance. Paris: Gallimard; Montreal: Lacombe, 1990.

- *Va savoir*, romance. Paris: Gallimard, 1994.
- *Gros mots*, romance. Paris: Gallimard, 1999.
- *L'hiver de force*, adaptação teatral de Lorraine Pintal. Paris: Gallimard, 2002.

↓

- 26 letras de canções para Robert Charlebois, especialmente entre 1971 e 1981.

↓

- *Léolo*, adaptação cinematográfica de *L'avalée des avalés*. Realizador: Jean-Pierre Lauzon.

Os tradutores

IGNACIO ANTONIO NEIS foi professor titular de língua francesa na PUC do Rio Grande do Sul e na Universidade Federal do Rio Grande do Sul. Especialista em Marcel Proust, é também tradutor de Francis Ponge. Vive em Porto Alegre.

MICHEL PETERSON é psicanalista, membro da Escola Lacaniana de Montreal, tradutor e professor universitário. Doutor em literatura comparada, lecionou Letras na Universidade Federal do Rio Grande do Sul. Junto com Ignacio Antonio Neis, traduziu Francis Ponge para o português. Atualmente vive em Montreal.

ESTE LIVRO FOI COMPOSTO EM ITC GARAMOND
10,7 POR 14,8 E IMPRESSO SOBRE PAPEL
CHAMOIS BULK DUNAS 70 g/m² NAS OFICINAS
DA BARTIRA GRÁFICA, SÃO BERNARDO
DO CAMPO – SP, EM JUNHO DE 2005